The Merry Leaf

幸福之叶

陈玉慧 著

Jade Y. Chen

北京联合出版公司
Beijing United Publishing Co.,Ltd.

南国小镇方才下过大雨，天色因此略为迷蒙。一群安溪仕绅或站或坐，他们聚精会神地看着一个小女孩，她刚刚拿起桌上半杯茶，正在细细品啜。

那是福建西坪一栋土楼中庭。四周静悄无声，连鸟似乎也不敢飞过。

几张八仙桌，几条长板凳，一字排开的茶壶，几十只茶杯列成方阵，桌旁的竹炉煮水汩汩，微有声。沸腾山泉高冲入壶，炉烟袅袅，而满院茶香。

“知否？”一个人打破沉默，忍不住问起。所有人立刻要他安静。

女孩的脸庞很清秀，年纪虽小，一双凤眼和柔和的菱角嘴，使她看起来气质非凡。她坐在一张太师椅上，放下茶杯，无语。

“阿云仔，是什么茶？”一个男子终于站了出来，低头问她。

女孩抿了嘴唇，看着男人慢慢地吐出字句：“阿爸，是赤石奇兰香的竹叶青。”

一群人彼此互望，然后，仿佛约好似的，突然齐声赞叹起来：“哗！”

那是一个秋日，安溪茶人办了一个斗茶会，他们出面要魏明出席，魏明带了九岁的女儿魏芷云参加。魏家有女会识茶，短短几天便传遍了安溪。

西坪山谷。

那一年春天，在斗茶会之前，魏明尚有余力在茶山监督采茶。也就是那年春分，魏芷云不肯继续绑脚，已经绝食了几天，他为了让她进食，答应让她去采茶。

“这一季茶就叫阿云仔茶哦！”魏明鼓励女儿。他们赶在午时之前抵达茶田。家仆阿成背着魏芷云，一路不停歇地背到茶山入口才将她放下，拿出手帕拭汗。

魏芷云兴高采烈地在茶田之间走动，但行动不便，步伐缓慢。

未至午时，天色明亮，整座茶山静谧无声，像一把刚调好弦的古琴。茶田已苏醒了，茶叶上薄薄的露水已逐渐蒸发，茶树全绿得闪闪发光，瘦削的魏明站在田埂里，再也走不动了，只能喘气。

“阿云仔！”他努力地唤着远处的女儿，但声音微弱。

走路不便的魏芷云，才抵达茶田，便疾疾地往前，她要赶去阻止一群男性茶工。

“在午时之前，茶叶千万不要摘取。”她连忙向一群人吩咐。

魏明也加入魏芷云和一大群茶工的行列，大家仰望天上的太阳，等着午时降临，而午时随时将降临。

3

那年的春茶真的叫阿云茶，至少魏明是这么称呼的。

采茶后，魏明嘱咐将茶叶挑至茶坊，让叶子径自在日光下萎凋一会儿，便要魏芷云来接手原本负责摇青的工人的工作。

虽然几年前起，小小魏芷云便跟着父亲出入茶坊，但没有人相信，一个小女孩也懂制茶，茶工安静地看着她。

魏明再度仔细地向女儿说明工作，魏芷云举止优雅，不疾不徐，就那么轻轻地晃动茶篮，反而是魏明因烟瘾在身，很快不支退下。魏芷云接手不停，条理分明，一切就序，摇出来的茶叶，香气满溢。魏明坐在一旁打瞌睡，一下便被香气惊醒，他站起身，靠进茶篮仔细嗅闻。

“这茶为什么不一样？”魏明问魏芷云。

“因为搅拌次数多了。”

魏明充满血丝的眼睛泛出泪光。“我们魏家茶有传人了。”他咕囔起来。

阿云茶制出后，大家都噤声了，喝过的人印象都很深刻，茶叶短短两天便卖了个精光。那一阵子，总有人上门来求买几斤阿云茶。

4

也就在这个夏天，命运的筹码在魏芷云的人生置落了。她把房门关上，盘腿坐在床缘，开始解开她的人生束缚。

那是一个破天荒的决定。她坐在床板上，仔细地拆除绑在脚上的白布，她再也受不了，不是因为无止无尽的疼痛，而是那些布让她失去行走的自由。

在西坪村中，以前没有人，以后也没有，从来没有一个女孩敢这么做。不知哪来的勇气，她将绑脚布丢开。她抛去了那份身份证明，那块血汗布。

她是一个茶商的孩子，跟别的女孩几乎没有什么不同，如果非要说不同，只有一点，她爱往外跑。

她吵闹几百遍了。她要去茶田，她属于西坪一望无际的丘陵。过去，她的心不知在那里驰骋了多少次，如今她再也不想做那些相同的梦了，内容大同小异；她站在荒野中，一只老虎朝她奔来，但她动也不能动。

她从床缘慢慢移步，小心将已弯曲的脚骨置于地面，站直后脚底像有无数针刺般，疼痛使她的眼泪迸出，头皮发麻。她一小步一小步地走。

一整个上午，西坪山谷仿佛像情人般地等候她，连夏蝉也合唱起来，似乎全要迎接她。

魏芷云走到门边，注意倾听门外动静。只有啄木鸟专注的啄木声，她认识那只啄木鸟。它陪伴她一整个春天。窗外走道上湿漉漉的，可能刚刚有人挑水走过洒泼了水，但走廊寂静无声，仿佛这个家在中午之前集体陷入沉睡。

她扶着墙壁，一手提着她从前偷偷藏起来的一双草鞋，慢慢地溜出房门。她走过走廊，往后门去。从那里，她穿上那一双过大的草鞋，一路慢慢走到茶山，那里是她心灵的花园。

采茶季节又将至，茶田绿得像已经滴出油般，茶叶已够肥大了。她摘了一片茶叶，走至茶田的树旁，躺了下来，嗅闻着手上那片茶叶。四周如此静谧，只有蝉声。尽管脚痛，魏芷云却心满意足地闭上眼睛，似乎闻到父亲今晨泡的那一杯铁观音。

梯田远处，西坪男孩高青华刚刚放完牛，走在回家的路上。

他发现有人躺在树下，他从来没看过女孩这样躺在树下，是魏家茶女？他从来也没那么近距离看过一个女孩，他全神贯注地看着她，那么专心，仿佛一不小心手上的蟋蟀便会跳走。

他小心靠近，本想恶作剧，却被女孩脸上的柔美又妖冶的表情吸引，那女孩躺在茶树田边的草地假寐，嘴唇透露出愉悦的笑意。

魏芷云回到家时，她的母亲魏好已要家佣阿成出去找女儿。她责怪他没注意女

儿出了门，她时而坐在一张太师椅上，时而又站起身来。

魏家女儿像山头云般飘进了门，她母亲看着她，几乎不相信自己的眼睛，女儿竟然没穿鞋子，不，竟然没绑上绑脚布。

“你家女儿以后嫁不出去了。”她转头向丈夫说话，“嫁不出去了，嫁不出去了。”

魏芷云的父亲正在吞云吐雾，对妻子的大声嚷嚷不以为然：“嫁不出去，就留在家里，我养她。”他讲得那么理所当然，仿佛事前便考虑过这件事。

魏好着急地看了一眼女儿，又看了一眼在吸鸦片烟的丈夫，再也说不出话来。

魏芷云慢步走入客厅，坐在父亲的鸦片床边。她父亲神情祥和，眯着眼睛不知已云游何处。“阿爸！”魏芷云轻声地呼唤，将他从远处唤回。

“你喝一口。”魏明似乎想移动身体，但动弹不得，他以眼神示意，朝向桌上的茶杯。他人瘦，太瘦了，瘦到连笑都看起来有点不自然。

魏芷云迎向父亲的微笑，取了热水，重泡了碗茶。才打开茶盖，浓郁的香气扑面而来，香气优雅而鲜爽，略带桂花香味。汤色金黄明亮。魏芷云轻啜一口，满脸微笑。她父亲倒是说了话：“这滋味够醇细吧！……知道是何家的茶？”

“嗯，知道……这是罗岩村的黄旦茶。”

“知道为什么叫黄旦茶？”

“不知道。”

魏明咳嗽了一会儿，他似乎想要长篇大论，才一开口，女儿便打断他：

“当然知道！那是罗岩村的故事，王淡嫁到西坪来，带着幼苗，精心培育，苗树长得枝繁叶茂，成茶后冲泡，奇香扑鼻，‘王淡茶’渐渐成为‘黄旦茶’。”

“嗳，但这黄旦茶没有咱家的好！”她又加了一句。

“人家林金泰要把黄旦茶卖到新加坡去了呢！”

“你怎么知道的？”

“新加坡已经被英国人占领，前几日有英国人找上了林金泰。”

听到这里，魏芷云眼睛都亮了。她坐正身体，看着正在抽烟的父亲。“爸……

咱也去新加坡卖茶，好不好？”

“好是好……”魏父话在嘴边，但心已不知飘向何处了。

7

魏芷云站在中庭，望向屋内。客厅有一个熟悉的人影，那人正在和父亲说话。她移身靠在屋墙倾听，但听到的话语十分破碎，只听到父亲呵呵笑了起来，那人也笑了。过了一会儿，那个男人便站起身告辞。

魏芷云从弄堂穿出，努力加快速度走向外面庭院，那个戴一顶西洋帽的男人步伐快多了，他已经转身离开了魏家。

魏芷云瞪着摆满院子正在晒青的茶篮，捧起一些茶叶嗅闻，又放下了茶叶。“那人是送大烟来的吧？”她去厨房问了母亲，母亲没看她一眼，也没回答。

8

那些年，英国植物学家及探险家福钧已来过中国台湾，进入淡水河，利用望远镜观察过台湾百合，他也费尽心思地将龙井茶树从中国带出，在印度大吉岭栽种成功，并已大肆卖入英国。他是第一个知道红茶或绿茶都是来自同一种树木的欧洲人。

9

根据怡和洋行厦门总买办史宾塞先生的交代，两个华人仆佣站在岸边等候，他们在旁边的客栈已等候了两天。前两天因有台风，仅仅由厦门驶至鼓浪屿，都没有船夫愿意，眼下的鹭江江水还算平静，但天色灰涩、暗沉。

托德和未婚妻珍妮终于抵达鼓浪屿。他是来担任怡和洋行香港分行的买办工作的，香港分行尚未正式成立，未来将由厦门分行的史宾塞先生掌管，托德将成为史氏的手下。

托德来自苏格兰威斯特摩兰，从小的梦想就是到亚洲去探险，尤其是中国或印度。家乡人的大航海冒险故事启发了他的灵感，使他热血沸腾。那一年，他二十二岁，上了东印度公司的船只，从学徒开始，在船上度过了五年时光，每天在工作之余听取船长和船员在世界各地的传奇，不过也有不少是酒后的胡诌。

史宾塞已在鼓浪屿为托德租了一栋荷兰人盖的楼宇，并差人买了一架中式床铺，因担心托德腿长，已将四面床上的架子拆除了。史宾塞夫人还为托德女友准备了鲜花、油灯和肥皂、蜡烛。

他们一行人将他的行李安置到楼房里，接着便到史宾塞家去，那里已有人在准备迎接他们的宴席。

10

托德抵达没几天，史宾塞便安排大家玩板球。

他们乘坐滑竿前往赛场，二人各坐一台，滑竿由二位抬夫运送，托德非常不习惯滑竿的颠簸，但沿途都忍耐着，并陪着史宾塞大声说话。史宾塞谈起他对未来业务的期待。“据我所知，这鸦片买卖是最安全、最有绅士气派的投资生意。”史宾塞滔滔不绝，“我们的优势，便是我们的一条龙服务；在汇兑一事上，我们在孟买或加尔各答的市场，以卢布对银元预付贷款，比价非常有利，而在中国境内销售，我们又可回收银元……”

史宾塞是一个对数字熟稔之极的人。“仅在六三至六四年间，怡和的总营业额一千二百廿八万银两，鸦片销售便占了五分之三！”

托德仔细聆听，先是小心透露自己的看法：“怡和船队运送鸦片费用较低，而且自己经营的保险公司也节省了保险费。”他这一个月来在船上想了很多，但还是忍不住一见面就提醒他的上司，“只是怡和的优势在沙逊的强大攻势下，已开始失去竞争力了！”

“听说他们的人也来香港了，”一听起沙逊之名，史宾塞脸色转而不悦，声调也提高了，“那沙逊家族连英语都不会说！我不相信他们会有什么未来！”

11

板球赛局出乎大家意料，战局紧张，洋行会计诺曼不小心绊在球上，摔了一大跤，流血不止。托德立刻和一群人护送他到军医院。那里只有两个英国医师，但有无数排长龙的中国病人。病房内有病人一个头肿成两个大，也有婴儿因全身灼伤正在哭闹，更多是坐在走廊默默等候的人。

诺曼的伤势不严重，但整条腿被绑在木板上，被人又抬了回去。

托德在离开医院时，意外地走进一间病房。病人个个面黄肌瘦，看起来几乎像骷髅，而好几个人躺在木床上呻吟、低吼，几个壮汉在拉着一个男子，他痛苦地以头撞墙，不断地抽筋、发抖。

托德的父亲也是水手，过去在一艘苏格兰商船上染食鸦片。后来，他下了船，返回苏格兰老家，经常两眼无神，茫然地坐在家中沙发上。

有一次，父亲因没有鸦片可吸，摔破了无数的威士忌酒瓶，抓着碎片，以至于手掌的鲜血都流了出来。托德永远忘不了那只流血的手。

那年冬天，他父亲在一个夜晚外出，没带钥匙出门，半夜回来无法开门，便睡在门前，因而冻死。而他自己一夜沉睡，早上开门时才看到一具尸体，父亲的尸体。

那些人使他想起父亲，想到他父亲一生的漂泊和苦痛。

12

在鼓浪屿，托德开始做梦，他从来没做过那么多的梦。

托德带珍妮到日光岩，他认出岩石上刻的“日光”两个汉字，听说中国人的英雄郑成功，曾在此训练水兵和操练船只。

他们站在日光岩顶端，从那里眺望厦门城和鹭江，微风吹过，珍妮柔和的脸转向他：“你说说，我们为何不去香港？”

托德沉默，他的沉默像水银般饱满、坚实。水银开始摇晃。他请珍妮再耐心等待，因为他很快会离开史宾塞，自立门户。

“为什么？替怡和洋行工作有什么不好？”

“我有一个梦想，我想尽快实现。”

风愈来愈大，吹得珍妮的头发都乱了，但托德的眼睛炯炯发亮，他说：“苏伊士运河已经开通了，我们的机会来了。”

珍妮把被风吹冻的手贴在托德的脸颊上。

托德紧闭着嘴，看着前方。那是一个美好的艳阳天，二人都没说话，托德的心情却像海水拍打着岸边，那么迫切。珍妮眼光望着托德，托德则望向大海。

“渣甸和史宾塞先生一心只想卖鸦片，这不是我们的未来。”

“……我不管未来，现在呢？我们谈话的现在？”

“珍妮，甜心，给我一点时间，我会证明给你看，我们会在中国台湾举行一场盛大的婚礼，届时你会是全世界最美丽的新娘。”

他站在日光岩上对她说话，仿佛是在宣誓。他要创造自己的事业，在远东这神秘之地，这是他从小的梦想。儿时，他常在自己手绘的地图上做梦，无论是南非的黄金、钻石还是印度的棉花，或者中国的丝绸，他做过一个又一个梦。他要拥有自己的事业和王国，他要完成他父亲所不能完成的梦想。他要实现大航海的蓝图。

“鸦片从来不是我的选择。”他说，他以前便经常做噩梦，一群矮小的人，围着他，向他索求他身上的药，他不肯给，那些人上山下海追杀他。

“我有一个大秘密。”托德搂着珍妮说。

他的创业计划始于与必麒麟那次在孟买的见面。两个心怀大志的船员畅谈了一天一夜，然后必麒麟便出发往中国去，现在人在中国台湾。他此行要去和必氏谈合作，他要与其一起开创事业，他已经联络上宝顺洋行的颠地，他将说服颠地合作新事业。

“为什么是中国台湾？”珍妮笑了。

“必麒麟说那里美极了。”

“珍妮！”他抚摸她的金发。他告诉她，他们的梦想将成真，他的眼睛发亮，沉默的水银已泻落，话匣子一打开便再也关不上了。

“中国台湾，我从来没想到，我的人生会跟这个名字有关系。”

那是珍妮那一天的结语。

13

史宾塞指派李春生协助托德，一起准备去香港设立分行。

李春生是厦门的一个洋派青年，也是当地极少数会说英文的华人。他为史宾塞工作数年，因从小便由施敦力施领洗，学会了英文，是史宾塞最得意的助手，在厦门，几乎所有需要与中国人交涉的事情都由他经手。

“他是一个正直可靠的青年，举止得体，为人处事也不卑不亢，十分精明，反应极快。”史宾塞向托德赞扬这名中国助手。

托德和李春生很快成了朋友，李春生告诉托德自己对他的第一个印象：“我很少见到这么谦冲的英国人。”

而托德也非常欣赏李春生，他回答：“我见过的华人虽然不多，但这么聪明的应该是第一位！”

他们才见面就聊了好几个时辰，完全忘了用餐，一直到办公室的油灯全点起来，他们才中断谈话。他们谈贸易，他们学中文，谈论李春生说的“生意”两字，生和意。

14

托德与李春生乘船渡鹭江到厦门。

史宾塞吩咐他们去一家典铺收购英国家具，典铺装潢很别致，老板是广东人。

典铺是一栋两层的洋房，老板看起来不像商人，更像个文人，他走出来迎接二人，并要人把典铺的东西全介绍给二人详看。

有一名仆人端上茶碗，托德误以为是汤碗，后来才知道是茶碗。

他把盖子打开，发现里面是颜色略淡的热茶。

“有糖和牛奶？”托德问。

那一天，托德决定做一个野蛮粗鲁的“番仔”，街上小孩常跟在他后面这么叫他。他想在茶里加牛奶和糖，为什么不？

但那杯茶使他吃惊。

茶水是如此清淡，远不及那些年他在家乡喝的那些顶级饮料，家乡的英国茶可是大大方方地掺加奶水或奶精及一汤匙一汤匙的糖，相较之下简直就像浓妆艳抹的妇女。此茶清淡，但清淡里却有一种韵味，同时又很温润。

“这是什么茶？”他忍不住问。

“安溪铁观音。”

托德就这么爱上这茶，那一刻起，他连古董都没心思看了。离去前，托德反而在典铺买了一套德化瓷具，因为老板告诉他：“喜欢喝茶不妨用用好茶具。”

15

那一年，旗昌和怡和及宝顺洋行着手划分在华的航运势力范围。太古洋行正式开业，该公司准备对华销售纺织品，并将茶叶和丝绸销往英美及澳大利亚。除了外贸，太古洋行在开业不久即获得利物浦远洋轮船的专门经营权，旗昌洋行则购下长江航运所有对手的船只，准备垄断长江航运。宝顺洋行已在这波竞争下逐渐不敌，宝顺洋行创办人决定将洋行股份贱价卖给托德。

16

李春生也不喜欢鸦片，他常说：“这是害死中国的毒药。”但洋行的生意便是以卖烟来换茶及白银，这让他很矛盾。他在史宾塞面前不动声色，账也算得清楚，但遇到烟瘾大的华人，他总是私下忍不住斥责：“颓废、腐败的畜生！”或者，“这是火坑，你们为什么要跳下去?

“撇开我们对鸦片的好恶，经营鸦片的利润已在大幅下降，”托德下了结语，“聪明人的事业绝不会是鸦片！”

这一天二人必须到厦门一家烟馆，他们舍轿不搭，徒步而去，一路上还在聊天。

到了门口，李春生突然迟步不前，托德先跨步走了进去。整栋楼房乌烟瘴气，烟雾弥漫。房间很阴暗，为他们引路的男人看起来表情诡异，他们被引到一间较宽敞的屋子内，里面一张木床，朱老板半躺在木床上抽烟。李春生看了托德一眼，他不确定这是否是谈生意的好时机。

朱老板已经晕了，连名字都叫错了，一直笑眯眯地对他点头。

朱姓布商是欠债人，怡和洋行和他签约，订了几百尺薄布来包装阿芙蓉。他收了订金，季风帆快抵达泉州了，但他还迟不交货。

托德仔细聆听李春生和朱老板对话，偶尔注意烟馆里抽烟者的动静，甚至把烟管拿起来仔细研究。

“要抽欧平庸吗？”有人用洋泾浜英语问。他坐正起来。“不，不，你怎么会问我？”他带着不屑的表情，使发问的人不了了之。

他们在那烟雾缭绕的房间里坐了很久。李春生逐条逐目地和朱老板对账，虽然朱老板旁边一个跟班人早把账簿和他都对过了。“账没问题。”但原先订的薄布一直没交货，如果三天内再不交出布来，那么朱老板得赔上一千银元。

白布是交不出来，因为布商意外过世，他们原先没有发现，最近才知道。这也不能怪朱老板，因为死者住的地方离这里乘船也得一天半。交谈过程中，李春生告诉托德，他们倒愿意换上茶叶来抵债。

“茶叶？”托德好奇。

一个躺在旁边抽鸦片烟的人突然像醒过来般问托德:“你一个番鬼，也爱喝茶？”托德回问：“这也是安溪铁观音？”

这茶确是安溪铁观音，应该是最好的茶了。以前这茶是送到京城的贡品，而做茶的魏家女儿的铁观音一两难求。

“以茶叶抵债？”托德看了一眼李春生，李春生点了头，托德放下茶碗做下决定。

17

经过几天的思索，托德和李春生聊起茶叶，并达成协议，他们将一起到中国台湾去考察茶叶，如果一切顺利，未来，二人会和必麒麟一起合作在中国台湾卖茶。

托德告诉李春生：“你也可以投资和拥有洋行股份，无论如何，我都将聘请你担任总买办，并付你比怡和洋行更优渥的薪饷。”

李春生答应了托德，他先担任总买办，未来也要投资。“我有一种预感，上帝要我到那个小岛去大展鸿图。”他告诉托德，“我会很快买下股份。”

他同意托德，中国急需新兴工业，以便急起直追欧美，他们不做鸦片生意。“鸦片生意获利虽仍不差，但其中有极大比例的银两是用来贿赂中国官员的。”他告诉托德，他不能再置身其中，这门生意不但毁了中国人健康，也毁了中国的前途。

托德立刻向他伸出温暖的大手：“我保证，我们永远不做鸦片生意！”

18

托德非常佩服福钧，他已经熟读了那本英伦寄来的畅销书，福钧在书中仔细地说明了他如何从中国海盗手下保住性命，并且辛辛苦苦用玻璃的温室箱将茶树运出中国。托德将书借给李春生，希望他也能读。

19

下午五时刚过，"海龙轮"从厦门出发，逐渐靠近沪尾，红毛城像一只红色的巨兽。

一群海鸥呼啸而过。群山静默。

只有"海龙号"的汽笛声，两名年轻的英格兰船员忙着准备靠岸停泊。

托德站在船舷前首，放下手中的行李。凉凉的海风缓缓吹向他的脸颊，他的眼光望向前方，那个叫沪尾的城。李春生站在他左后方，他的眼光也和托德一样望向观音山。

一个洋人钤字手[①]已驾小艇登船查验货物了。船上的旅客也都兴冲冲地准备下船，这些人中包括一个清朝官员，几个绑小脚的妻妾，走路像残障，有的还需要人搀扶。还有一位传教士，他是要到日本履职，打算在中国台湾待上几天。

沪尾港停泊了数十只中国戎克帆船，也有不少西式帆船和汽船。港口附近风景怡人，远山环绕。

怡和洋行的同事必麒麟已在岸上，大老远便看得到他的身影。有谁会身着苏格兰裙，穿着黑长靴，戴着一顶羊绒帽？

必麒麟用中文吆喝着，几名苦力立刻跑过来替托德和李春生提行李。

"这简直就像奇迹，"他展开热烈的笑容，门牙倒是少了一颗，"这简直就像奇迹。"他重复说了好几次。

一整个晚上他们都在聊天喝酒，是托德从厦门专程带来的英格兰上等单麦威士忌，必麒麟开始说起那些差点让他丧命的冒险。

几杯酒后，必麒麟的话匣子打开了，在聊完女人这个话题之后，他们终于谈起合作。

"茶。"托德吐出这字，好像这个字是密码。

① 当时对负责海关关务的稽查员的称呼。

“茶？”必麒麟先看着兴致高昂的托德，又看了一眼在旁坐了许久既不喝酒也不说话的李春生。

20

他们三人坐在一只船上。那是一只圆篷顶的草船，也是必麒麟栖身之处。

为了躲避盗贼的追杀，必在梧栖花了银子买来这只船做交通工具，他几次沿着中国台湾海岸航行，一次差点覆没。现在他把船篷口以草席盖住，就和一名脚夫住进船舱。他们在船上开伙，煮自己捕来的鱼，需要洗澡时便跳入河中。

必麒麟把《天津条约》的中文翻译拿出来交给李春生。

“这是谁翻译的？”李春生问。

“我和一位新竹文人合作的结果，翻译得可好？”

李春生安静有礼，露出微笑，他摇摇头。

“关于茶叶，我国的福钧先生已经成功地把茶树带到印度大吉岭去了，而且现在东印度公司茶产量非常之大，”必麒麟说，“我们如何和东印度公司竞争？”

“但是，大吉岭是红茶，我们产的是绿茶。”李春生终于说话了，他辩驳。

“谁都知道，现在整个欧洲都在喝红茶，红茶的市场太大了，且口味符合我们西方人，绿茶只有中国人喝，我便不喝！”必麒麟头头是道。

“何况，福建可以种茶，台湾未必可以，就这样贸然投资，风险太大了。”他曾在托德的上封信中察觉到托德另有生意打算，只是不知道原来是茶叶。

李春生先不置可否，只说，福建的纬度与台湾相像，气候也差不多。“没有不合适的理由，”他停顿了一下，“不然，我们可以先做农业方面的调查。”

“我必须说，我对茶叶完全外行，”必麒麟看起来很沉静，“如果说十六世纪是香料时代，十七世纪是鸦片年代，现在应该是航运年代，我们何不选航运？航运才是我们未来的契机所在！”

托德整晚不停喝着威士忌，不时拍打身上的蚊子，最后托出实情：“无论是我还是目前的投资者都没有庞大资金投资航运。”

21

那个晚上，在喝完三瓶威士忌后，必麒麟向二人坦白，他决定继续留在怡和洋行，他对茶叶没兴趣，宁可在中国台湾规划肉桂的购买。

托德整整失望了两天。然后在李春生的提醒下，他终于鼓起勇气，找上了新任大英驻台副领事郇和。

“或许郇和对茶树有什么研究。”李春生这么认为。他们坐在沪尾的英国领事馆门前的草地上。托德的一双眼睛又恢复了些许光亮。“没错，我们必须先考察一下环境，确定台湾真的可以种茶。也许郇和可以帮上忙？”

在苏格兰时，托德便拜读过郇和在杂志《鸟类学》上发表的文章，对年纪轻轻的郇和非常崇仰，托德说他受郇和影响，也曾想过当一名植物学家，他佩服郇和对大自然的观察和研究如此杰出，而且早已走遍了亚洲田野。

“因为他我才知道台湾有这么多的鸟类和蝴蝶。”李春生告诉托德。

一个英国职员走出来带领他们走入新盖好的英国领事馆，郇和要二人在大厅稍等，他对职员吩咐完事情，套上一件夹克，带着两位客人走下山坡。他们走过红毛城。

“您从商之余也对自然生态观察有兴趣？”郇和问起托德，他脸色苍白，模样俊秀，丝毫没有傲气，只是不断轻微咳嗽。

“听说，您曾搭“不屈号”绕行过中国台湾？”托德问起。

“没错，彼行主要是要寻找船难的英籍生还者，并顺便对民情和矿产及海岸港口做调查。”郇和平静地回答。

他提起在立雾溪遭太鲁阁人攻击的事：“那里住了几百名大陆流放来的罪犯，性情比山上的野蛮人还残忍。”郇和整理脖子上系的花丝围巾，又咳了一会儿。

“台湾南部比北部有更多凶猛的动物？”李春生突然想起。

“有人说，清朝政府为了歼灭台湾深山的住民，从大陆运来许多老虎，希望老虎能把高山住民吃掉。不过，我从未见过老虎，我猜，是不是那些聪明的猎人早把老虎吃光了。”郇和说。

郇和在淡水的住处是一栋英式红砖建筑，由本地人所建，院子里长满了九重葛。他们就坐在阳台前的圆桌前，此时正是下午茶时间，三人面朝大海，喝的倒是英国茶，怡人的景色使托德想起苏格兰的海边。

“关于茶，”托德在两杯茶后提起正题，“我们是来请教您，以您对台湾的认识，台湾是否适合种茶？”

“我见过茶树，”郇和的兴致被触发，“我也曾在南投见过茶树，茶树主人说，树乃由福建传来。”

他整理着一绺垂在额前的卷发。“不瞒您说，我也曾向人要了一些野茶，并将它们寄到英国茶会去，要求他们审查一下那野茶的口味，答案是，此茶味道相当地道。”

托德高兴地吹起口哨，他站了起来并拍了拍李春生的肩膀。“这几乎可以证明，台湾是合适种茶的地方，不是吗？”

22

郇和兴冲冲地答应和二人一起去新店屈尺，寻找老茶树。

“我想起来，早在一六四五年，一位到过中国台湾的荷兰人便写过一本《巴达维亚日记》，他在当时便说过，中国台湾土质适合种茶，此地已有茶树……”郇和说话总是不疾不徐。

他们搭船来到山脚，然后开始徒步走上一段远路。三人都带了猎枪。沿途所经过的秀丽河川，青青的山脉，都让郇和发出赞叹：“我屡屡因旅途而疲倦，但是屡屡又被这台湾岛的景色触动，感觉自己的心灵全被涤荡了。”

郇和做了素描，托德也画了一些风景，郇和在此行发现了极其稀有的鸟类，后来他将他们命名为白耳画眉和山鹧鸪。他兴奋得不得了，几乎把寻找茶树一事给忘了。而李春生沿途做笔记，他有一支铅笔，他将字写在拍纸簿上。

“当初西班牙人在中国台湾开采硫黄，荷兰人则在此种植甘蔗和稻米，他们也捕杀了无数的梅花鹿，”中途休息时，他们喝了一些水，坐于树荫下乘凉，郇和告诉他们，“但他们都没想过要在这里种茶。”

他们的向导是一个年纪较长的平埔番，他从前方踅回，并提高声量，指着山谷里阳光照不到的地方说：“你们要找的树。”

山林内好多棵野茶树，茶叶颜色有绿有赤也有淡黄色。托德站起来要往前走时，听到身后传来惨叫声。

几个野蛮人不知何时出现在前方，正拿着长矛对准他们。而随行的仆从已经中了一刀，因踉跄一步不小心滑落山涧了。

反应极为迅速的李春生已经拿枪对准他们，托德也朝天空发了两枪，这一招吓到了野蛮人，他们放低长矛，以手掌拍打嘴巴喊叫起来，随即，一群人便隐入树丛内，消失不见。

野蛮人穿得不多，下体围着一块布，而上身只披着背心，颈上挂了许多骨制项链，头上戴着穿有羽毛的头饰。

一行人急忙往山涧去救人，那个年轻人失血严重，他们决定快速往回走，但随后因走错一段路，天色已暗，因没有人认得路得慢慢寻路，且负载的物品也没有人抬，他们只好空手回去。

23

李春生和托德不知已讨论多少夜晚了。安溪的地理环境与台湾北部一样，茶树生长应没问题。他们听说柯朝已将武夷茶树带入，在鰶鱼坑附近栽种，且产量不错，年年皆出口到福州。

还有，南投人林凤池也引入了福建的青心乌龙，听说大批茶树已种在冻顶山上。

他们二人却只想在台湾北部发展，李春生在一张纸上画了地图，沿着淡水河和新店溪的山坡应该都适合种茶树。

24

“茶树多半长于番地，没人敢去采。”这名耆老刚吃过中饭，他要下人给上门找茶树的人泡上一盅茶。

托德仔细看着茶杯里的叶子，相当长又肥大。“这茶，性冷，消暑降火，促消化。”耆老也不管二人听没听，他径自喝起茶来。

“听说水沙连山产这种野山茶，您知道吗？”李春生有备而来。

“我没听说过。”老人立刻摇头。

“你的野生茶是在这附近采集的？”托德则小心探询。

老人没否认，也没承认，他自始至终不肯透露他的野生茶产自何处。“你们是卖鸦片的，是吧？”他问。

“我虽在洋行买办这些烟货，但自己却不抽，我一般都劝人不要抽，鸦片不是好东西。”托德很尴尬地说，但脸上仍挂着微笑。老人也微笑以对。

老人突然发问：“所以，你们想改行卖茶？”

托德和李春生被他的问题吓了一跳，随即都点了头。老人抽了一回烟，又给客人再泡上野茶，便闭上眼睛，状似神游。

二人耐心地等着。他们完全不知道接下来会发生什么。

过了半个时辰，老人突然醒来，他看着二人好一会儿。“来，我给您们看好东西。”他奋力挣扎要站起身，托德立刻上前扶他。

他们走出老人家的后院，一直往院后的山上走，他们走了许久，老人在一棵树前停了下来。“喏，这就是我们刚才喝的野茶。”

托德看了看眼前那棵野生茶树，大约有三尺高，不寻常的高度，但看起来也不过就是一棵树，他说：“如果经过，我可能也无法辨别出来。”

“我见过印度的阿萨姆茶树的叶子，还有，上次在安溪见过的茶树，都没这么高，叶片也没这么肥大。”托德诉说，李春生则仔细检查茶树下的土壤。

“啊，茶。”托德模仿着台湾人的闽南发音，老人呵呵笑了。

The，而不是Cha，这便是全部的答案。他们二人已对在台湾种茶一事有了十足的把握。

25

李春生第一次看到她，是他母亲带他到她家，她在房间里刺绣，并不知情。他也只从屋外看过侧脸，他爱上了她的侧脸。

第二次看到她是在她家正厅，她坐得远远的，他只注意到她的圆眼像杏仁，她一直低着头。

她的名字是高小娴。

那次见面，他们没说过一句话，但在回家的路上，他觉得福杯已满溢，她就像冷天的大衣，她便是那温暖的衣服，他希望她能终身包裹他。他也希望她能成为基督徒。

应邀前来做客，李春生坐在史宾塞家的楼台喝茶。

是阿萨姆红茶，韦奇伍德的茶具。“完美。”史宾塞看着仆人把茶注入李春生面前的茶杯，做了评语。

“完美。”李春生呼应史宾塞，他其实并不喜欢喝那加入糖和牛奶的茶。

“在您这里喝茶是人生一大享受，”他又吮了一口茶，从阳台望出去，“厦门是我的出生地。”但他没说的是，现在却好像已是一个被他背叛的情人。他突然深情地眺望，依依不舍。

鼓浪屿也是他的启蒙之地，他在这里学习英文、受洗，在这里为华洋服务。华人是爱他的，他们经常邀请他上门，并且送他礼物。但华人也妒嫉他，他拥有一切，有时也有洋人的立场。他为人解决争端，担任翻译，化解华洋之间的误会。他也在这里学习贸易和经商，不只学了毛皮，还勤学苦读，举一反三。

“是什么让你做这样的选择？”史宾塞先生双手抱在胸前，他实在不解。

“是我的梦想。”李春生想都没想便做了回答。

那时，岛上即将变天起风，而李的声音充满某种情感：“要离开鼓浪屿，仿佛要与自己的过去切断一样，”他告诉史宾塞，“我确实舍不得离开。”

“你的决定是错误的决定，”史宾塞斩钉截铁，“华人一般并无太多机会在怡和服务，何况，你已知道，你将在香港有更大的发展。”

李春生点点头。“但是，我的良心不允许我继续从事……鸦片生意。”他说。

“让我们直接而坦白地说话吧，你离开怡和的原因不只如此吧？”史宾塞的表情说不清是认真还是嘲讽。

“托德私下和颠地联络，他已经违背了怡和的商规，他是叛徒，而你现在决定和一个叛徒合作？”史宾塞的声调提高，开始激动。

李春生没再说话，二人无语。李春生对沉默感到难堪，便站起身，向史宾塞告辞。

27

惊蛰时分，李春生和托德开始了事业第一步，他们必须找到安溪的陈姓茶商。

那人听说了此事，坐在家中吸鸦片。“我以为你们不会来了。”

他们将搭乘陈老板的一艘小船到松林头，还得走一大段山路，至于价钱，一切好商量。陈老板突然很好奇：“你们洋人真的也懂喝茶？”

旁人提醒李春生，本来一些盗贼就有可能半路打劫，尤其托德一介外国人，更引人注目，李春生要托德剃掉头发，穿上马褂。

托德同意穿马褂，但不同意剃发，为此，他戴上了斗笠。他们一路还算平静，除了陈老板的聒噪之外，没有盗贼打劫，没有大风雨，甚至没有任何特别的事，那艘小船一路来到半岭湖。

然后他们下船步行，陈老板坐上当地人的滑竿，托德和李春生则健步如飞。

他们抵达贺厝高家，托德和李春生都对当地风景大为着迷。“原来人间美景不只苏格兰。”托德这么回忆故乡。

陈老板已好长一阵子没有声息，脸色灰白，坐在轿子上打盹，又常常惊醒，才一到高家，他便等不及要抽大烟了。

28

高青华正在门口跟狗玩，他看到一个高大的外国佬走近时，张大了眼睛，这是他生平第一次看到鼻子这么高的人。

高家是茶农，元朝末年，高氏一家南迁来到贺厝，后来家里的蒋姓和江姓仆人也在附近筑室定居，但只有高家以种茶为生。

“大鼻子来了，大鼻子来了。”他向厝内的家人喊话。他父亲刚从茶田回来，正在与人泡茶，他们也都瞪着一个戴斗笠的外国佬走进屋舍。托德脱了斗笠，向他们问好。大家听到他说的是闽南语，全吓了一跳。

陈老板喘着气在后头发话：“我们是来找茶的啦，高仔。”

原来高青华的父亲高仔便是卖茶给陈老板的人，他沉默寡言，只忙着给大家倒茶。

一直等到茶过三巡，高仔才说：“我只知种茶，但做茶是另一回事，我种的茶都卖给魏家，魏家烘好茶。”他指着茶壶，“这就是魏家人制的茶。”

“魏家？”魏家，没错，“魏家。”他们的祖先魏荫受观音托梦，在观音仑打石坑石壁处发现了铁观音。

“你们喝的就是铁观音？”李春生啧啧称奇，此茶不但浓郁，且韵味十足，他和托德一杯又一杯地喝。“这叫品茗，不是牛饮。”陈老板悠悠地在旁边提醒。

高仔要儿子带他们三人到魏家去，高仔并不知道，儿子高青华为此兴奋到一夜不能成眠。第二天一大早，高青华为陈老板牵来了一匹骡，也让托德和李春生骑了马。

29

高青华心都快跳出来了，当他们一行人靠近魏家的茶田附近，他东张西望，到处寻找魏家女孩的身影。

茶田一望无际，绿地接着蓝天，一个人影也没有。

他们一路来到魏家。李春生和托德在魏家村子前的岔路上，等候陈老板姗姗来迟。

高青华跑进魏家去了。过了一会儿，又跑出来说，魏爷在着装了。他仍未看到心中女孩的身影，他为大家安顿了马与骡，突然唱起了两句他记得的茶歌：“祖上居住贺厝堡，大小出入好忐忑。”

和陈老板相比，魏爷的烟吸得更凶，他的茶庄事业已逐日倾颓，前一阵子才把最好的一块西南向的茶山典当出去。他迎接客人后，起身去洗了一把脸，让仆人泡茶给客人喝。

魏爷洗完脸后清醒了。“我这辈子也没见过鼻子这么高的人，”他好奇地问来客，“什么风把你们吹了过来？”

什么风？托德不解。

李春生开始自我介绍，他口才便给，说得头头是道。“找茶，我们在找好茶。”他最后做了结论。

陈老板不甘沉默：“除了找茶，我也在找好烟。”他尴尬地哼了一声。

“找茶和找烟，你们真找对人了！”魏爷苦笑起来。

“好茶，我有。”魏爷说了几次，也吩咐人端上茶和茶点。他开始解释茶树的栽培，但气喘吁吁且声音微弱：“一年是开根，两年是固本。”

他陷入沉思，突然惊醒似的，急忙呼唤一个名字：“云仔，云仔呢？”

仿佛听到名字就足以羞愧，高青华的脸红了。但云仔并未出现，魏爷以鸦片管子敲着桌面。“阿云仔是去了哪里！”

有人前来告诉他阿云并不在。魏爷指着高青华：“你去茶山找她，你去。”

高青华欣喜地接下命令，他以最快速度连跑带奔，几乎像飞了出去。

虽然他根本不知道魏家女儿在哪里，他觉得他不需要知道，他就是会遇见她。

但他在茶山跑了三趟，仍未看到那个令他心跳的女孩。

30

高青华满头大汗，他坐在那棵树下喘气，那棵树，他在那棵树下第一次看到她。从此他无法将她忘怀，从未忘怀，女孩的倩影就这样活在他心里。

天色逐渐暗了下来，他站起来往茶山另一头走，看到茶山脚有一屋宅，正亮着光，他慢慢靠近那小屋。或许那是魏家的茶坊？他快步跑过去。

他迎面差点撞上他梦寐以求的姑娘。他高兴地笑了。“你阿爸正在找你，要你回家。”

魏芷云眼睛水汪汪，像一池春水。她的脸还是一个孩子的脸，已有一种凡事不惊怕的眼神，高青华被她的眼神惊慑得再也说不出话来。

“什么事情？”她问。

高青华希望自己要说的话能令她开心。“一个鼻子这么高的人来你家了，鼻子这么长——”他做了一个手势，让魏芷云笑了出来。

“又不是大象，鼻子这么长？”魏芷云脱下身上的袍子，决定回家去。她和高青华一起踏上那昏黄的小路。大象，她曾经见过一次，在安溪大街上，一个波斯商人带来两只印度白老虎和一头大象，引起满城轰动。

而如今魏芷云十五岁，她已成为松林头的一则传奇，大脚，无可救药的一双大脚，但是却貌美如花，且她比任何人都了解茶叶。

她才看了高青华一眼，也许是她的本性天赋，她立即知悉自己拥有能力掌握高青华的喜怒哀乐。

她问他：“是为什么这么欢喜？”

高青华笑了，他笑得很开心。“没什么事，真的没什么事。”

他们只是走在同一条山路，四周都是茶田，而天色逐渐暗了下来，那一天是春末的某一天。

31

在魏芷云还未抵达家前，魏爷对洋客和来宾解释安溪铁观音的起源。

一说是他家祖先魏荫被观音托梦，所以，他家至今信奉观音娘娘，每天奉茶三杯。

但是安溪王家，亦宣称铁观音是他家先祖献给乾隆皇帝的贡品，而铁观音便是乾隆皇帝的赐名。

两个传说各自有人相信。“但我是魏家人，当然我相信魏说。”

一整个下午，魏爷都忍着烟瘾，他几乎快忍不下去了，显得有些坐立不安，那位陈老板早已不知踪影。

他病恹恹地吩咐下人，再给观音奉上三杯茶。

托德和李春生像两尊石雕，坐在魏家客厅。“我看到了一艘艘航向苏伊士运河的船，船上都载满了一箱又一箱茶叶。”托德对李春生说起英文。

魏芷云走进来时，托德和李春生着实吓了一跳，他们以为魏爷去请了一位妈祖级的专家，没想到走进门的却是一个小女孩。

他们都颇失望地看着魏家大爷，反而他一看到女儿回来，精神便好转了一半。

“来，云仔，给远客泡茶。”父亲用温润的语气，女儿则有恭谨的身姿，两名远客也不禁好奇起来。

32

小女孩泡茶的姿态非常优雅，从烧水开始，一切如此自然，就像茶叶在水里慢慢伸展。

“水为茶之母，器为茶之父。”女孩说话时，李春生会翻译，但有时托德似乎都不需要翻译了。

他们嗅闻茶香，又听着女孩的介绍，那双手纤纤移动，模样又心平气和，让李春生都看呆了。托德也心满意足喝着手上的茶水，偶尔瞪着女孩的大脚。

“您魏老有福气，出了这么标致又懂茶的女儿，”李春生客套地说，仿佛说出来才发现是实话，“我一点都不说客套话。”

魏爷疼惜地看着女儿，叹了口气：“我就这么一个宝贝女儿。”然后，又转移话题，“你们知道为什么她懂茶又会做茶吗？”

没有人知道。

魏爷的答案是，因为他女儿是处子，处子的鼻子最敏感。“只有那样的鼻子才可能分辨好茶。”

正在倒茶的魏芷云，举着茶水，脸颊都红了，她不动声色，继续给客人倒茶。

还有：“她聪明，是个天才。”从小就在茶田长大，每天都要吃茶，耳濡目染，是祖先留给她的天分。

托德和李春生仍然点头如捣蒜。

33

除了专长烘焙，魏家的茶园现在也由小女孩管理。她和工人每天从住家走到松林社的茶畲，先在西边做活，中午在茶坊休息等待，下午继续在东边安排。

几个男性工人全听她使唤，耕锄除草或者疏松土壤，施肥灌溉，她是和已逝的祖父学的。她还说：“七月挖金，八月挖银。”李春生听得一愣一愣，不得不肃然起敬。

“七月挖金，八月挖银。”李春生喃喃自语，似乎想把这句话背下来。

他从背包里拿出保存在木盒里的茶叶。这是神秘老人给的叶子，叶子已经枯干了，但魏芷云颇欣赏地观看、嗅闻。“这茶叶温润，没有苦味。”

“如果有机会，真想烘焙像这样的茶叶。”她说。李春生把带来的茶叶全交给了她：“这些够吗？”

“这些叶子都枯干了啊。”她说。

他们在她面前像什么都不懂的学生，愈来愈不敢造次。

最后，李春生不得不发言。他说，他和这位洋大爷托德打算在台湾种茶……

“原来这些茶叶是台湾来的！”魏芷云惊呼，只有这个时候，她才恢复成一名小女孩。

李春生继续说，他和托德想知道，他们如何获得茶树，尤其是小茶苗，方便运送到台湾去。

魏家大爷看着李春生，过了好一会儿才反应过来：“您不是来买茶的，而是上门找茶树的？”

房间里突然陷入静默，没人敢打破沉默。

但小女孩告诉李春生：“大爷们若出个好价钱，或者可以商量……”

听到女儿这么说，魏大爷突然像驯服的狗，再也没意见了，只是以询问般的眼神看着魏芷云。

“价钱当然好商量，只要有货，银货两讫，我们要订三千株，明春交货。”李春生字句清楚，毫不迟疑。

站在门外的高青华也听到屋内谈话，他只注意着魏芷云说什么，其他都不在乎。

魏芷云毫无表情，仍然专心地泡茶，眼睛望着壶里的茶叶。

“三千株，这么大的数目，恐怕没办法吧。”魏老爷子打圆场，但声音并不坚定。

“不，三千株三千大银，如果价格没问题，明春交货。”小女孩不再泡茶了，她笃定地望着托德和李春生二人。

他们二人再度震惊于这名小女子，个子娇小，年纪又如此轻，为什么讲话如此气势如虹？

托德以英语和李春生做了一番讨论，二人一致同意这个价格。“一言为定，大家立个合同。”李春生建议。

为了签订合同，二人必须在魏家停留一晚，魏家替他们整理了两张床铺。

整晚，托德和李春生除了起草合同，并讨论未来的茶叶大计，他们最津津乐道的还是魏家女儿。托德已经替她取了一个绰号，他叫她“茶人”，因发音模仿教他汉语的北方文人，所以说成“茶人儿”；他也替她取了英文名字，The Fairy of Tea。

34

“我不相信命。”李春生向母亲说了几次，他不在乎他和高小娴的八字不合。

但李春生的母亲为此十分忧心：“咱中国人婚妁都靠这个，你不信也得信。”

“不信就是不信，”李春生坚持要迎娶高小娴，“我觉得这个女孩一定是贤妻良母。”

李母私下去为李春生算命，有一个说法安慰了她：“春生命中有女人缘，他一生将妻妾成群。”

因此决定尽早举行婚礼，在李春生渡海前完成，因为那个岛上都是罗汉脚[①]，李母不愿意李春生单身成行。

35

魏芷云后来告诉母亲，她之所以答应那两个上门找茶的人事出有因，并非好强，也并非完全如她父亲所担心，“为了还钱，才赌这口气”。

魏芷云知道家里的经济状况，她父亲已将一块又一块的茶田租卖出去，她期待此笔生意能支持家计。

但还有一个未说出的原因。

那两位来客都要他父亲不要再抽大烟。那个叫托德的人，汉语讲得不流利，更别提他的闽南语，但他请求她父亲不要在大家面前抽大烟，那个李春生也客气委婉地助阵劝说。

---

① 指台湾清治时期，无宅无妻子，不士不农，不工不卖，不负载道路的台湾男性游民，后来常被引申为没有娶妻的中年男子。

她第一次看到有人游说她父亲勿抽鸦片烟。

她还听到李春生私下对父亲说：“这东西没一点好处，您祖先发现这宝贝制茶之道，制茶传统可不希望败在您手上吧！”

那时，魏芷云心里对这二人心生感激，她觉得这样的人值得她为他们做一点事，三千株茶苗虽然数目太大，但她应该可以应付，也算是对他们的报答。

“阿爸，那位洋爷卖大烟，连他都劝你别再抽了。”隔天早上她切梨给父亲吃时，小心地重提此事，但魏家老爷只“哼”了一声。

36

雨声就像琵琶声，雨珠也像泪珠，这样的大雨已经落了两天，安溪已不再是宁静的安溪，松村社的溪水急又汹涌，仿佛大地正在愤怒。

魏芷云被困在山下的茶坊。早先，她要工人穿上蓑衣先走，她将茶坊里采得的茶放置在茶篓里，并将茶篓置于干燥的木架上，但雨滴滴进了木架，她只好将木架搬离。随后的下午，她都在搬动茶篓和木架。

她没注意到，屋外的溪水已高涨起来，在短短时刻里，水深已经齐腰。

高青华听说魏家工人已返家，而魏芷云还在山脚的茶坊。高青华又听说，溪水已如山洪，他连家也未回，便直接往山下跑。

但积水愈来愈高。高青华再也动弹不得，一些房屋已被大水淹到门顶，桌椅及家具全涌到水面上，他抓住一只顺水而下的无人树筏，整个人趴在树筏上。

魏芷云的笑脸印在他心上，他怕自己是见不到她了。

不知何时，一个个茶篓全漂浮到水上了，茶叶全散开了，那刹那间，魏芷云才知道自己即将遭遇灭顶之灾。她的生命原来渺小如茶末，如此细微，在这场洪水里，无关宏旨，没有内容，甚至没有任何意义。

魏芷云奋力从窗口游了出来，她爬上了屋顶，坐在屋顶上喘气，雨珠比泪珠还大，全洒在她身上。她在屋顶上拧干自己的头发，她还不知道自己原来这么孤单，那些工人在山上家里来不及来救她。她开始呼救，即便四下无人。她呼叫父亲的名。

竟然有人响应了她的呼叫，不是她父亲，是高青华。

37

他将她接到木筏上。他的世界因她的来到，而开始有了色彩，他因此常常一个人傻笑。现在，他触摸她的手以及身体，他心里在笑。

他们在雨中往山路走。

魏芷云第一次注意到这个男孩，个子高，人很干净，因只着短裤，腿看起来很结实好看，是那种经过大量劳动不会疲惫的腿，身体没有任何异味，嘴唇的弧度很美，耳朵的形状很漂亮，像她钟爱的贝壳。

虽然仔仔细细地把他全看清楚了，她却没说话，连谢谢救命之恩都没说。

他也没说话。

高青华将魏芷云送到家，魏家人都很感谢，要留他吃饭，高担心自己家人安危，急着回去。

但他再也无法抵达家门。因为家门已毁了。他家附近那座山坡地被洪水冲成土泥，全家人连屋带畜全埋入泥堆里去了。

他瞪大眼睛，不敢相信，他的家，从此消失了，不但房屋、父母、兄妹、家当，所有的一切都不见了。

那场大水是百年来安溪最大的洪患，高家一家人均遇害，全村共走了二十四人。

38

高青华已经两天两夜没进食和入眠了，他家被夷为平地，已无任何痕迹，他盘腿坐在潮湿的地上，久久无语。然后，他哭了起来，刚开始只是泪水流下，慢慢地，他哭出声音，他一个人坐在地上哭了好久，好久，他的哭声听起来更像干号声，那哭声那么悲惨，连鸟儿也被惊吓得不敢出声，全飞走了。

然后，他擦干眼泪，从此一生再也没哭过。

39

魏芷云坐在鸦片烟床上擦拭烟管，并为父亲在烟管里填入鸦片。

她看着吞云吐雾的父亲。“阿爸，你刚才说什么？”她父亲毫不迟疑地告诉她：“我打算收高青华为义子，叫他来我们家做茶。”

在松林社的历史中，魏高两家关系本来便很密切，也有人说，高家以前便会制茶，但没人知道高青华究竟会不会制茶。

高青华将家里外租来的茶田给退了租，他在山洞里找到一件类似父亲穿过的衫衣及自家的牛轭，并且在魏家北边茶田一角立了衣冠冢，魏芷云为高家烧了许多银纸，瘦削、凝重的高青华和魏鹏站在一起。

高青华和魏鹏很快便成为好兄弟，因为魏芷云，高青华亦关爱魏鹏。他逢人便说，因为魏氏兄妹，他的苦难因而不那么苦难，他的不幸也不是那么不幸。

那一天，高青华便和魏家兄妹站在衣冠冢前祭拜父母和亲兄妹，他喃喃地对父母说：“放心地走吧，一路好走，别担心，我现在有一个新家，有一对新兄妹。”

在祭拜完高青华的父母后，他们三人联袂下山，魏鹏脚步飞快，已将二人落在后面。魏芷云陪着高青华，在暮光中，二人联袂前行。

40

魏芷云想了好多天，她终于询问高青华："你会不会做茶？"高青华停下脚步看着她。"不知。"他目光澄澈，没有犹疑，也没有撤退或回避的打算。

"种茶？"魏继续问。"也不知道。"他仍然一样的目光，一点都不畏惧，仿佛无论魏芷云问什么问题都是好问题。

"你愿意和我一起压茶苗吗？"魏芷云往前走，不等他的回答。

但她身后并没有任何声音，她突然回过头，看到高青华在傻笑。

"你不愿意？"她仍然在等待回答，但已被他的笑意感染。

"当然愿意，"高青华说，"我早有预感你会问我，我早已在心里决定要帮助你了。"

换成魏芷云傻笑起来。

41

魏芷云在房里，不愿出门。

她母亲被锁在门外。"阿云。"母亲轻轻叫着她的名字，声音听起来仿佛带着愧疚感。

魏芷云听到男性呼唤的声音，声音低哑，是她父亲的声音。她开了门。

不知过了多久，她父亲瘦骨嶙峋的脸上露出些疑虑。"人家都在外头等着。"他轻轻咳嗽，仿佛为了让他不要再咳，她说："好吧，走。"

她移身至客厅。王家其实是魏家的茶业劲敌，过去为了谁是铁观音正统已争执过几世代，但王品源喜欢魏芷云，他一向仰慕她的美貌与才华，遂有这次相亲。

魏芷云看了王品源一眼，对方有那种读书人自负的神色，随后，她和他坐得很远，所幸，双方的家人都在说话，她不必发言。她安静地坐着，一整个下午都那么坐着。

王品源也不怎么说话。

魏芷云的母亲要她奉茶，但这位王家公子虽来自茶香世家，对魏家的茶却没兴趣，他一口茶也没喝，茶杯静静摆在那里，好像担心有人下毒。

他们说，男方年纪不小了。魏芷云才知道，王品源今年廿六岁了，比她大了许多。他们也说，按照八字，二人的命格倒也相配，她属鸡，他则属狗。她从来不知道鸡和狗相配。

他们坐在那里，听双方家人评头论足。因为王家要上门，她特别烘焙了茶叶，但没人对此茶有所闻问。

隔了几天，媒人婆那里传来消息，这门婚事破了局。理由并非王品源不喜欢魏芷云，相反地，他对魏家女孩挺感兴趣，且认为她比他想象中更为可人，更适合他。

但是王家母亲改变心意，她极力反对这件婚事：“那一双大脚，见不了人。”她坚称魏芷云看起来不是十六岁。

王母的说法使得两家从此又陷入更紧张的关系，魏明气呼呼，逢人便骂。魏芷云则如释重负，而最感到振奋的人就是高青华，为此，他哼了一整天的茶歌。

42

这一天是良辰吉日，魏芷云和高青华带了工具往山上走，他们准备去压苗。

还没抵达茶田，家仆阿成已一路跑来。

“你阿爸不好了！”他对魏芷云说。

魏芷云以锐利的目光看着阿成，他很紧张，喘不过气来。“你阿爸倒在地上，起不来了，病恹恹的，好像死人。”

魏芷云决定先返家，高青华陪着她一路跑回去。那时，魏芷云突然发现，他们二人怎么总是出双入对，她停下来对高青华说：“你自个儿去茶田巡巡。”

“不是才刚巡过？”高完全不理会她，跟着走。魏父奄奄一息，他腹泻已有一段时日，愈来愈瘦，几乎已不成人样。

魏芷云服侍他，病人即便已病入膏肓，还想抽鸦片。

魏母坐在魏父床前，她以为丈夫即将咽下最后一口气，已紧急要人把唯一的儿子魏鹏叫回了家。

魏鹏和友人出外练武术，他携带一把大刀，急忙赶回来。他按着大刀看着父母，他母亲厌烦地说：“把刀子收起来吧。”

魏芷云煮了燕窝银耳汤，并喂了父亲几口。魏明看起来像睡着了，眼皮几乎闭着，但有时仍咕哝一句。

“阿云，那三千株茶苗，你真的有办法？”她母亲已经问过魏芷云好几次了。

魏鹏提着大刀，走了出去。

午餐后，魏芷云对高青华神秘地使了眼色，她曾经这么做过一次。

他知道，她有话要对他说。于是他独自去谷仓，不久，魏芷云果然来了。

她说：“请你帮我打听一件事。”

高青华问都没问是什么事便点了头。

“我想知道有什么戒鸦片烟的秘方。”

43

那是小满前后，魏芷云说：“再晚就太晚了。”她和高青华选好了育苗母树，那是魏家七年的植株，红心歪尾桃正宗铁观音。

土壤亦选好了。松细红赤心土，是高青华走远路到北边挖采来的，兼有黄枝土，他们不用旧土，魏芷云说："旧土长不出新根。"高青华为此挖了几天并一袋一袋地背到茶园来，他一脸胡须，全身是土，整个人几乎像个土堆出来的人。

魏芷云第一次以温柔的眼光望向他，并为他准备湿布巾和热水。为了那片温柔的眼光，高青华愿意永远地挖下去。

他们将赤心土或黄土铺在母树旁，并将母树枝向四周逐枝扭转压入土中，只让新梢顶端一二片叶子露出表面，并将新土压得非常坚实。

二人合作无间，动作非常快。高青华一度停下来，从后方打量魏芷云，她的身影优雅敏捷，他看得出神，突然跌了一跤。

她几乎什么都能做，除了粗壮树枝无法扭转。高青华削了竹子，做成倒钩状短梢，直接钉入土中加固。

"你岂止懂得育苗压条，你本来便会种茶制茶。"魏芷云才惊觉，她眼前的高青华原来和她想象中的人不一样。

他比她想象中的他更特别，她以为他是一个朴实的男孩，原来他还是一个神气的男孩。

"为什么假装不知种茶？"

收工后在回家的路上，她问他。他沉默了好一会儿。

"我真以为自己不懂。"他说，过了一会儿又说，"我真以为，你比我懂得更多，外面都说你最懂茶。"

"这不是实情，"魏芷云在黄昏的路上说，神情有一些些羞愧，原来她错待了他，她说，"我并不是什么都懂。"

高青华停步，他多么想望，能在此刻拥抱她，就在她的怀里温存。

即便是那么一刹那的时间。

而魏芷云只是柔柔地对他说："走吧。"

44

高青华走路又乘船，三天两夜，终于走到了厦门，他是专门来找一位中医师。那位中医师门庭若市，他正从容地为病人拔罐及做针灸。

轮到为高把脉，他问：“你不是来看病，是吧？”

“我是来请教您一个秘方，如果您有，阿芙蓉如何戒？”

“抽了几年了？”

“五年。”

中医师拿出毛笔写字。黄莲，他写了这两个字。

高青华赠上茶叶并付了钱，转身离开。

45

他还没离开厦门，在路上便被两个人拦截。

“刘大夫想知道，您这茶叶哪里来的？是谁家的茶？”

“为什么？”

“刘大夫说，他喝了大半辈子茶，还没喝过这等好茶，他一定要知道这茶的来历。”

“茶是安溪铁观音，制茶人名字还得保密。”

高青华被请回诊所，刘大夫当面要订购明年的春茶，他愿意不计代价地买下所有的茶叶。并且，他保证为魏家老爷戒掉大烟。

46

李春生在几个月后成了婚，他来到西坪时，已经春暖花开了。

在往魏家的路上，有人告诉他，魏家老爷奄奄一息，现在一家无主，事情由魏家女孩决定，说话的人对此现象也是啧啧称奇。

“魏家还卖茶吗？”

“不卖了，早不卖了。”

李春生已经在厦门订好船只，按照他的计划，他将在西坪与几十名工人将三千株茶苗护送到厦门的船上，并且随船去往台湾。

从西坪到厦门，虽说可以乘小船而下，但还是得走大半天的路，这条路李春生已经和托德走过了。这条路被托德称为茶路。

47

厦门有人出高价买魏家茶已被广为谈论，此事很快传至西坪王家。

王天民自认为是制茶之正宗，怎么可能认同魏家小女孩的手艺？“此事必有蹊跷，那样的天价，十几年来我们从来没卖过如此的价钱。”他对儿子说。

王品源的父亲王天民曾经是个秀才，虽说四体不勤，但品茗论茶非常精通。相对于魏家的每况愈下，王家早已取代了魏家，因此，目前传来的消息对王家人来说非常刺耳。

但王天民不动声色。他本来便是一个内敛、不多话的人，当儿子转述这个消息时，他一点表情也没有，仿佛根本没听到。

王品源倒是非常吃惊，尤其这事牵涉到那个他曾经属意的女孩。他的心情受到波动，但他的理智最后抬头了。他的母亲是对的，他不能要那样一个女孩。“门不当户不对。”对方父亲不但是个烟鬼，且即将把家产挥霍殆尽。

魏父确实已经将家产挥霍殆尽，王家几个月前便听到消息，魏家的茶田已变卖得差不多只剩下西边及东边两块茶田。

自从婚事没谈拢后，魏芷云便不欢迎和王家有裙带关系的人上门，只要看见，她就不会有好脸色，但那些人总是会逮着机会，趁她不在时上门来。

魏家已间接欠了王家一大笔高利贷，这事魏芷云并不知晓。

48

他们站在梯田上，夕阳已西斜，茶山充满了理想和温暖的光芒。李春生笑意满满。

李春生感叹连连。这个小女孩居然办到了，几乎她和高青华压条的所有茶苗，全都存活了，且开始长成幼苗。他在茶田间走来走去，并轻轻地抚摸了那些茶苗。

“告诉我，你们是怎么做到的？”

魏芷云没说话，高青华也没说话，在夕阳下，二人话说得不多。

至少：“告诉我，我把茶苗运到台湾去后，要注意什么？”

这时，魏芷云和高青华争先发言。

这么高的小山坡最好，云雾缭绕，坐东看西……

茶树喜温耐湿，要大量日照……

山头有树，山腰有林带，水源充足，排涝好，道路便捷……

种茶应在小雪至冬至前，十月小阳春，立春至春分定植，选南风天，温和日……

二人你说我讲，李春生直说：“记不住了，别再说了。”

当晚，李春生借了纸笔，记了笔记：

> 种植时宜以手松土，将茶苗置入土中，扶正扶直，再拨入细土，用手压实。若土壤干燥，则先浇水再压实，亦可铺上杂草以防水分蒸发。

过了子时，李春生满足地入睡，睡得很熟。

李春生在来安溪之前，便曾和托德多次讨论茶树如何运送。

托德主张要仿效福钧的温室箱，他们可以在厦门定制，但需要更久的时间。

“从安溪到淡水，路程不是太远。”

李春生主张用细实的竹篓，上方可以加盖透气的篮盖。

他们决定冒险一试李春生的办法。

王天民的人来了。高青华奔至茶坊告诉魏芷云，二人急忙往家里跑。

王天民的人就站在魏父面前，态度恭敬，但立场强硬。

“我建议，银两不必还了，不如就以贵府西面茶山抵押？”

“西面茶山？北边那块吧？”

“不，西面茶山。”

对方毫不让步，但他也不争执。

魏芷云回到家时，母亲在阴暗的房间里烧香拜佛，并且不停叹气。

魏芷云来到客厅，她直接走到那人面前。“这位阿兄，”她对那个魁梧的汉子说，“你最好赶紧走。”

高青华也在场，他不知该做什么，他看了一眼魏父，又看了一眼王家的人，最后他决定保护魏芷云，不管这里发生什么事。

王家关系人一点都不怯场，他甚至欢迎这个场面，他说：“如果魏家小姐有意见的话，我们不妨在衙门见。”

衙门？魏芷云噤了声，她曾怀疑父亲这么多年可能和王家有什么不为人知的交易，现在，她猜出是什么事了，她父亲可能不小心向王家借了高利贷。

那一天，魏家的西向茶田就这么让给了王家，魏芷云坐在厨房一把椅子上哭了，她哭的是父亲的烟瘾已经大过他自己了。高青华陪着她，他蹲在她面前，看着她哭。她哭了一阵子，抬头看到他的脸，突然破涕为笑，拉了他一把。

51

珍妮和金斯来先生站在淡水河岸边，等着几个苦力帮他们卸下行李。她东张西望了好一会儿，终于大叫一声：“蛋头！”

原来“蛋头”便是托德，他在另一头等着呢！

一夜无眠的托德兴奋地跑过来，紧紧握住未婚妻的手，再也不放了，好像他再也不能让她走，再也不会轻易离开她了。

但他没说甜蜜话，他说不出来，尤其在那位金斯来先生面前。那人曾任职英国海军，现在接任了他在怡和洋行的买办工作，正虎视眈眈地看着她。

“我亲爱的，你应该在这里安顿得差不多了？你看起来像个华人。”金斯来恰巧与珍妮同船。他看了托德一眼，语带调侃。托德完全没想到史宾塞会雇用这样的人。

托德手上拿着一顶草帽，身上穿着一件薄薄的白色唐衫，下面则是一条白麻西装裤，他的头发留得很长，以发蜡梳贴得很整齐，唯一不适合的只有他额上不听使唤的汗珠。

“我现在只负责安顿我的未婚妻。”托德扶着珍妮的肩，小心保护她不被别的旅客撞到。

珍妮和一个随行的女仆派翠西亚一起抵达，她的行李比别人多出许多。众多皮箱与其他中国旅客的木箱或牛皮纸箱很不一样，很多本地人围观着那一堆行李。

珍妮已经拿出一把西班牙制的扇子不停地扇着。“啊，这样无风的天气，这么热的气温，我真希望不要昏倒才好。”她那身白色长装缀满蕾丝，优雅无比，与码头杂乱的人群不太协调。

托德小声地在她耳边说：“我已替你准备好冰镇的柠檬苏打水，冰块也有的是。”珍妮也高兴地说：“啊，太好了，我等不及要喝上一大杯了。”

“那座红色的碉堡，是西班牙领事馆？”金斯来仍然是调侃的语调，他望向托德。

“咱大英帝国正在交涉出租，说不准里面都是伦敦来的人了。”托德说话的声调像伦敦剧院演莎士比亚剧的演员。

一伙人失声笑了起来。

几个本地小孩冲上前来观看洋佬，他们目不转睛地看着珍妮那一身维多利亚式长裙，又动手去摸珍妮的行李。“噢我的天，停。别再触摸，停。”珍妮紧张地看着托德，而托德悠闲地说了一句珍妮听不懂的话，小孩全跑开了。

“你对他们说了什么？”珍妮好奇地问。

“没什么，我说箱子里面有鬼。”托德吩咐那些脚夫。

“啊，就这样而已。”珍妮咯咯地轻笑着，她注视着脚夫搬运，并一一数着行李。

他们来到码头外的街道，那里有一整排的轿子和轿夫。“一元，一元！”他们对着托德喊着，一趟轿资一元。

“甜心，这就是我跟你在信上说过的笼子。”托德把行李也全安排好了，他扶着撑着洋伞的珍妮，让她坐进轿内，“这大太阳天，我相信你宁可搭乘笼子。”

珍妮上了轿，毕竟生平第一次搭轿，当轿子真动起来往前走时，珍妮突然失声惊叫了，随后，又不好意思地捂上嘴笑。

52

泉州已有传言，魏芷云的茶一两难得，王家再度派人到魏家来。

来说项的人重复说了很多次：“往后魏家的茶，我们高价全买。”

魏家人很好奇，难道王家不做茶了？“不，王家当然做茶，而且比以往做更多茶！今年茶便采了四季！”

魏芷云被父亲请出来作答，大家把事情重讲一遍，她像个正在听训的小女孩，低头倾听，一直等听完大家的话，她才问一句：“我家的茶除了卖给你们，还可以卖别人吗？”

“你家的茶不需要再卖给别人，我们会全数买下，魏家制多少，我们便买多少。”

“所以，将来外面的人要喝魏家的茶，就得跟你王家买？”

“没错。”那人很欣慰，魏家女儿终于听懂了。

魏芷云又低头沉思了一会儿，她抬起头来对父亲摇了头。

大家都想知道，魏芷云为什么摇头，但她不肯开口。

说项的人最后失望地走了。魏母百般不解，不了解女儿为何拒绝这么好的生意。她当着高青华的面问了女儿。“厦门有很多人已出高价要买我们家的茶。”高青华终于为魏芷云解释给魏母听。

“是这样啊，这样啊。”魏母说完这两句，但仍露出不相信的眼色。她从来都只认为，她家老爷子一向太宠爱女儿了，她家女孩没教养，将来嫁不出去。

53

王品源在贺胥堡外的小路上等待高青华。他知道高青华每天都会经过这里去魏家北边的茶田。魏家也只剩一小块山田了。

王品源穿着一身新制的长袍，头上戴着顶西洋黑帽，与周遭景物格格不入，他嘴里衔着一根草。“什么时候，咱来小酌个几杯？”他挡住高青华，高青华只好停步，但没回话，只对王品源说了声：“借过。”

王品源没让步，看着他，说：“你什么都不必担心，只要肯离开魏家到我们家来制茶，未来你前途无量。”

“我不能无情无义，我不会离开他家。”高青华看着王品源，仿佛这份邀约早不是新闻。“我们家！”他随即改口。

“无情无义？怎说？”王品源仍然挡住高的路。这路上只有他二人，路又不是窄路，高青华大可大步走开，但他似乎想知道王品源的真正来意。

“没别的，我的来意便是希望你离开魏家，来我们家做茶，我们给付的银两绝对比魏家多！”王品源吐掉嘴上那根草。

“你真的不必担心，只要你肯来，你就是我们王家人。我们帮你盖一座高家祠堂。”

来意够清楚了，高青华字字句句都听进去了，他摇了头，丢下一句：“目前不可能。”然后，他便快步跑开了。

王品源把整件事禀告父亲，王天民没吭声，只点了点头：“听到没？”他沉思，又加了一句，“他说的是目前不可能。”

54

三千株茶苗全装进特制密编的竹篓。那些竹篓一担一担地从贺厝堡挑到溪边，由溪舟运送而下至同安，后又被挑至厦门。

一路坑沟众多，路极难行，一山过了又一岭，从东岭翻过下澳溪，晚上住宿旅店，一大早又进入同安，许多竹篓都破了洞。

李春生已经两夜没合眼，他指挥众人把竹篓挑到船上，丝毫不敢掉以轻心。整艘船已被他包下，除了茶苗、工人之外，他允许挑夫之中的一人带了一尊清水祖师，还为高小娴买了两条北京狗。

李春生就怕风大，对茶苗不利，但旅途出奇地风平浪静，那个挑夫一路抱着清水祖师，唯恐什么不幸发生。

55

茶苗平安抵达沪尾，托德和李春生二人高兴地拥抱。一群人则从未看过男人拥抱，全看得发呆，一度停了下来。

“快，快，来不及了。”

李春生停不下来，他一心一意只想将茶苗立刻种下，先前，他担心得合不了眼睛，而一旦茶苗抵达淡水，他又兴奋得睡不着觉。

他们将茶苗一路又运到文山堡，那里已有许多农民接到通知，已在等候。

几天后，李春生亲自带着十余株的安溪树苗到淡水去。

他和一个仆役小心翼翼沿途照料，生怕烈日毁坏了幼苗。

托德也欣喜若狂，他早已找好了种树地点，雇了几名轿夫，把茶树苗像人般地抬到三角涌去种植。

树苗种下后，他想请李春生喝一杯香槟酒。

但李春生烟酒不沾，他谢绝了，反倒建议两人到石碇附近走走，考察别人怎么种武夷茶。

以及，未来他们应该在何处种茶。

二人坐下来谈了许久，纸上谈兵之余，托德也陪着李春生到文山堡及大科崁四处去走看。

二人对未来都信心满满。

不过，几天后，台北下了一场暴风雨，托德紧张得一夜未眠，天一亮，等雨稍停歇会儿，便急着往文山堡出发了。

所幸，几棵小茶树还挺立着，没被风吹倒。

托德站在茶树旁，简直要祈祷起来。

他吩咐他雇用的当地农夫要好好照料，才依依不舍地下山去。

56

李春生和托德商量之后，又在枫仔林附近买了一块地，他们也按照魏芷云教的种茶之道，种下茶苗。

茶苗已有五六寸了，他细心呵护，一窟四枝都照分，一丛一丛仔细量好距离，一行四尺排得很均匀。

那一天吹着南风，而且大地很湿润。

他把茶苗植入土内，并且以手扶正，根部压实，并且浇以少许水分。

这时已即将早秋了。

托德每天都来枫仔林探望这些茶苗。

每天，他和李春生会坐在茶园一角喝魏芷云送给他们的茶叶。他们等待茶苗长大。那是他们生活唯一的重心，最大的希望。

李春生注意到农民在枫仔林山边砌了一小庙，里面供奉那尊从安溪带来的清水祖师。他每天搭乘渡船时，看到很多人到那小庙里上香。

他花时间向他们传道，但因太忙，时间有限，他只有发愿，未来有一天，他要在本地盖教堂。

那年冬天特别冷，大屯山都下了雪，李春生和托德每天都战战兢兢，盯着茶苗。

所幸，茶苗没冻死。

春天时，茶苗全都长高了，托德高兴地流了泪。他说，他这一生只流过两次泪，一次在他父亲去世那天，一次就因为茶树。

“你这是喜极而泣。”李春生对他说。

“什么？”

“喜极而泣。”

57

托德为了迎接未婚妻，已经在沪尾找到一栋老旧洋房。那是很多年前荷兰人的建筑，年老失修，坐落在海港旁的小山坡上，孤孤零零，看起来更像家乡的鬼屋。他已找了几个当地工人来重新整修油漆，并且在花园外围围了竹篱笆。

珍妮意犹未尽地搂着托德，她来来回回在房子里走来走去，审视可以摆放什么家具。

“等洋行赚了钱，我们在山上盖一栋苏格兰式住宅，”托德语多安慰，“现在只是暂时住下。”他说。

他给她介绍新环境，当他们在沪尾街上走动时，街上的老幼妇孺全瞪着他们，有人窃窃地笑着。“他们在笑我们吗？”珍妮不习惯人们盯着她看，小孩会伸手拉她的裙子。

“他们的确在笑我们，但并没有恶意。”托德说，他甚至和其中的一个街人打招呼：“呷饱未？”

“你又说了什么？”珍妮问。

“我问他吃过饭了没？”

“你为什么要问他吃过饭没？”

“这是礼貌。”

“这是礼貌？”

珍妮露出不可置信的表情，她怀疑未来自己能否一个人走上这条街。“安全吗？他们会不会对我做什么？”

“但没错，”珍妮接着说，“沪尾是美丽的城，靠海又环山，四周这么柔和明亮。”

“我要请人教你说说他们的话。”托德在厦门学过闽南话，他每天带着一本笔记本，一听到新的字词便赶紧记下。

他还带她搭船从沪尾一路来到艋舺，淡水河沿岸风景和微风都渐渐抚慰了珍妮，到达闹市前，托德说：“以后我们会来这里设立洋行和店面。”

托德第一次来艋舺时，被扒手扒了去身上的银两，这是他第二次来，却被人吐了口水，珍妮又生气又惊讶，满脸惊惧。

他们走进龙山寺，托德向珍妮解释如何求签。“这不是异教徒的迷信吗？”珍妮问。“你把它当成游戏就成。”他把二片筊交给了珍妮，“你可以问一个问题，他们的神会以是非的方式回答。”

“我试什么？”珍妮的脑子转了一圈，把筊掷在地上。

她是问她是否会在台湾住下来。

二片筊都是平的。

庙祝解释：二片筊掷下去时，最好一阴一阳，即一平一凸，即圣杯，表示神明赞成；若非如此，则表示神明不高兴或不赞成。

珍妮听了托德的解释，笑了起来。

他们继续往三角涌，在几个农民的陪伴下，托德站在一处山坡前，看着日益长大的茂盛茶树，他激动的心情久久不能平复。

随后，他向珍妮解释他的卖茶计划：“这茶会卖到英国，在我们家乡都买得到，不但英国女王要喝，这茶还会卖到美利坚！”

“约翰，请安静下来。”珍妮冷静地说，“你的茶树还未长大，届时茶叶的质量如何也还不知道。”她略为忧愁地站在托德后面，看着远方。

托德也眺望前景，他的眼光里有一种专注，一种理想，一种热情，或者是信心。他觉得自己简直已经是个茶国的国王。

“没想到你对茶有这么大的梦想。”珍妮说，她也没想到，托德会这么快便把树苗种下，而他们此刻一起站在山坡前，她只想劝托德返回厦门或香港，为怡和效力。

“约翰。”珍妮向前呼唤，但托德完全沉浸在激动的热情中，他正在听一名农夫以闽南语和他说话，那个人不确定种植茶树能赚什么钱。

托德转向珍妮，似乎听到蝉声，他用力倾听。“夏天到了吗？”他问珍妮。

“约翰，告诉我，我们怎么清洗衣服？我想明天洗洗那件粉红色装，金斯来的派对快到了。”珍妮大声地说话，仿佛想借此唤醒托德。

三角涌的祖师庙附近。

托德和李春生搭船渡水而来，准备与几个邻里的农民洽谈种茶树事宜。他们随行也带了不少茶树苗。

这一带的农民这几年只种植甘薯和薏仁，前几年，也一度种胡麻和大菁，尤其是“西仔”以前喜欢买靛蓝染色。但这些年，也许产得太多，大菁价格跌了下来。

李春生向托德解释，大菁是染料，当地除了出口大菁，还可以借由淡水河之便运送布匹，所以染布业很发达。

“但人工合成靛蓝已经发明了，欧洲不但不需要大菁，反而向中国输入人工合成靛蓝了。”托德很清楚，他刚到淡水时，便有人要极廉价地卖大菁。

“现在改种甘薯，既甜又大，自己吃也好。”李姓农民坦白地说，去年他家几百担的靛蓝卖不掉，还堆在后院发霉。

托德在厦门便学过闽南语，他注意到这些农民都是安溪来的。“咱安溪人，那怎么不来种茶？”

这一招倒是管用。

“你一个外国人，也知安溪茶？”有人问。

“他会晓淋茶，哪也会晓种茶？”有人窃笑。

“这嘛简单，我们送你茶树苗不要紧，你种下去，茶叶长大，我们向你收买，有茶就有卖，对你可不是最好？”李春生侃侃向农民解释。

茶树苗免费提供，茶叶生出以后，会以好价钱收买，在改种茶树期间，如需要资金周转，宝顺洋行可以先行借贷，届时以茶价扣回即可。

“哪有这样的好事？”几个农民大户已被说服，李春生知道，其他人一定会跟进，只是迟早而已。他微笑地向托德点点头。时值春分，那天出大太阳，二人满头大汗。

心情却如沐春风。

“要怎么种？”有人终于问。

“要种之前，可以少量施肥，最好是鸡粪或鱼粕，施入开沟一台尺深底，再覆土厚约二寸，新植后两个月新梢会正常萌发。”

李春生俨然已是种茶专家，所有茶的常识都了然于胸，托德发出惊叹：“才短短几个月，你是从哪里学来？”

“未晓种那也能种？茶苗送不要紧，到时茶叶长不出来，那种茶的工夫不全浪费？”有人仍未被说服，他们是老一代的人物，终生只种甘薯和青菜，至少可以维生。“免费送茶苗，可以先借款，”他们嗤之以鼻，“我从不知道有这样的事情。”他们准备告辞。

“稍等一下。”李春生喊向他们。

那时他们或站或坐在祖师庙前大树下，李春生要人向庙里要了热水，他取出原先备好的茶具和茶叶，当场便示范泡茶。

他分给在场每一个人一杯热茶。“您先闻香，这般的香味，人间少有，来。”人人都被现场气氛感染了，也觉得茶好喝得不得了。

“这就是咱安溪茶。”

大家的心情似乎都被这家乡来的好茶融化，原先还振振有词的人现在也不说话了。“这茶怎么这么甜？”

“那茶苗何时给我们？”

“这茶树一种，一年收几成？”

托德被李春生的推销天赋折服了，他甘拜下风，真是太庆幸了，居然就遇对了人，简直就是最好的股东兼买办。

不但在三角涌，接下来，他们在木栅深坑和石碇等地，如法泡制，都获得成功。农民一个个来领茶苗，且效应不断扩大。树苗一株一株地种下，托德和李春生的希望也不断地种下。

他们渴望在明年春天可以看到茶叶。

60

珍妮躺在前院的一把躺椅上晒太阳。

她先小睡了一会儿，醒来后，听到窸窸窣窣的声音，但她不确定是什么声音。

或许是山下的人声？她坐了起来，太阳已经往西偏移了一点，她往篱笆外看去，四周静悄悄的，港口仍一样平静，无风。

但是，似乎风吹草动起来，她仔细看，再仔细看……篱笆上的竹子与竹子的缝隙中，她看见两只黑眼珠，然后，又是另两只，珍妮惊慌地大叫起来。

托德不在家，英国女仆和中国男仆一起出外采买了，只有一个中国姑娘陪着她，那女孩也惊吓得不知所措。

珍妮把房门反锁起来，没有对策，只能等待托德回来。

屋外的吵闹声却愈来愈大，她以为发生了什么可怖的大事，一直不敢开门。

原来是茶农将茶树苗又运回来了，就全堆在托德的院外。

几个时辰后，托德回来了，他不明就里，也向女仆问不出所以然来。他要到街上去找李春生，珍妮不让他走，他急着拥抱她，安慰她：“我只是去找李先生，立刻回来。”

61

李春生的住处门口也置放了许多茶树苗。

“他们来自石碇，说不想再种茶了，”李春生在家里与几名石碇来的农民交涉，“有人家里被放火烧了。”李春生神色黯淡，也一筹莫展。

托德只好先回家安抚吓坏的未婚妻。

第二天一清早，托德和李春生赶往石碇，茶园被放火烧了的茶农坐在门口，他的儿子昨天把茶树苗全退回去了。“再种下来，也不知那些生番会不会把我们的头砍下来。”

李春生和托德以为是一件突发事件，但事情不这么单纯。他们说的生番便是山上那些猎人。

“他们种茶种到深山去了，生番不高兴，”有茶农路见不平，“他们本来答应要给生番一点好处，茶种下去，却不重然诺，后来又偷偷地在番人的土地上弄了几个坟墓，希望吓走那些番仔。”

“坟墓？这能有效？”李春生满脸孤疑。

“他们做得太过分了！”抱不平的农夫振振有辞，虽然他也觉得往深山一点的向阳坡更好种茶。

这是很多家厝被放火烧的因果。

李春生和托德没有对策，他们希望茶农能向生番租地种茶，但茶农还没看到收获，怎么肯就付出？

他们商量很久，李春生提出另一法，游说熟番来种茶，熟番比生番好沟通，或许以后可以影响生番，让大家一起来种茶。

二人哪里是轻易放弃的人？他们打算择日成行，去深山向生番说项。

但是，那天下午在石碇听取不同茶农的说法后，正要打道回府时，有人气喘吁吁来通报他们：一个茶农被人刈首了，身体躺在茶园内，头颅却不见了。

62

珍妮终于在金斯来宴会前把衣服准备好了。为了不弄脏衣服，她搭轿前往，托德则自己步行而去。宴会是在怡和洋行举行，淡水街上一栋中式三进屋舍，张灯结彩，令人仿佛置身英伦。

整个晚上，托德只与二人聊天，一个是李春生，一个是曾任美国领事的李善德。李善德曾在厦门待过多年，二人一见如故，尽聊着中国见闻。

金斯来则替托德照料他的未婚妻，整个晚上不停说笑话。

“听说，金斯来的聚会，是这几年来，在这岛上最像样的派对。”珍妮回家后告诉托德。托德不屑地说：“你又知道以前的派对怎么举行了？”

“没有人会从法国订巴黎之花那出名的美丽年代香槟酒，除了金斯来。”珍妮理直气壮地回答。

63

为了解决生番和茶农的争端，托德和李春生决定不惜深入山里去拜访头目。几乎所有人都劝阻，但在深思熟虑后，二人仍然执意成行。

他们几次讨论如何组织人马，该携带什么物品，最重要的，该带些什么礼物。

最后列了一份清单：镜子、肥皂、红布、小珠子、纽扣和钢制器具。

除了托德本来雇用的几名男仆和职员，他们另外请来几个和生番打过交道的汉人，将一些准备送去的礼物打包放入扁担，有一个生番妇人将和他们会合，带他们一起入山。

他们得另外准备一台轿子。“我想我不需要。”托德对自己的体能很有把握。

“还是得准备，万一我们不小心病了，这个交通工具就重要了。”李春生说服了他。

李春生的仆人的这位生番朋友，过去有时会下山和他交换一些物品，通常她带来编织的布匹，或者干鹿肉，非常高兴能换得几根针或者纽扣和镜子。

托德从行李里取出两件东西，这两件物品让周遭的人都十分羡慕。一是他从英国买来的望远镜，他一直想好好使用它，现在正是时候；二是他携带了相机，由于体积庞大，需要二人搬抬。

他们走进山里，在瀑布旁等待。生番妇女如约前来，她带着一行人走。“这是最安全的入山护照，由生番妇女领路，保证安全；否则，一不小心，可能有人就从暗处将我们的头颅取去。”李春生说，他精神抖擞，全副武装。

“这里真是中国台湾！”托德沿途赞叹，他们遇见许多奇异并说不出名字的鸟。

“这里的林种和地中海附近的曼德哈岛相像，但比曼德哈岛更绿，绿得沁人心肺。”托德拨开比他还高的野草，“哈，这些可人儿！”他提枪瞄准远处一只野鹿，但野鹿闻声而逃。

挑着托德带来的礼物和相机，几个汉人突然停了下来。十几名番人已在前方出现，那个部落来的妇女和他们大声交谈，但似乎没有什么结论。托德拿出礼物，这倒是方便得多，番人要一行人在原地等候，有人则前往部落去通风报信了。

留下来的人都非常友善，托德脱了上衣，让他们检查他的白皮肤，那些人不可置信地在他身上摸来摸去，并用手在嘴上拍打狂叫。

番人要求把玩托德的枪，托德不肯，于是他们又要求他开枪，他们想知道威力如何。托德开了一枪，射中了一只野雁，番人全惊叫起来。他们之中有人说，他们的部落只要拥有这么一支枪，什么敌人也不怕了。

托德拿出一个肉桂标本，询问他们：“这里有这样的东西？”有，有人点点头。他也拿出几片茶叶，有人也点点头。

通风报信的人回来了，他们继续往前走，过了山谷，到了部落，照例先去头目住处。他是一个上了年纪的长者，披着兽皮，头上戴着羽毛头饰，身上涂抹了各种色彩，看起来华丽极了。托德目不转睛地看着，都忘了要人翻译。

头目虽然不是第一次看见红毛番，但仍对托德的来访感到惊奇，他分别指着托德和自己：“我们都是番。”

透过重重的翻译，托德向头目解释，茶树并非故意种植到他们的领界，未来茶树收成后，他们会致赠礼物和米粮，请勿再猎人头。

托德和李春生准备的火药，让这位头目大开眼界，他心情不错，答应了托德。

头目为他们准备了一间茅屋，也给了两张草席，茅屋内摆满简单武器和敌人头骨。晚上，他们吃野猪肉配芋头，托德觉得美味极了，他们不停地为客人倒小米酒。托德也有备而来，他拿出了威士忌，大家喝得十分尽兴。

稍晚，有人奏起悲伤的旋律，许多年轻人都站起来跳舞，他们踏一步向前，又往后退两步，嘴里跟着哼着“哦嗨哦。”他们邀请二人一起跳舞，李春生不肯，托德则跟着跳了。

在月光下，这一场舞蹈真是神圣，大家全喝醉了。

后来，二人躺在房间的草席上睡觉，托德翻来覆去睡不着，他看着起身去外头小解的李春生说："会不会，这是他们的诡计，等一下就准备来取我们的头颅？"

李春生回首看了托德一眼。"有可能。"二人在黑暗中笑了出来。

64

天尚未全亮，屋外已有好几个人在等着他们醒来。

才看到二人起身，一个老妇人便由年轻儿子陪同，走进他们的屋内。她想看看托德的白皮肤，托德立刻脱掉衬衫让她检查身体，无牙的老妇人触摸了一下，又以颤抖的声音说："你才是我们的亲戚，你不像那些邪恶的剃头留发辫的汉人。"

她两眼茫茫地看着托德："你究竟是哪里来的？为什么这些年都没有踪迹？"

李春生告诉托德："她的女儿曾和荷兰人结婚。"

无牙的老妇人感动地摸着托德的胸部。"我，何等幸运，在死前又有机会看到你。"接着她便喃喃自语起来。

然后，好几个人便上前抓抓托德的衣服，要他脱掉上衣，一遍又一遍地抚摸托德的白皮肤和褐色头发。

托德受不了众人的触摸，便说："听说你们身上有尾巴。"佯装也想检查他们是否长尾巴，惹得大家开心地笑了。

"既然我们都是番，为什么容貌相差这么多？"其中一个人问，一群人稍做盥洗后，二人又被请到一间较宽敞的茅屋，是少年男子聚会的场所。头目要大家献出礼物，如猪牙饰品和自制烟斗，有一个妇女还献上她手织的漂亮花布。

他们也取出准备的礼物，大家都很满意。镜子被众人抢夺，每个人都急着想看自己一眼，他们对纽扣很钟情，因带得不够多，有人指着他们身上的衣服纽扣，要他们拆下来。

“chiang。”这是托德刚学会的字眼，意指不祥之物，只要提起这字，“野蛮人”便不会再追问下去。因为怕纽扣被扯走，只要有小孩上前来，尚未开口，托德便指着纽扣大声说“chiang”。

番人拿出水煮玉米和兽肉干给他们当早餐。才吃到一半，又有人来拉托德，要他再试试手上的枪支，有人也拿火绳枪要和托德比赛。

托德被迫和他们竞赛，当然，因一晚没睡好，托德几枪都打偏了，最后才让他扳回一城。而李春生可真是神枪手，百发百中，从此，部落的男人也对这名汉人刮目相看。

65

番人的身上带了长刀，不少人还带着一个木箱，箱子装有烟袋和长矛，甚至火绳枪。他们把几个箱子集合在一起，想和托德换那把来复枪。

“chiang。”托德说，但这会儿他们似乎不信了。

托德和李春生走回部落，打算告辞，但脸上布满刺青的头目盛情挽留，他请二人抽烟斗，请他们吃槟榔。“这是为什么他们的牙齿是黑的。”李春生不肯吃，托德倒是愿意试试，他才吃一口，便将口里的液体全吐了出来。“简直像吐血。”李春生说。

头目请他们喝小米酒和红辣椒水，托德不停地咳了起来。旁边立刻有两个女孩上前以长勺子取水给他喝，他不习惯，几乎多数的水都流到地上去了。

有人请他们到室外去，那里有一个女人站在木桶搭置的台上唱歌。

她穿着宽松的麻布衣，衣服上缀有装饰和铃铛，女人吟唱着悲歌，一大群妇女围着，也都唱着悲哀的旋律。台上的女人先是缓慢地跳舞，随即步伐愈来愈快，歌声也随之高亢，气氛一时进入最高潮，女人失神倒了下来。

大家把她抬入屋内，等着她苏醒。她醒来后会有神谕，昭告今年何时下种。

但女人失神前曾指着托德说了话，他不明究竟，询问大家，没有人愿意告诉他，究竟她说了什么。

晚上，头目把那个曾喂他喝水的少女找来，让托德再看一眼，然后要少女出去。“她是我最小的女儿，我打算把她嫁给你。”托德差一点把小米酒吐了出来，急忙说：“她才十岁吧，还是小孩，而且我已经订过婚了。”

头目确定订婚和结婚不同，他仍坚持，他说，如果托德答应婚事，他会要他女儿晚上便与托德同室而眠，另外为李春生准备其他卧处。

“切切不可，”托德说，“先让我好好考虑一下。”

66

整夜，他们和族人喝小米酒，李春生才问起猎人头的事，大家你一句我一句，争相说起自己的英勇，一整夜没完没了，托德疲倦地退下。

他躺在屋内，试着要好好睡一觉，但屋外的说话声愈来愈大，还伴有严重的争吵声。过不久，李春生也退了下来。

李春生躺在托德脚边的另一块木板上，木板上铺着茅草。

黑暗中，托德睡不着，他披着一张兽皮，坐在睡铺上。

“你怎么办？”李春生问。

托德下了床铺，开始收拾衣物，“我必须现在就走。”他把东西全放进背包，从床边抓起他的枪。

“现在？”李春生也坐了起来。

“对，现在，因为他们全醉了，明天再走就来不及了。”

吵闹声逐渐安息，他们趁机招呼了随从，一群人往暗处走，愈走愈快，终于消失在森林的一角。

67

托德和李春生费了九牛二虎之力才返回淡水，那已经是第三天的傍晚。

托德回到家后，疲倦得像一只行走了几十里的狗，但仍打起精神想洗个澡。珍妮和仆人都不在，他走进卧室，却撞见了不该撞见的人和事。

金斯来和珍妮二人正裸着身体躺在他的床上。

68

在淡水河边，山坡上只有他们二人，海鸥阵阵飞过，托德烦躁地看着那些呱叫的鸟。“该死的，我真该带枪来。”

“这不是你想象的，”珍妮说，“真的，真的不是，”她的眼神很悲伤，“我们二人之间，其实很早就出了问题。”

“很早？是什么时候？在你来之前？你为什么大老远从苏格兰来？”托德一口气说话，语带埋怨。他自己也察觉了，他不愿如此，立刻不再说话。

珍妮是他这一辈子第一个爱的女子，可能也会是最后一个。

当年，他在威斯特摩兰遇见她时，已经决定出发到远东为怡和洋行工作。他们短暂地在一起，被迫分开，但那些年，他们写了好多信。

那些在船上的日子里，他觉得自己也需要一个家，便下定决心抛弃一切回去找她，而且订了婚。

后来他有一点后悔，因为他渴望回到亚洲，而珍妮对亚洲不感兴趣。

他说什么都必须离开威斯特摩兰，尽管她不愿他离去，但他必须走。

他无法忍受沉闷的六壁生活（他总说房子是六面墙壁）。

他天生是个流浪者，也许，他是游牧者，他一生必须飘离游牧。

他必须寻找，他必须离开，必须发现，必须朝向未知，朝向远方。

是他，是他自己，而不是她的错，但他必须远走。

而她不想到远方，不习惯离家的日子。

尤其无法想象在亚洲将过什么生活。

他请求一起走，她要求他不要走。

二人开始前所未有地争吵。

吵到疲惫至极，但他还是必须走。

她说他如果非走不可那就解除婚约，但他不愿这么做。

解除婚约，将使她被所有家乡人瞧不起，不，他不愿意。

而且他爱她。

他们因此转了弯，他将尽快回来。

或者她将到亚洲来，他们可以在亚洲成家立业。

而再度离开苏格兰后，反而是他变了，反而是他更强烈地怀念起她。

他觉得他的生活绝不能没有她。

是因为无法忍受自己的孤寂，抑是她在他的生活记忆中原来便是美好、难忘？

或者，他还是非常爱她。

那么他为什么无法为她留在苏格兰？

他爱她的嘴唇，他爱她的腰，她的小肚和膝盖，他爱她看他的眼神。

他爱她的温柔，她的专横，她的狡猾。

他爱她的女性，是她使他成为一个真正的男人。

他因此请求她来亚洲，他在信上说。

他们将在亚洲结婚，她将协助他开拓自己的事业。

他们不再受命于他人，从此将拥有一个自己的王国，而他许她为那王国的王后。

但该死的金斯来！

他们仍坐在山坡石阶上望向大海，他又拿出烟斗来。那只木烟斗，表面光滑得正像女人的皮肤，忠实地陪伴他这么多年。

比任何女人都来得忠实。

至少比珍妮忠实。

他一口一口地抽着烟斗，心思一波一波地涌起。

两人沉默许久。他多么希望女人像前几天一样揽着他说话，就在几天前。“就这么几天，该死，一切都变了。”他喃喃自语。

“你是好人，你不值得和我这样的人在一起。”她既疲倦又悲哀地看着他。他不喜欢这样的目光，那目光里有一种残忍，有一种他说不出来的陌生。

69

珍妮在房间收拾她的东西，她轻手轻脚，毫无声息。她已经差遣一个男仆到街上去张罗箱子或竹篓。

托德坐在另一个房间的书桌前。

他正在回信给他的一个未来的股东，那位苏格兰老乡有意投资茶叶生意。

他放下笔来，佯装沉思。其实正集中注意力在倾听珍妮。

她把她从英国带来的那只皮箱提了出来，放在客厅。

然后她走进托德的书房，这里堆满了书和中国古董，像古剑或者瓷瓶。

时间一分一秒地过去，托德在等着珍妮和他告别。

“你可以把那把来复枪送给我吗？”珍妮走到他书桌前，以无辜的眼神看他。

他想都没想便回答：“可以。”

70

他们在等一个北风天。

而且他们避开露水未干的时辰，一直等到中午。

午时，那是关键时刻。

李春生在申时之前收工。

第二天继续采，但午后下起雨来。李春生望着雨发呆，他把已采好的茶叶快速送至凉房。托德陪着他，但他明显笨手笨脚。

在收采来的茶叶送到凉房晾青时，李春生对托德说:“春水，夏苦，秋香，冬韵。”托德完全听不懂。李春生重说一次，再加一句：“那小女孩说的。”一听到魏芷云的名字，托德便没来由地笑了。

但晾青之后，毕竟没有实务经验，茶叶全毁了。

他们在沪尾和文山堡四处寻觅安溪人。

“有谁会炒青、揉捻和包揉及烘焙？”他们逢人便问。

如果找不到一个会制茶的人，那么这些茶叶会无用武之地。李春生非常忧心，他第一次说话时不停叹气。

谷雨即将到了，现在是春茶的采摘时节，晾青之后就要立刻制茶了。

71

谷雨过了两天，他们终于找到一位江姓茶师，曾在安溪制茶，随着家人来台做木刻生意，早已不做茶了。“但制茶有什么难？就像吃饭一样。”他说，李春生雇用了他。

谷雨过了三天，天还下着雨，江姓茶师等了几天，雨仍不停，他决定冒雨也得采摘。

但茶叶遇水叶片发黑，这是江的错误决定，茶叶不但没有茶香，还有一股歹味。

李春生凡事躬亲，他投入茶园工作，从采茶开始，除了采茶一心二叶，采了后还担茶下山，一点都不敢耽搁。

他读着魏芷云给他的笔记，为了保持茶叶的新鲜，摘下的茶青应及时送去晾青；担青时，入袋的茶青不宜太多，途中亦宜少耽搁……

李春生开始对这位负责制茶的江姓茶师并不是那么信任，但未将烦恼告诉托德。但托德却可以从李春生的脸上读出他的心事。他在等着李春生主动告诉他。他带了几块街上买来的红龟糕给李春生，但他自己完全没有食欲。

李春生已经两天没回家了，高小娴要人送来食物和棉被，餐点吃了一些，但新的棉被根本没打开。

他急得睡不着，不知道到底该怎么制茶，他已发现江姓茶师制茶的方式不对劲，因此非常惆怅，没时间刮胡茬，看起来像另外一个人。

不过，茶既然已制出，托德要李春生回家睡觉，李春生却不愿回去。

他们二人煮了热水，泡起他们的茶。在过去的时光中，托德忙着筹资成立洋行，李春生管理茶农和制茶，二人合作无间。

茶水入口后，二人都没说话。

他们像雨天在田埂上走路，因为怕滑倒，如果不需要拐弯，没有人会停下来，也没有人开口说话。

最后，是李春生说话了。

他说："这茶，味道远非香、甘、重、滑，但我怀疑并非我们的茶不好，而是茶师的手艺……"

托德立刻跳起来和李春生握手。"茶苗长得这么快，这么健康，叶子又如此肥大，我不会相信是我们的茶叶不好。"他大声嚷嚷，完全同意李君的说法。

但是，这茶还没炒过，他们曾听说过炒茶或许可以起死回生，让这些茶更有味道，李春生陷入沉思。

"魏芷云？"

托德忍不住提到这个名字。

"魏芷云！"李春生也是同样的想法，二人都笑了。

随后的那个下午，他们安静地喝茶。

72

"我可前往厦门，将茶青带运过去，请魏芷云到厦门为茶青烘培，然后再装箱出口。"李春生说出他的计划。托德原来坐在桌前，却站了起来，在房间里绕了一圈，然后走到李春生面前，看着他。"如果能请茶人儿到厦门，为什么不请她到沪尾？"

李春生恍然大悟。"好主意！"他从来没这么想过，是因为他觉得她不会来吗？她为什么不来呢？

他们当天便把江姓茶师革职了。茶师终于承认，他虽从小生在安溪，看过很多人制茶，以为制茶简单，小事一件，但原来制茶不简单。

那天，托德告诉李春生，无论需要多少钱才能让魏芷云来沪尾，他们都应该付那笔钱。

李春生立刻出发往安溪去。

73

安溪的魏家老爷就快败光财产了。他的妻子魏好念佛愈来愈虔诚了，她留在房间的时间愈来愈长，在房间里给观音献上最好的花果和香火，一遍又一遍地念诵《心经》。房间总留着黯淡的烛火，但魏好经常至深夜仍无眠。

魏家最后一块向西茶田，也是魏芷云口中的“最后宝地”，也快保不住了。

因无地种茶，而北边那块地的茶树长得不好，茶叶数量因此愈来愈少，茶再怎么高价，因茶量太少，卖茶也不敷家用。

无论魏芷云如何努力，魏明仍戒不了烟，如今禁烟，大烟价格更贵，吸烟如烧钱。

但魏芷云和高青华不死心，他们照顾北边茶树，把北边摘采的茶叶以不同的方式烘焙，以期改善苦涩的口感。

茶的质量确实有改善，是不完美的完美。做茶本是一种对残缺的崇拜，制茶便是在这不完美的生命中，为了成就某种可能的完美，所做的温柔试探。魏芷云的父亲有一次在吸食鸦片后透露出这几句惊人之语。魏芷云一直谨记在心。

因魏芷云卖的好茶数量不多，因此每每才一做完，就全数被订走，现在连北边茶叶也一样全数被订走。

高青华去找几个茶农，希望未来他们卖生茶给魏家，好几家的茶农都答应了。但去收茶时，对方又说，茶都被王家收走了。

那些茶农都不肯解释为什么答应后又反悔，高青华问了好多人，很多人神情诡异，又不肯说话。终于有一人说话了。

他说，王家问了价钱后，会出更高的价钱买茶。

还有，那人又说，他本不该说，但还是说了。

“有人说魏芷云在制茶时下迷药！”

“下迷药？下什么迷药？”

“下一种迷药，你喝她的茶好像非常香，喝久了你就会被毒死。”

“这是谁说的？”

“不知道。”

高青华将这个谣言告诉了魏芷云，她听了后沉默不语，过一会儿，却失声笑了起来。“这世上真有这种药？”

高青华也陪着她笑。二人笑了好久。

笑完，二人又互看一眼，沉默下来。

昨天，王家又托人来说项，这回出了高价要买魏家最后的宝地了。

魏芷云告诉高青华，她父亲一定会将把宝地拱手让给王家。

当她正准备和父亲说情，就听到高青华跑来告诉她，那位李春生又从台湾来了，好像正在前厅。

她怏怏不乐地移身大厅。

他父亲却兴冲冲地告诉她："阿云，他们要你到台湾去炒茶，我替你拒绝了。"

"到台湾炒茶？"魏芷云睁大眼睛和耳朵，全神贯注地看着面前的客人，这位李春生先生。她对他有好感，以为他为人正直，有远见，不是一个普通人。

她想听听他本人的说法。

李春生把他和托德的大梦全盘托出，他们想制造全世界最好的中国茶，卖向英国、美国和欧洲。将来，连英国女王都会喝他们的茶……所以，他们需要她。

魏芷云听完，露出一脸微笑，却没说话。

李春生追问她是否愿意前往，他补充："台湾是个好地方。"她说，她喜欢他们的想法，把茶卖到全世界，连欧洲女王也来喝他们的茶。

"好吧，"她说，"我很希望女王来喝中国人的茶，希望她会喜欢我们的茶。"

"所以，你答应了？"李春生不敢相信。

在谈妥付好的价钱后，他们说好，尽早启程，因为夏茶又快要收成了。

魏父一直让女儿自主地说话，他不敢阻止她，也不敢打断。他神情有些疑虑，但最后他对李春生说："英国女王要是喜欢我们阿云仔的茶，那岂不是妙哉？这也是祖上有德了。"

但是，他只有一个要求：魏鹏必须陪伴妹妹一起去。

魏母则不希望他们走，尤其不希望儿子走，她说："不是都说那黑水沟很黑很深，很危险？"

74

高青华经常服侍魏父，给他做推拿，手脚轻快，颇得魏父欢心。

自从他来魏家后，照料魏父，为卧床的他跑腿，给他上尿壶或痰壶。后来，他每天背着魏父如厕。

魏家人都说，他们何德何能，捡到一个儿子？

魏鹏也庆幸高青华入继他家，自从青华来后，他沉迷练武这事就再也没人提起，仿佛高青华已经分担他做儿子该做的所有事。

高青华已经想了好几天，他一直没有机会见到魏鹏。昨天，魏鹏才从安溪大街上回家，高青华便拉住他说话。

魏鹏坐了下来，看着高青华那双赤热的眼睛：“你爱上了我妹妹？”

高青华只能点头。

“多久了？”

这一点高青华倒没实说，实情始于他初次见到魏芷云，那是多久的事了？

他只淡淡地说：“自从来了魏家……”他祈请魏鹏不让魏家父母知道。

魏鹏哈哈大笑起来。

“你以为他们那么傻，会看不出来？第一个告诉我这件事的人便是我娘。”

二人坐在家门外一尊寿山石上，这是魏父多年前要人从老远搬来的，那时他还未吸食大烟，有收集石头的癖好。

高青华也很喜欢这石头，他曾被这石头纹路之美震慑，有空都会坐在石头上冥思，那石头仿佛便是他的灵魂。

他曾多次坐在这里考虑他人生的下一步。

魏鹏同意，让高青华陪妹妹去。

他说：“我去游说母亲，你只消自己向我爸提出这个想法。”

魏父对此事倒是考虑了很久，由高青华陪女儿去，倒是也有许多优点，高青华会制茶，可以分担女儿许多工作，且高青华那小子喜欢女儿，只会一心向着她。

但是魏鹏毕竟是儿子，又会武功，应该是保护女儿的不二人选。且高青华和女儿一走，谁来照料他？

最后，魏明告诉义子，如果魏芷云同意，他可以陪女儿去台湾。但魏明要高青华发誓，如果他没好好照顾魏芷云，女儿有三长两短，自己会让魏鹏一刀杀了他。

高青华当然全数答应。

“但我希望魏鹏和我一起过去。”魏芷云为观音敬三杯茶，并且奉上一束她一早从外头溪涧摘来的水仙花，她对高青华这么说。

高青华愣住了。他倒是从来没想到原来魏芷云不喜欢他。

他沉默了。

魏芷云也故意不再说话。

那天下午，她和高青华一起捡茶梗时，看着愁眉苦脸的高青华。“其实，不想你陪我去，因为这不该是你的事，而且……你这么会照顾我父亲，我们走后，谁来照顾他？”

高青华终于笑了，但他意识这不是开怀笑的好时机，立刻住了口。

后来，魏鹏答应母亲他会好好代替青华照顾父亲，一切才算安排妥当。

高青华和魏鹏又坐在那颗石上，高青华引述魏芷云的话：“其实，不想你陪我去，因为这不该是你的事！”说时还轻轻地摇着头，他看着魏鹏，魏鹏无所谓地叉手于胸前，说：“原来你相思病病得不轻呢，一个大男人！”

75

三千大银，已挑到魏家来了。

李春生要挑夫在银箱上再铺上盐包，佯装是为魏家送盐，就是怕盗匪来抢。

魏母清算银两，她仔细算了几次，算盘倒是打得很响。

客厅里空荡荡的，只有算盘上的盘珠嗒嗒作响，魏母坐在一旁盘算，角落里魏父看起来奄奄一息。

李春生和挑夫站在门外，他仔细观察屋外动静，并叫来高青华：“为什么魏鹏不去，变成你去？”

高青华支支吾吾，做了一番解释。

“我全没听懂，但你去也没关系，你只要别以为这是什么好差事。”李春生神情严肃。

高青华嗫嚅着解释：“我和魏芷云一样喜欢制茶，我们俩都是茶人。”

“你也是茶人？”

李春生对他挥一挥手，要他去将魏芷云的行李包袱全提到户外，以便让挑夫挑走。

魏芷云带的衣物总共要五个挑夫才挑得完，高青华只有一个小包袱，他自己背在身上。

76

他们离开魏家时已是春分时节了。

到台湾去的海上，果然深又黑，风浪又大，魏芷云的心都沉入海底了。“我再也不会见到父母，再也回不了家了。”她喃喃地说。

那时，雷雨交作，云雾晦冥，腥风触鼻，有人告诉魏芷云，这就是黑水洋。那水黝黑而深，仿佛泼墨。

她携带了一尊观音，观音包在布里，置于行李中。魏芷云默想观音容颜，她一路呕吐、头晕眼花、头重脚轻，不知这路途如此遥远。

过一时辰，到了白水洋，一尾巨鱼鼓鬣而来，举首像危峰，每一移动，浪涌如山，船只几乎即将淹没，声碰又如霹雳，船上的人谁也没看过这么巨大的鱼，每个人都止不住惊叫。魏芷云闭上眼睛，不敢观看。

高青华完全不为所动，他把身上的水壶里仅有的饮水都给了魏芷云，默默观察天象，悄悄低声告诉魏芷云，再忍耐一下，过不了一个时辰，就快到了。

那条巨鱼也逐渐消失影踪。

魏芷云告诉他，能看懂天上星辰好神奇啊。

魏芷云也告诉他："你真不该陪我来，如果船沉入海底，不但我们二人都不在了，也没有人可以陪父母。"

但这一次，高青华却觉得这些话很甜蜜，他愿意多听几回。

同时，他亦想及自己的父母，突然失了神。

"你怎么了？"魏芷云用手轻轻抚过他的手臂。

"没事，没事。"他回神过来。他要去接触那只温柔的手时，魏芷云已转过身了。

77

大陆来船平安抵达沪尾。

魏芷云惨白一张脸，她小心挨着人群下了船，但老远地便看到托德，他高个子，目标太明显了，李春生也是与众不同，气质与所有人都不一样，也站在托德旁边。

高青华小心翼翼地看着魏芷云的行李全都下了船。

托德仔细观看着船上的旅客。那戎克船他也搭过几回，不是特别舒适，但着实方便，凑足人数便开船，且票价便宜。他看到许多壮丁，偶尔几名妇女，但小女孩呢？整船旅客中并没有一个小女孩。

他低头问李春生："那位小天才到了吗？"

李春生努了嘴，原来魏芷云便站在他们面前。

“你，是，魏芷云？”

托德惊讶得说不出话。

眼前，哪里是一名小女孩？简直就是一名楚楚动人的女子。

“你，你是魏芷云？”

托德指着眼前的女子，又看着李春生，完全没注意她身边的高青华。

“我便是魏芷云，魏芷云便是我。”她笑了，笑颜里有某种童稚。

78

他们将魏芷云带到大稻埕的一户人家，那户人家知道魏芷云会制茶，愿意无条件收留她和高青华，只是为了未来有机会向她学习制茶。

魏芷云和高青华搬了进去。

那小子怎么也来了？

托德看着高青华人前人后跟着魏芷云，便忍不住问李春生。

李春生耸耸肩，他心情极佳。“茶仙子来了，我们离目标又更进一步了，不是吗？”他心里盘算如何安排茶事。

在魏芷云尚未抵台前，李春生已要人做好了魏芷云要他做的所有准备。

他和托德在大稻埕已租赁了一间厂房，充作茶坊，挖了地洞，砌了焙窟，准备了龙眼树炭和火铲以及焙筛和焙笼。

魏芷云大致看了一遍，并到茶山走了一趟，拜访了茶农，了解茶叶的生长，也了解“茶路”的走法。

他们现在才知道，挽茶后，茶叶的护送很重要，不能让那些叶子压挤或闷热，一旦变红，茶叶便不再活灵了。

魏芷云要挑夫将新摘的茶青轻柔地置入布袋里，尽量不要晒到太阳。

隔天，一大早她已换了衣服，戴上斗笠，背着茶篓，乘船往文山堡挽茶去。

“北风天，中午。”她才对随行的李春生说一句话，李春生手上已经有一只西洋铅笔，立刻拿出一本西洋本子记上。

那本簿子已记了魏芷云所有的论茶。

“露水未干不要摘，从另外一头开始挽。”在茶园时，魏芷云对男女们发号施令，声色严厉，不容反驳，十足权威。

男工们为李春生工作已有一段时间，女工都是大稻埕街坊上的良家妇女，李春生将男女分成八组，分开工作，而他们却全服帖地听令于安溪女孩。

李春生也暗地惊奇。他坐在茶园一角，看着魏芷云教导好几个挽茶女工，那些妇女以前不知道挽茶有这么多学问，现在都跟着魏芷云的指示，终于知道挽茶不必抓大把，而且大芽和小芽必须分隔时间摘采。

而托德站在茶山更高处，他已做好准备，望向一大群穿着花布短袄的女工采茶，准备按下他的相机。

女工们动作颇快，比男人快多了。一个时辰便挽了一大片山的茶叶，最后，一群人都唱起歌来。

晚雁徐徐飞去时，大家已走在回家的路上，山里传来动人的歌声回音。

一篓篓的茶装进布袋里，便由挑夫挑至大稻埕，他们乘船而上，没有耽搁。

魏芷云和高青华已在船上，他们彼此互望了一眼，眼神祥和并且愉快。高青华喜欢这样的时刻，那时，他觉得，全世界只剩下他们两个人。

79

在晾青筛茶之后，魏芷云和高青华便准备摇青。因为人手不够，接下来的两天，魏芷云和高青华没合眼，李春生和托德陪着他们，二人皆昏昏欲睡，但都舍不得回家。

那时，李春生仍在做笔记，他看魏芷云有点疲累，想上前帮忙，但高青华告诉他："这摇青是大学问，谁也帮不了。"

魏芷云也告诉李春生，摇青是她认为制茶最重要的关键，茶香与否亦系于此役。

他们给竹篮系上绳子，绳子绑在屋梁上，竹篮刚好到腰的高度，二人便一前一后摇晃着竹篮。

托德和李春生目不转睛地盯着他们二人，他们轻轻以双手晃动竹篮，动作优美，且不停息，一摇再摇，托德早因疲倦而逐渐闭上眼睛，倒在一旁睡着了。

在恍神中，托德听见魏芷云一边摇着竹篮，一边轻声对茶说话。他睁大眼睛，问她："你刚才对茶说了什么？"

魏芷云未理会他，她仿佛在告诉高青华，一均匀，二走水……也仿佛在自言自语。

他们二人不知摇了多久。然后，房间里逐渐飘出一股茶叶的香气，托德和李春生在魏芷云的指示下，向前探看竹篓中的茶叶。

一些叶子已被晃动挤压成红边绿腹。

魏芷云暂停下来，她说：茶叶死了。"茶叶死了？"托德和李春生相觑，以为最糟糕的事情已发生了。

"我们的茶叶不好？"托德直截了当地问，表情像犯了大错。

"不是，茶叶死了会复生，死去活来，香味就出来了。"魏芷云微笑了。

李春生兴奋地在他的笔记本上快速地写，托德则直叹可惜："房间太阴暗，否则我应该拍摄照片。"

房间真的阴暗，但茶香弥漫其间。高青华和魏芷云二人无间断地摇下一篮茶叶，整夜，他们都那么摇着。

"茶叶真的死了！"魏芷云大叫起来。

那时，托德和李春生已返家睡觉，只剩高青华在快天亮时小盹了一下。

他惊醒了，并对炉子里的茶叶道歉，但就在此时，"茶叶站起来了！"他对魏芷云说，魏芷云如释重负，轻轻吐了一口气。

她跑到屋外，果然室内传来的是浓郁的花香，高青华也走出来嗅闻，二人既高兴又疲倦，突然像孩子似的拉着手，又叫又跳，随即，魏芷云立刻松开双手。

她坐在屋外的弃椅上，过了一会儿，高青华也坐在她旁边，当他正要发话时，她用手指着自己的嘴唇："闻到了没？栀子花香。"

80

托德为了成立洋行，已经在招兵买马，李春生是股东兼总买办，他最亲密的伙伴，而莫勒曾是德记洋行买办，现在也有意投资宝顺洋行。

他们三人坐在大稻埕茶坊旁的办公室里，托德和李春生高谈阔论茶的种种，而莫勒坐在椅子上，把双脚搁在托德的办公桌上，嘴里吸着烟，表情迷惑。

"一个中国女子在制茶？"

莫勒又问了一次，托德和李春生不知道他用意何在，只能点头。"那些绑小脚像残疾般的女子能制茶吗？"莫勒曾在广州工作八年，认为自己对中国现况也很熟悉，很不以为然地说。

托德站起来："那你不妨亲眼一见，看看我们的茶人儿……"

他示意李春生带路，莫勒跟着移身往外。

他们走到附近的茶坊，"闻到没？这茶香？"李春生向前问莫勒，莫勒努力嗅闻。"茶香？这是菜味吧？"

魏芷云和高青华已大致完成初包揉和复包揉，他们因熬夜而筋疲力竭，没心思理会客人。

三人作壁上观，良久。

不久他们退回办公室，托德要李春生去请魏芷云过来泡茶给莫勒见识见识。

李春生去了，又回来。三人坐在那里等魏芷云。但她姗姗来迟，三人不知等了多久。

“来，来来，给他泡茶。”托德看到魏芷云走进来时，立刻高兴地喊叫。

魏芷云面有难色。

“来啊，给我们的莫勒先生泡个茶吧。”李春生也对她说。

她动都不动。过了一会儿说：“你们大老远是请我来贵宝地制茶，不是来给客人泡茶。”

托德原本没听清楚，后来他听懂了。

李春生立刻站起身来，走到魏芷云面前，用西洋人的方式向她鞠躬，一手置于腹前，一手作势邀请她过去。

“请你来给我煮茶。”

魏芷云还不知如何反应时，托德也如法炮制，二人联袂表演似的做出邀请的动作。

魏芷云忍住笑意，她同意为莫勒泡茶。

她返回茶坊，抓了几把茶叶置于手边纸上，再度回到办公室。

她为莫勒示范泡茶，一面泡茶，一面故意念念有词。

观音入宫，悬壶高冲，

春风抚面，关公巡城，

韩信点兵，细闻幽香。

莫勒指着魏芷云，并告诉托德：“首先，你得要这女孩学学英文。”然后，他的头仰得很高，以睥睨的眼神看着魏芷云表演。

“茶泡好了，看官请享用。”魏芷云轻柔地说。

茶端到莫勒面前，他取过来饮用。

茶的香气使莫勒惊异，他正在感受那滋味。“为什么有甜味？”他只问了这个问题。

“这是回甘，喝的时候不甜，喝下去后舌尖才感觉甜……”李春生抢着回答，这是他自己的亲身感受。

莫勒着迷极了，他从来没喝过这样的茶，在广州那些日子，他喝的都是英国人卖的茶，当然也有印度来的茶叶，他也喜欢在茶水里加奶以及加马萨拉香料。

魏芷云的茶水如此清淡，相较于他喝的英国茶，简直可以说是无味，但却是淡中有味，且回味无穷。他不停赞叹，惹得李春生和托德都很兴奋。“瞧瞧，我们的茶人儿！”托德说道。

莫勒立刻爱上了魏芷云的茶水，他决定把他从英国带来的几吨货品变卖的钱全部投资在这家洋行。他曾在“不列颠号”上担任船医，按照行规，他可以带上两吨的国货，透过关系，他多带了一吨，带了许多纺织品和钟表，价钱卖得不错。但他随后却违约未返回英伦，他一心只想趁机赚钱。

“你们有道理，这茶叶世间少有。”过一会儿，他又问，“如果有人喝此茶仍然想加牛奶和糖，可以吗？”

魏芷云没听到这个问题，她已经离开了。

81

茶香是香，但过于清香了。高青华吮了一口小杯茶，他像嚼食般地将茶水在齿唇间移动，然后闭上眼睛，仿佛如此，他的味觉才会更敏锐。

魏芷云不可置信地看着高青华。“茶香是香，但过于清香了。”她重复他的话，不相信这话是从他口中说出，“你，你还说你不懂茶？”

高青华忍了很久，终于说出他一直想说的话：“好喝是好喝，但我觉得……我们应该遵守魏家制茶的传统，铁观音的传统是浓香……”

魏芷云愣住了，她没预料会听到这席话。她辩解起来：“这不是铁观音，而是台湾茶，顶多是乌龙茶的一支，但不是铁观音。你不该用铁观音的标准来看，我们人都在台湾了，你还活在安溪。没注意到吗？这茶很特别，我们应该根据它的特性去烘焙，”魏芷云一本正经地说，“这茶该走清香路线！”

魏芷云没再发话，高青华也安静地陪着。他是懂制茶，但在魏芷云面前，他自叹弗如，现在又臣服了。是他的心吗？他其实一直臣服于她，在各方面，他无条件地接受她。

他知道，他爱她，早从他小时候第一眼看到她就是如此。这是他的命运。

82

李春生来取茶样。

魏芷云早已包装好，她在房间里，要高青华拿出去交给李春生。

高青华照办。李春生收下茶包，问他：“你说说，这是什么茶？”

高青华淡淡地说，这是魏家的茶。

李春生再问一次：“这茶可还是安溪铁观音？”

不但不是安溪铁观音，这茶连铁观音都不是，这茶叫台湾乌龙茶。

乌龙茶？台湾乌龙茶。

自从亲眼看到高青华和魏芷云一起制茶后，李春生对高青华便多了一点尊重和礼遇，他口中念着台湾乌龙茶，眼睛朝里面的房间看了几眼：“魏芷云为什么不出来见我？”

高青华的眼珠子朝右又朝左转一圈。“我哪知？”

“去请她出来。”李春生吩咐他，然后一骨碌地在八仙桌前坐了下来。

魏芷云终于出来了，脸上未施脂粉，却出奇地令人惊艳，肤色犹比茶花，又嫩又粉红，而她无论如何看起来都像个小女孩。

女孩对他并不是太恭敬，显然不想出来见客人，她看着李春生：“找我什么事？”

李春生被她那清新明亮的神情打动，一句话也说不出来。

83

莫勒和托德还坐在那间刚租下来的办公室里，两天来，他们仿佛雕像般固定在那里，天南地北地谈着他们的未来，茶叶的生意。

莫勒已决定要投资托德的洋行，他们详细讨论了资金挹注的办法，究竟把钱汇给香港的渣打银行，还是自己亲自再来台湾一趟。

最后，莫勒同意，他自己不但会将资金亲自带来台湾，很可能也会在台湾住上一段时日。

他们巨细靡遗地讨论了很久，李春生在一旁认真地做笔记。过一会儿，他打算先退，这时，托德突然问他："您认为这茶是什么茶？"

李春生说："这茶本来叫安溪铁观音……"

"安溪铁观音？"托德看着他，"这里是淡水河啊，应该叫淡水铁观音才对。"

李春生最后说，但这茶既不是安溪铁观音也非淡水铁观音，这茶是台湾乌龙茶。

乌龙茶？莫勒试着发出这个名字，乌龙，这个字有意思，什么是乌龙？

乌龙就是黑色的龙。

他们最后决定将茶叶的名字定为台湾乌龙茶。

他们决定将少许试用茶先寄到欧美国家，莫勒非常清楚寄送名单，他过去的业务与这事有关，应该让谁来试喝他们的茶，他心里有数。

他的名单有美国纽约的太阳百货店，以及罗德与泰勒百货公司，英国曼彻斯特的肯德尔百货，还有法国巴黎的乐蓬马歇，甚至澳大利亚的戴维·琼斯。

然后，他们三人又展开那一场莫名的讨论，究竟是否应在茶包及茶盒上注明泡茶方式。

莫勒认为注明泡茶方式，会吓跑一些喝"英国茶"的顾客。他说的是"英国茶"而非"印度茶"，在那一年，大吉岭和阿萨姆茶已卖到世界各国，销量已胜过中国茶。

最后，李春生告诉他们，还是可以写明泡茶方式，不必担心顾客的口味，西洋顾客已经喝过绿茶，只要喜欢绿茶的人都会喜欢台湾乌龙茶。

三人都同意了。

莫勒和托德开心地找出威士忌来喝，李春生滴酒不沾，但也陪二人喝酒。

托德那一晚喝了许多，他有理由喝酒，就因为感情生活如此不幸，好像只有在忙完工作时，他才意识到自己真的是孤单的一个人，他因此一杯又一杯地喝，喝到最后，李春生只好按住他的手，不让他再举杯。

李春生告诉喝醉的托德，关于托德的感情生活，他只有一个结论："现在的不幸是不幸中的大幸，一旦结婚定居，才发现不幸，那真是最最不幸了。"

"你是幸运的，"托德不停重复地说，好像也在安慰自己，"以后你就知道我在说什么了。"

托德和莫勒都醉得一塌糊涂，二人不停地说着同一个名字：台湾乌龙茶。

84

托德和李春生再度出发去三角涌向茶农采购生茶，但有一些事情必须当面说清楚。

那些问题其实是由魏芷云向李春生提出的。托德因此询问李春生，为何不让魏芷云自己亲口向茶农解释。

李春生说："茶农哪会去听一个女孩说教？"

魏芷云要李春生告诉茶农：不但大芽小芽分隔采，山头仑尾也要分开，东南西北采来的茶不要放作堆。

茶农们一听是专家的意见都没反驳，只道是本地采茶女没经验。

托德决定继续发放给农民贷款，明年以茶偿还。他们搭船沿河而行，一处又一处地解说，几十名茶农全挤到他们身边，抢着要登记贷款。李春生的文书工作一直做到天色已深黑，他们二人才饥肠辘辘地回家。

85

“一府，二鹿，三艋舺。”李春生转述，“话虽然如此，我看好大稻埕。”

但莫勒却认为，艋舺毕竟仍然是北台湾最繁华的一区，是目前的贸易重心，“宝顺洋行还是应该设在艋舺。”

李春生最后同意了这件事，莫勒自告奋勇要出发去艋舺走走，顺便打听店家的可能。莫勒和一个年轻的实习生罗宾逊什么都没带，连枪支也没带，一大早便出发，当时李春生曾劝阻他们稍待片刻，他可以陪伴他们成行，但莫勒不想等。

他们在庙前向人打听是否有店面要出租，有人警告他们，要他们滚，二人不以为意，庙外人群愈围愈大。

人群中也有人知道他们并无恶意，那人请他们移步，要带他们去看店面，但那人不久便遭人辱骂，不见人影。

莫勒和罗宾逊站在巷口等着那人，他却再也没出现。随后，他们走进另一家店铺，却被人推了出来，不友善的人群仍然围着他们，他们几乎动也不能动了。

莫勒既紧张又生气，他开始用英语指责那些围住他们的人。

冲突愈来愈大，罗宾逊因不满有人摸他的头发，打了那人一拳，事件愈发不可收拾，群众开始攻击他们，对他们拳打脚踢。

“洋鬼子，滚回去！番鬼，不走就让你们好看！”

冲突愈来愈激烈，二人只有挨打的份，但没有任何人出来调停。罗宾逊一不小心没站稳，倒了下去，好几个人顺脚踹他的头，可能一脚踹得过重，他昏迷不省人事，躺在街头。

当人群散开时，罗宾逊已死了。

而莫勒遍体鳞伤，站都站不稳，只好坐了下来。他全身是血，且不断颤抖，不知过了多久，天都暗了下来，才有人好心地从店里扔出一件破棉被给他，怕他冻死。

当莫勒发现罗宾逊已停止呼吸，可能是愤怒带给他莫名的力量，他终于站起来，并且以非常缓慢的速度往前走。

他找到了一名轿夫带他回港口搭船，他们在港口等最后一班船只，但船亦没来，轿夫好心地送他回大稻埕。

随后的三个月，莫勒只能静养，他告诉托德，他决定放弃这门生意合作，返回英国。

86

托德听到罗宾逊过世的消息非常震惊，正在用餐的他，因此不小心打破了碗盘。

罗宾逊是托德在厦门认识的一个英商的儿子，那位英商为韦奇伍德的代理，一直想把瓷器卖给中国人，但困难重重，他遂要自己的儿子跟着托德学做生意，等于把儿子送给托德做跟班实习。

罗宾逊十七岁，满头卷发和雀斑，人瘦，很有礼貌。托德一向把他当幺弟，在这段失恋的时期，他有一次还抱着罗宾逊痛哭。

托德回到办公室，想着如何给老罗宾逊发电报，他的眼泪又流下来了。他将如何向老罗宾逊交代？他到底做了什么？会被华人踩死？

托德也无法劝说莫勒，对方不但不想投资，且希望尽早离开这个野蛮之地。

托德只好删减原来的投资计划。他必须以自己的资金运作，只能缩小原本的规模，但这对他并不是容易的事。他是一个活在远方和意义中的人，他的计划永远都很庞大，好像只有大的计划才能激发他的灵感，他对小型计划没兴趣。“这真是令人阳萎的事。”有时他会这么说。“阳萎。”他说的是英文。

但，现在别无他选。

托德陷入内心一场巨大的风暴。好几天，他足不出户，门窗紧闭，酒喝得更多。

也许，莫勒是对的。他留在这里，有一天也会被人打死。

但是，莫勒也是错的。他太骄傲，不了解中国其实有自己的文化，当几千年前他们已有文字时，英国人在哪里？

他如此告诉人已在中国台湾的老罗宾逊，并引老罗宾逊看了所有跟小罗宾逊有关的一切。老罗宾逊仔细地看过儿子的房间及他使用过的家具和物品，甚至就睡在儿子的床上。

托德重新又坐在办公室的桌前。远方仍然在召唤他，他的计划虽然小了一点，但李春生会继续帮助他，中国台湾乌龙茶虽尚未被英国女王喝过，但未来仍然充满了希望和等待。

李春生早出晚归，但不管多晚，高小娴都会等他回来才入寝，早上出门时，也会倚门道别。

李春生没空和她说话，无论多晚他都用仅有的时间研读《圣经》和四书五经。

高小娴为他熬汤做宵夜，并陪他读书。她静静坐在他身边，为他的油灯加油，替他倒茶倒汤。

高小娴从他的呼吸声去了解他。从呼吸声里，她知道他今天是否疲倦，是否生气，或是否还记念着她……

李春生儿时家穷，十四岁才开始读书，苦学有成，后来又学了英文，去了洋行做事，但他一直遗憾自己书读得太少，一有空便读书。这些高小娴都明白。

她为了他学字，从《三字经》开始，到《圣经》，她虽然兴趣不高，但她为他读。

李春生极少会把读书心得和她分享。她喜欢听，并非为了学习，而是想知道他在想什么。

最近，他和高小娴谈起慈禧太后：咸丰皇帝在热河去世后，她垂帘听政，是一代“女皇”。

李春生对慈禧太后垂帘听政有点担心，这一点高小娴不知道为什么。

他告诉高小娴：“中国若要图强，一定得引进基督教，只要愈多人信基督教，中国便有救。”他说：“你看，美国和欧洲是不是都比我们强大？原因便是出在基督教。”高小娴深信不疑。她对他说的一切都深信不疑。

李春生又告诉高小娴，未来他要捐钱印《圣经》和建盖教堂，有一天，那会是他人生最重要的事情。高小娴非常吃惊，更吃惊的是，李春生认为她应该去和亲戚发送《圣经》。“勿因善小而不为。”李春生自费印了几百份《圣经》，他要高小娴从邻居开始，有空便向人发送《圣经》。

高小娴都照办了。那些邻居拿了《圣经》，都当成重要的礼物，不敢弄脏，全放在神明台上。高小娴也和亲戚及邻居做祷告，刚开始，她声音有点微弱，但久而久之，她的声音里已经有了自信。

偶尔，她会真的打开那本《圣经》，一个字一个字地朗读起来。

89

魏芷云和高青华的生活全围绕在如何自制大板椅一事上，大板椅是用来踩茶的，他们凭想象自制，魏芷云负责画图，高青华则做木工。

李春生来找魏芷云，并支使高青华去跑腿。高青华心不甘情不愿，但也只好去。他回来时，李春生还没走，好端端地和魏芷云都还坐在八仙桌前说话，他不安地在屋外等待。

但屋内声音很微弱，他倾全力听仍听不出来。

“你在这里鬼鬼祟祟做什么？”李春生一遛出客厅便劈头问他。

他说，他刚回来。“正想向您禀告。”哼，李春生没再理会他，便走了。

高青华移步客厅，魏芷云面无表情地看着他。

“他来做什么？”高青华以不悦的语气问，他同时意识到自己似乎没有权利问这么多，又立刻改口，“他要我到城里订茶箱，你知道他订了几个？”

“几个？”“八千个！”

“他是不是来跟你报告这事？”高青华还是不死心地问。

“不，他来请教我制茶的秘密。”

“他来请教你制茶的秘密，那你告诉他了吗？”

魏芷云好像没听见话似的，站起身要往屋内走。

“咱的制茶秘密，尤其是你的独家秘密，你可不能说啊。”高青华跟着她身后说。

“为什么不能说？”魏芷云突然停步。她很好奇地看着高青华。

“因为那是你的独门绝活，说出去，你便没有身价，以后，他学会了，就不需要你了。”

“那不是更好？咱就回安溪老家去，不是更好？”

高青华突然间非常清楚，其实魏芷云知道自己在说些什么，也知道自己在做什么。他没再说话，打算告退。

“就算我告诉他，他也不见得懂。”魏芷云安慰了他，并要他跟她一起去茶坊。

她要他分辨午时采的茶与未时摘的茶究竟有什么不同。

她还泡了两种茶给他喝，要他说说，究竟哪一泡茶好喝，且两种茶的差别在哪里。

高青华很喜欢，这些像他们二人之间的游戏，她永远给他一些难题，他已被考倒过无数次了。但他也常常让她睁大眼睛，并重复那一句：“还说你不懂茶！”

他细细闻了两种茶，慢慢让茶水由口中进入喉咙。他故意做沉思状，眯着眼睛，嗅闻茶杯。

“这两款茶嘛，”他似乎有些犹疑，过了好一会儿，“这两款茶分明是同一款茶！”

魏芷云手上的抹布掉在地上了。“你简直是太令我刮目相看了。”

魏芷云关心地看了他一眼，并为他剥了龙眼，一颗又一颗地递给他。

高青华承受了多少暖意，他接过龙眼，一颗又一颗地吃着，希望日子永远停在此时此刻，这一天。

要告诉她吗？他第一次在家乡草地上看到她时，便想躺在她身边，和她说话，甚至，摸摸她那迷人的脸庞。这个想法再也无法从他的脑海移除。

要告诉她吗？他喜欢她的声音，她讲话的语气，她看人、看世界的眼光，他甚至喜欢她生气的模样。

要告诉她吗？多少个夜里，他无法克制自己的冲动，无法不想象她的身体和回忆她的脸孔，回忆他们之间的任何联系，任何对话。

要告诉她吗？他把吃过的龙眼籽全藏了起来，因为每一颗都是为她剥的，但他没告诉她。

“明天到城里帮你买你要的针线盒。”他只告诉她这件事。

托德和老罗宾逊在大稻埕寻找一个可以为人火葬的人。托德告诉老罗宾逊，中国人相信保有全尸，死后才得以轮回，一般人不会火葬。

老罗宾逊老泪纵横。那天，托德把棺木打开时，他的儿子的肉体已腐烂得几乎不成人形，棺木里都是白蛆。他再也无法进食也无法入眠了。

他不愿意选择土葬的原因，是他不想让儿子孤单地躺在这个野蛮之岛，他告诉托德。

他们终于说服了一个人，那人愿意在淡水河畔为小罗宾逊火化。火化那天，淡水下起雨，天空阴暗无比，李春生和托德陪着老罗宾逊。

那火化的乌烟卷起来，弥漫在河畔，淡水河水湍流着，老天似乎也心事重重。

91

“道台来访！”有人在大门口叫了一声。

一群清兵进入托德的住宅，他们走动查看，吵醒了托德。

托德穿着睡衣裤站在自己的屋宅中间，看着一群人在他的房子里走动。

道台来了，有人告诉他。

“道台来了。”托德重复这个句子，但他动都不动，仍站在那里。

人群里有人搬了一把活动绳椅，他们把座椅放在庭院当中，让道台坐下来。

“你的朋友，那位被打伤的朋友，还好吧？”道台这么开始他的开场白，这一点让托德有些惊异，他过去的印象里，这位李姓道台简直是一名毫无人性的贪官污吏。

“他还躺在床上，不太好。”托德站在瘦小的他面前，显得身材高大突兀。

“有什么可以效劳之处？”道台以平静的语气询问。

托德仍然穿着那身从英国带来的睡衣裤，他睡眼惺忪，想了一会儿。

“有，你可以赔偿罗宾逊先生，他失去了一个儿子。”托德想了一下，“你也可以赔偿莫勒先生，他从此一只眼睛闭不上了，永远得半闭。”

“赔偿金，这好商量，只怕数字您不满意。”

他要人转告托德，那人走上来，低声对托德说话。“当然不满意。”托德立刻回话。

他不像周围的清兵，出于对道台的敬畏，几乎都弯着腰，他直挺挺地站在那里。

“你也养金丝雀啊？啧啧啧。”

道台将眼光移至屋廊下的鸟笼，那只金丝雀正愉悦地鸣叫着。“我也养金丝雀，这鸟漂亮啊。”道台仍一径地说话。

“金丝雀关久了，你不让它玩耍，它也会咬舌而死。”道台似乎在模仿金丝雀的好心情，声音里有一种轻快。

“讲什么？”托德真不知道台的来意。

道台沉思了一会儿，那金丝雀还在鸣歌。

“您的洋行叫什么来着？”

“宝顺。”

“宝顺洋行，既宝又顺，好名字！”

“谢谢。”

“这样吧，只要您不到中国内地去告状，我会上个状子，再提高他们的赔偿金。我试试，好吧？”

“但老罗宾逊的意旨我可无从控制——”

“这嘛，您可以说服他啊。”

“我恐怕不行，力有未逮。”

“那么，您去艋舺就不要想找店面了。我们互相嘛，您真的要去艋舺找店面，还非靠我不成，是不是？”

这位李姓道台虽瘦小，前额高，满面油光，辫子也算乌黑，年纪看起来不到四十，但听说已六十岁了。

托德面无表情，还在思索如何应付他。

“我之所以特别宽容你，是因为李春生的关系，他可是人中豪杰，佩服。”

道台告诉托德，外面传说托德也走私乌熏。

“乌熏？”

“就是你们的欧平庸啊。”

“我不会走私鸦片，我讨厌鸦片。”

李道台下了座椅，在托德的住处走动。托德仍站在原地，以目光跟随着他的一举一动。

“您哪天有空可否帮我也来一张？”道台正在看托德的相机，他回头问。

托德先是不置可否，但终于答应了他。他要人将相机推了出来。

谈话就此结束，托德开始为道台摄影，他让道台和金丝雀合照，又让清兵围绕着他，甚至让道台戴了一顶他在利物浦买来的水手帽。

要离去前，李道台告诉他：“宝顺洋行在艋舺找店铺的事情找我就对了，一切不必担心。”他说完，还逗了一会儿金丝雀，才心满意足地离开。

托德立刻转身回到卧室，躺在床上，又睡着了。

92

魏芷云对这一批由安溪千辛万苦运来的茶苗特别用心，用李春生的话：“好像妇女在照顾自己的孩子。”魏芷云花很多时间实验温度和湿度，也在考虑烘焙的速度。

魏芷云和高青华天天相处，除了一起吃饭和喝茶，也经常讨论茶事。

茶人儿，高青华也常援用托德发明的说法，这样称呼她。

魏芷云每次听到这个名字，就盈盈地笑。

“我嗅闻好，你的品茶功夫一流啊！”她这么说过几次。

“你客气了，我的品茶功夫哪能跟你相提并论？”

二人经常故意调侃对方。

他们共同的结论是，台湾种的茶叶叶片较大，只要注意摇青，茶香已接近果香。

那些安溪的茶苗在此地长出的叶子却别有风味。

魏芷云觉得很神奇，她仅仅以脚踩着茶叶，总觉得茶叶的触感已经不一样了。

她反复地实验摇青，整夜全神贯注地投入，注意每一个细节。为了保持嗅觉灵敏，她在制茶期间不吃有腥味的食物，包括鱼肉或者大蒜，甚至韭菜，她几乎不怎么进食，只喝一些水。

高青华在她身旁，也得小心翼翼。“你昨天洗过身躯？”她会问他，连他走入茶坊前摸过狗，她也能知道。

他模仿她的生活态度和作息，也模仿她制茶。这一天，他告诉她：“最近看你灵感好，动作快呢！”魏芷云抛给他妩媚的一笑。

他但愿自己立刻化身为她，也有那样灵敏的鼻子和纤巧的手。

只有一次，可能是太饿又太累了，他抓不住时间点，于是她大声喝斥：“高青华，你闻到了什么？”

他据实以告，他真的无从判断，但她问的问题又使他恍然大悟。

他非常喜欢和她一起制茶。他这么告诉过她。魏芷云那时回答他：“那我们就一辈子都一起做茶吧。”

他永远记得这句话，他认为，她已经以身相许于他。

93

他们在茶篓上贴上字条，字条上潦草地写着：西南，午时。

二人如实地从摇青、杀青到烘茶，整个过程几乎不停歇，连茶坊里灯油用完了，也不敢中断。在极暗的茶坊里，几乎全靠直觉，他们继续，当那茶做出来后，二人几乎肯定那是今年春季最好的茶了。

魏芷云要高青华即刻送一些去给他们的雇主托德。这是托德的要求。

高青华洗把脸，连饭也没吃，便携带茶包往托德在大稻埕租用的办公室跑，他知道托德通常会在办公室停留至夜晚。

他到时，托德正喝得酩酊大醉，不省人事。

高青华将茶包留在他的办公桌上，转身就走。

94

托德在办公室里一张沙发上睡着了，醒来时已经是清晨，曙光已经逐渐靠拢。

他注意到办公桌上有一个茶包，立刻站起来，打开来看。他模仿魏芷云嗅闻了一会儿，但鼻子似乎不够灵敏，闻不出什么。他走到厨房想去煮水，但又打消了主意，去了浴室刮胡子。

然后他穿上衣服便出发去找魏芷云，他到的时候，魏芷云仍在盥洗，高青华来应门。“魏芷云呢？”托德看到他就问。

魏芷云被请了出来，她答应为托德泡茶。

“这茶太好了。”托德说。

“我知道。”魏芷云说。

“你是怎么做到的？”托德问了好几次。魏芷云没回答，也没准备回答。托德将眼光移到高青华那边，高青华也作势不知悉。

“真是茶人儿——”托德只好赞叹一句，他的“儿”字让魏芷云笑了，三人转身去茶坊看茶叶。

接下来，就是包装买卖了，托德在茶坊里高兴地下了结论。

他忘情地向前拥抱了魏芷云，魏芷云被高大的托德突如其来的拥抱吓了一跳，高青华立刻作势要保护她。

“抱歉，我太高兴了。”托德看着两个受惊吓的人，突然说起英文。

95

托德和李春生又开始一段冗长的讨论，李春生提出非常多的建设性意见，而托德也几次让李春生拍案叫绝。

他们已决定了茶叶的包装方式，先以毛边纸折装成小包，再装入内有锡箔的木箱，包装上的文字以英文为主。现在，只要订单一到，他们便可立即成箱运出。

他们已将试喝的茶包寄出两个月有余了，按照航班的往返，最近应该有消息了。

托德的酒愈喝愈多，他无意间在以这个方式纪念父亲或者逃避珍妮，所以心里又万分羞惭。

李春生把心思放在整理茶叶的制作工艺上，他笔记本上的文字不断增加、补充。

好几位茶农来打听宝顺洋行可否发放下一季的茶金，李春生安抚他们，要他们少安毋躁。

96

道台要人来转告，艋舺一家米行倒店，店主急需银两，宝顺洋行若愿意租用，可立即前往接收。

托德和李春生去查看了店面，店面不是在最热闹的街上，反而在清静的巷子里。托德很喜欢那栋楼宇，认为是全艋舺最华丽的一栋，但李春生全力反对。

李春生认为店面过于冷清，而且周遭环境与茶行格格不入，另外就是楼房空间不够大。他劝告托德，未来茶行不该设于艋舺，因为艋舺人稠地窄，而且租金太贵，过小的店面不容许开设茶坊，如果要茶坊与店面合一。李春生认为，在大稻埕开店更有前途。

他承认："我不喜欢艋舺，私底下觉得大稻埕更亲切些。"

才没多久，他们在大稻埕便找到店面，就离他们目前的茶坊不远，且空间宽敞。"我们可以打造一间真正豪华的茶店！"托德专程走路去告诉魏芷云这个好消息。

托德描述的豪华茶行，店员都是英国人，人人戴着高帽和白手套，会为客人开门，并有泡茶服务。在他的描述中，他几乎完全忘记他们卖的是中国茶，或者，他忘了，他们卖的是中国台湾乌龙茶。

但李春生未打断那家茶店的梦想，他忙着租店，和屋主签合同。之所以如此，是因为他看到托德似乎已开始远离酩酊大醉的日子，他有意鼓励自己的合伙人。

因英美订单迟迟未到，托德和李春生为争取时间，打算先将茶叶运至厦门，再从厦门卖至他地。

李春生也因此专程至澳门打听卖茶的可能性，他带回一个好消息，澳门那边有人愿意大量收购他们的茶叶。

托德高兴极了，他决定要办一场派对，比金斯来办的更大的派对。

托德到纸笔店去买来宣纸和毛笔砚台，把宣纸贴在墙上，并试着用毛笔在墙上的宣纸上画下他的营销梦想——未来茶叶将销至全世界。他用毛笔写英文字。

他也去了基隆，在港口的外国商店买了许多威士忌和外国香肠及奶油，他还自己烤了面包和蛋糕。

托德把所有的宝顺员工聚在一起，除了四位英国老乡外，有泉漳人，也有其他的当地人。一席华工看到食物一盆一盆端上来，面面相觑。他们安静地看着托德拿着叉子和盘子，把食物一一夹到自己的盘子上，然后坐下来吃。一群人也冲过去，如法炮制，很快便把食物全吃光了。

那一晚，托德一杯又一杯，他"规定"高青华和他一起喝酒。高青华这么做了，他也一杯又一杯陪着托德喝酒。

整个晚上，托德只不停地问他，究竟魏芷云是不是他亲生妹妹，高青华却问托德："美洲真的那么大吗？几乎要和中国差不多了？"他不相信这是真的，托德告诉他，不但是真的，连俄罗斯的土地都比中国大许多。高青华生平第一次知道，原来这个世界比他想象的更大。

97

托德每天都穿着整齐地坐在大稻埕的办公室里，他多聘了几个本地员工，每天会和大家聚在一起讨论。

李春生心思缜密，反应极快，他负责与本地人交涉以及订单的分配和出货。而托德规划茶叶出口的航线以及接洽货舱的租用。李春生同时也管理工人并负责所有的茶包及茶箱的储存工作。

当托德意气风发、满腔热情、大谈理想时，李春生只静静地听取，让托德尽情发挥，最终再提出自己的看法。通常，他的看法全是经过深思熟虑的。

李春生为托德找到了大稻埕最好的木工和铁匠，这些人都愿意为托德装潢宝顺洋行。那块早就雕刻好的门匾，也就选了良辰吉日，吊挂起来。

托德为宝顺茶行的茶叶取了英文名字：The Merry Leaf。那是因为有一天，他和李春生一起走在大稻埕，看到茶坊的女工都坐到街道骑楼下捡茶梗，他突然停下来对李春生说，你看，这些莺莺燕燕都能被照拂，茶叶还真的是幸福之叶（The Merry Leaf）！

李春生那时内心也充满感动，他觉得未来要创造更大的茶叶王国，以便更多人能加入这个事业，这是造福人群的最佳方式！

托德坚持所有的茶叶只做外销，一点都不想在本地卖茶叶。高青华不懂为什么一家那么豪华的茶店，却不想把茶叶卖给本地人，但很快他便知道，茶叶外销的价格远远超过内销，所以没必要内销，如果订单上的购买量已达到一定的数量。自从他弄懂了内销与外销的学问后，他对贸易一事便开了窍。

98

李春生在工作里得到许多乐趣，回家的时辰愈来愈晚，高小娴等他回家的时间愈来愈长。有一天，她终于忍不住睡意，先上床睡觉了。

到了三更半夜，李春生尚未回家，高小娴睡了一个时辰。醒来，她走下床来，穿上原来的家居服，假装自己还在等待夫婿，但他一直没回家。她等到清晨时分，终于忍不住去他的书房查看最近他到底都在笔记本上写了什么。

她翻开的那一页，李春生的笔记上只有四个字。

观，

闻，

摸，

照。

以高小娴的想象，也许是李春生已有新欢，有了另一个女子，这四个字，可能便是证明。

99

托德来请教魏芷云，到底茶店该如何摆设。魏芷云正在忙最后一宗茶叶的烘焙，她停下来诚实以告，她正在忙碌，没有时间坐下来诉说。

“我想开一家完全不同的茶店。”托德说，他没再打扰魏芷云，便自行离去。他暗自决定自己设计和装潢，到时给魏芷云一个惊喜。

100

李春生在托德的介绍下，开始阅读香港运来的英文报纸，他对西人办报的功用大为惊叹，把每一张报纸都读得很仔细。

这一天，托德掀开一份报纸。“你看到了吗？”李春生凑上去看，原来小罗宾逊去世的消息已刊载在日报上了。

李春生啧啧称奇，又将那则新闻仔细地读一遍。

“我未来除了盖教堂，也很想办份报纸。”他告诉托德。

后来，二人常常就报纸上刊载的新闻交换意见，彼此都很有收获，他们说：“这种交谈便是中西文化的交通。”

宝顺茶行就在宝顺洋行的隔壁，是一片宽敞的屋宇，明窗亮几，很有英国气派，地板铺了砖和大理石，墙柜子是以牡蛎壳拼制的，一切皆出自他自己的设计。

托德还聘请了几个英美小伙子，要他们穿上燕尾服，戴上白手套和帽子，站在门口迎接客人。本来托德计划由魏芷云为客人泡茶，但因魏芷云没空闲，最后由一个安溪妇人代替。

“真是奇怪的地方。”高青华回来告诉魏芷云，店面很豪华，但是，既不是中式，也不是西式，他说不上来那到底是什么店。

魏芷云很好奇，她自己也亲自去看了一眼，托德不在，那泡茶妇人是用西式的高个茶壶泡茶。

最让魏芷云惊讶的是，托德向俄国人收购了一具铜制的茶炊，他把泡好的浓茶全倒进茶壶里，客人来时，他要那妇人倒一些浓茶出来，再加一些热水进去，算是奉茶。

“我也告诉过他，我们不是这样喝茶，他就是不想听。”那安溪女同乡告诉魏芷云。

再过不久，为了讨好魏芷云，托德撤掉了那套俄国壶，并请英国小伙子们穿上长袍马褂，专程请了魏芷云前来。魏芷云只说了一句：“穿什么衣服不重要，茶泡得好喝才重要。”

但是，托德茶行生意出奇地好，不但路过的本地人，慕名而来的外国人，甚至托德邀请从国外专程来访的客人，都对这家茶店充满好奇及好感。

几位远地来访的客人走后，订单下得更大了。

101

李春生到莺歌找了一个制瓷工人，他要对方为宝顺茶行专门制一套茶具。

那套茶具非常实用好看，茶壶小，杯子也小，还附带一个茶海。从此这套茶具也在宝顺茶行里贩卖，那茶壶上居然就写上宝顺茶行及 The Merry Leaf。魏芷云也对这组茶具爱不释手。

茶具是李春生按照魏芷云的构想，请人塑胚的，以白瓷制造，瓷的质量几乎可以与福建德化白瓷相拟并较。魏芷云赞不绝口，李春生非常满意地笑了。

“究竟喝你的茶，要用德化瓷还是宜兴陶呢？”他像学生般请教。

魏芷云神秘地一笑。“二者皆可。”她说，并当场以这套茶具泡茶给李春生喝。

102

李春生得空便向魏芷云请教，他的制茶笔记愈来愈厚了。魏芷云知无不言，言无不尽，尽可能地告知李春生。他告诉过她，他的意图无非是将这些经验记下来，再传授给农民。

高青华对魏芷云不听他的劝告，非常失望，有几次，他甚至不悦地离开茶坊，让魏芷云一个人继续制茶。

这一天，李春生又上了茶坊，高青华一看到他来了，便又赌气般地告退。

李春生很高兴高青华能离开。他像托德一样，会在路上摘花送给魏芷云。他们总是坐在茶坊外的八仙桌前，二人都坐在板凳上，魏芷云煮水泡茶，李春生拿出笔记，问她问题。

但这一天，李春生没有提茶的问题。他们喝着茶，李春生竟然问她："当初为何不绑脚？"

"孩儿时代的任性而已。"魏芷云这么告诉他。

"后悔吗？"

"不后悔。"

李春生开始赞扬她，他说，有这种勇气的女人太少了。他还说，他非常欣赏魏芷云，如果未婚的话，他立刻会将她娶进门。

"就算我是大脚？"

"就算你是大脚——"

李春生欲言又止，魏芷云很快转换话题："这茶，您觉得滋味如何？"

"好茶。"李春生慢慢地别有意味地说。过一会儿，他打开笔记本，又开始向魏芷云问起一些制茶之道。

魏芷云仍然一一仔细地回答。

103

李春生逐渐爱上喝茶，且他喝的是魏芷云的茶。

他常常上门来喝茶，且姿态低调，一坐就是一个下午，这事让所有的人都觉得反常，尤其是高青华。

这一天，他们又在喝魏芷云的茶。魏芷云泡了两壶茶，问他区别何在。李春生仔细地品饮，他感觉两种茶各有天地，但说不出所以然。

这茶种在高一点的丘陵，酝酿了更多山气。“低山茶水红，高山茶清香。”她告诉他。

李春生佩服得五体投地，愈发不肯离去，他央求魏芷云再多说些茶的秘密。

“茶，没有什么秘密。”魏芷云却说，喝茶是观自在，观察自己的心情，心情浮躁，茶便没滋味，但“心情平静，就可感受到茶的微妙”。

李春生同意了。他闭上眼睛，再喝了一口第二泡的茶，他问魏芷云：“这茶和安溪铁观音最大的不同在哪里？”

“这是一个盎然的岛屿，没有瘴疠之气，反而有一种未开发的清新味道。”魏芷云沉思后说。

外面发出巨大的碰撞声，仿佛发生了什么天大意外，二人都被突来之声惊吓，李春生停止喝茶，移身到房间外。

原来是客厅里的茶箱全倒了下来，散了一地。

李春生查看周遭人影，并要人将茶箱堆积起来。“这一定是高青华搞的鬼。”他径自咕哝着，“他是不是该回安溪了？”

104

托德一阵子以来都穿汉人穿的长袍，有时他会戴上一顶苏格兰的呢绒帽，有时不会。

经常，当他走在大稻埕街上，在骑楼里玩耍的小孩，总是会跑出来追在他身后，喊他“德约翰”，有时他若刚好买到舶来的糖果，也会当街发送给孩子。

这一天又是如此。只不过，他和美国领事李善德走在一起，身上没带糖果。“德约翰，德约翰！”一群孩子又从四处围绕过来，然而就在托德要反应时，孩子们却一哄而散了。

他看到珍妮站在街头一角，好像在等他。她似乎已等了一段时间，看起来一副倦容，头发亦未整梳。

李善德随即向他告辞。托德看着李善德走开，才把眼光移至珍妮身上，他发现自己有一种奇怪的愉快感，仿佛希望看到她受罪和受苦，只有如此，他才会好受些。

珍妮看着他，还没说话。她的汪汪大眼带着翘绽的睫毛，便这么直直注视着他。

托德被那双空洞的大眼震住，那里是怎么样的深渊？他突然觉得眼前的女子完完全全陌生。她看起来正像另一个人，一个别人。

珍妮的双唇似乎略略移动了，似乎要说话。

“到底怎么了？”托德想伸手去扶她那瘦削的肩膀，但他阻止自己这么做。

她仍然睁大眼睛看着他，说不出话，好像话语已经被她吃光了。

“你觉得，人，任何人，有可能将过往，将回忆切断，就像切断一根多余过长的绳子？”珍妮的句子如此长，但她说的像毫不假思索。

“啊？”托德愣住了，他如何回答这样的问题，或者，这根本不是问题？这应该就是答案。

“嗯？”珍妮仍然穿着一身优雅的维多利亚式洋装，手中拎着一把洋伞，但她看起来确实非常疲惫，连声音都沙哑了些。

“你怎么可能把一个人忘了？你怎么可以忍受今天睡在一个人身边，第二天醒来时发现自己在另一个人身边？”珍妮双颊上都是眼泪。

托德握住她的手，这个动作却使她的眼泪更快速落下，仿佛正在下的是无情的雨。

“我曾以为是可能的，我曾以为，一切是可能的，我只消把所有的回忆，不管是美好的，或是丑陋的，全都收藏在一只抽屉里。Voila[①]，就这样，一切就可以收

① 法语：看，瞧。

藏起来，了无痕迹！”她仍然絮絮地诉说，托德拿着手帕为她拭泪。

“但那些回忆似乎拥有自己的意志，你以为你可以收藏妥当，再也不必碰触，但它们是不速之客，你不必邀请，就自动上门，而且不只如此，它们一直出现，随时随地，常常莫名地涌出，最后便汇成一条不知名的溪水，总是在那里静静地流淌——”

托德拥抱了珍妮。他瞄到街上的孩子躲在骑楼墙柱下偷偷地笑。

“有谁可以告诉我，我应该和谁在一起，不该和谁在一起？有谁可以告诉我，我该过什么样的生活，不该过什么样的生活？天啊，有谁？上帝已经不理我了！约翰！”珍妮在托德的肩膀上抽泣，她仍断断续续地说着。

托德心里正被两种感觉拉扯：他觉得他应该带珍妮回到他的住处，泡茶给她喝，好好安慰她；而另一个想法却是希望她就永远如是痛苦下去，只有如此，她才能偿还她过去几个月带给他的难堪和不幸。他只是从未说出来，但他知道，他比她更痛苦。他站在那里，感到非常为难。

她的眼泪不断流出来，也流在托德的脖子上。他和珍妮就这样拥着，站在大稻埕的街角，在一个阴天的下午。

托德终于松开手退了一步。“珍妮宝贝，我们现在怎么办？”

珍妮向前拉起他的手，含泪地问：“让我们重新开始好吗？约翰！”

托德没有表情，身体一动都不动，仿佛正在揣测自己心里有什么东西，正一点一点地沉了下去，像一艘早有裂缝的破船，承受不起那只沉重的锚。她的话太沉重。

“不，那是不可能了，珍妮，那就像一件珍贵瓷瓶已破碎了，我们再也不可能重新黏合。”托德退后一步，像是在防止自己的心意软化。

珍妮眼睛里的微光消失了，那微弱不明的仿佛遥远灯塔透出来的光线，刹那间不见了。那光原来想召唤远方的船只，但船却愈走愈远了。

她沉默了一会儿，然后闭上眼睛许久，当张开眼睛后，她转身离去，一句话也没再说。

托德目送珍妮的背影，一直等到她完全消失在视线之外。

街上的小孩不知何时全都蹦着跑了出来，又拉着他的长袍要糖果了。

105

李春生微笑着坐在魏芷云面前，他们已喝过三巡茶了，他似乎略为茶醉了。茶是李春生泡的，在魏芷云的指导下。“啊，没想到你学这么快！”魏芷云发出赞美，李春生得意地笑了。

大稻埕的春天，桃花四处开，一大一小的蝴蝶不知何时飞进了茶行，它们竟然任凭魏芷云以手指带着它们玩耍。刹那间，眼前的世界只剩翩翩起舞的蝴蝶，李春生简直看呆了。

李春生合上笔记，陶醉在魏芷云优雅的举止中。“今日不爱讲茶，来讲我们二人的事情。”李春生试探地说。

魏芷云不解地看着他：“什么事情？”

李春生笑了，这一次倒笑得很神秘。

“你不是不知道——”他神情一改平时的严肃，“我一直很钟意于你，愈和你谈话，就愈喜欢你！”

魏芷云才开口想说话，又似乎把话语全咽了下去。

“我很矛盾，明知自己不该对你有任何想望，但是却还是忍不住。”李春生神情有些恍然，“只怪我娶小娴太早，要是我早一点遇到你多好！”

“没有你，今天我也不会在这里，”魏芷云说话了，听起来倒像在安慰自己，“你就是我的兄长。”她似乎早已想清楚二人的事。

“你应该不只把我当兄长而已吧？”李春生以半开玩笑的语气说，“我看你也喜欢我。”

“我喜欢为你工作！”过了一会儿，魏芷云认真地说，“为你工作，我很开心！”

她又加上一句。

“我曾经想纳你为妾，但是，”李春生叹了一口气，“我想遵守一夫一妻的制度。”

二人沉默了许久，魏芷云坦然地看着李春生，仿佛她在等他说出什么神奇的事。譬如有一次他曾经跟她说过，德国人发明一种机器会缝衣服，那时她便不敢置信，只能睁大眼睛，仔细倾听。此刻，她仍然睁大眼睛。

李春生以为魏芷云失望了，他握着她的手。“阿云，让我们一起向上帝祈祷吧！让上帝来安排我们的未来！”

“春生大哥，恐怕你会失望，我不信主耶稣！”

“我以为我们在各方面都可以聊得来。”他说。

“是各方面，但除了信仰！”魏芷云坦白地说，她把手收起来，放在桌下，“但这件事对我很要紧。”

“你为什么不信主耶稣呢？”李春生还是忍不住追问，“咱中国人就是因为不信仰基督教才这么积弱啊！”他开始握拳了，“而连你这么好人家的女孩，又这么灵巧，居然却如大部分的人一样顽固！”

李春生失望地站起来。“我真是错看你了！”他开始激动地发表演讲，欧美各国如何因为信仰基督教而成为强国，魏芷云平常其实已经多半听他谈过了。

魏芷云表情转为无辜。那是无辜的表情，但看起来似乎又有一丝冷静。

“你为什么不能信耶稣？”李春生突然坐下来，逼问她。

魏芷云想都没想便回答：“因为我们魏家都拜观音，从小我每天都得敬观音三杯茶水！”

“观音也喝茶？”李春生没再说话，过一会儿，他又坐了下来，“好吧，你知道我俩之间有一种强烈的联系，虽然我也不知道是什么。我喜欢听你说话，不管是茶，还是别的事情。你笑，我也笑，我一直觉得和你在一起，是一件很神奇的事！我一直以为是天主安排我们在一起的！”

魏芷云腼腆地笑了，“春生大哥一直是我的救命恩人，我但愿这一生能报恩于你！”她说话的声音很诚挚。

“这是我的错，我都无法说服我身边最亲近的朋友他们成为基督徒，那我还能说服什么人呢？”李春生重重拍了一下桌子，“从现在开始，我要以身作则，我要让你感受到基督徒的正直与伟大！”

“我只想帮你做茶！”魏芷云仍端坐如雕像。

106

几个月来，几家外国洋行全集中在大稻埕的大街上，这里突然成为北台湾最热闹和最繁华的地方，不但有五金和杂货铺，还有漂亮的布店和棉被店。这条街上最气派的店面便是托德开设的茶馆，走进去仿佛走进外国人的世界，所以一般大稻埕民众只敢慢慢从门口踱步而去，很少有人敢走进去。

街上几栋新盖的楼房美轮美奂，有人甚至在墙上砌上了外国进口的瓷砖，楼面也有巴洛克的味道。托德和李春生都住在这条街上。

高青华刚从茶园回来，草鞋上都是泥土，他正站在李春生新家门口发愁，高小娴已差人来领他进去，那人取来一双新的草鞋。

“来，一本给你，一本给你们阿云仔，待会儿走时带回去。”高小娴将两本中文《圣经》用红布绫包好，放在桌上，“魏芷云识字吗？”

“识字！她四书五经读得比我多！”

“听得出你对她很疼惜呢！”高小娴要仆人取出糕点，她把糕点一份一份地置于桌上。“吃茶？还是饮咖啡？”她问，“知道咖啡吗？”又说，“我和春生也爱喝洋人的咖啡呢！”

“没喝过咖啡，喝茶就好！”高青华坐在高小娴面前，有点怯生，他还不理解为何高小娴坚持要他来她家坐坐。

“你知道，我们其实是远亲！”高小娴说，“高金炳是我舅叔公呢！”

“啊，原来如此。”高青华吓了一跳，他不知道老板的妻子是自己的远亲，“怎么没人告诉我？”

“我一直想告诉你，所以才要你上门来，但你却不肯来！”高小娴语带埋怨。

高小娴穿着得体，人也很端庄，又是李春生的妻子。高青华细细打量着自己的远亲，“高金炳已故去很久了，我家人也都不在了。”他偶尔会有顾左右而言他的习惯。

“我知道，听春生说了。”高小娴脸色很温柔，她将糕点分到碗碟上，递给高青华，又泡了茶。

“在行家面前，我这样泡茶，足未见笑！”高小娴把茶水递给高青华。

“不，不，”高青华食用糕点，“这实在太好吃了！可惜阿云仔——”话还未说完，自己便打断。

“没关系，待会儿就把剩下的糕点带给你的阿云仔！”高小娴马上接着说，“有一件事不知可不可问你？”

“什么事？”高青华停下来问。

“我想问你，你一个罗汉脚，在这里孤家寡人，到底有没有成家的打算？”她一向是一个语气温柔的女子，这会儿说话更是温柔有加。

她的问题却使高青华正襟危坐起来。“要怎么说？”他仿佛在思索，“是想成家立业，但是——”他略为腼腆，连“但是”这二字声音都小得几乎快听不见了。

“但是？”高小娴却不放过他。

“我，我事业还没开始，目前寄人篱下。”他说的也是实情。

“没有事业就不能结婚吗？乞丐也有人早早就结婚了！”高小娴的声音里都是鼓励。

“是啊。”他无话可回答。

“我看你心里想着的是阿云仔吧？”高小娴小心地问。

高青华仍然沉默。

虽然是远亲，但她的丈夫是他的雇主，随时可以教训他，高青华就算有话也不好说。

“别怕，我们是亲戚，我不会把你的事告诉别人。大家都出门在外，我也需要像你这样的好亲戚，有事情可以互相帮忙，至少出出主意也好。”高小娴侃侃而谈，情意真挚。

“谢谢您抬举我，我不敢想阿云仔，我是什么条件！”他的理性抬头，不再多说什么。

“你是看不起这门亲戚关系，看不起我吧！”高小娴微笑地要人把糕点包装起来，“你有所不知，我真的是为你好。”

“抱歉！”高青华急了，他也不想得罪这位迷人的贵妇，她看起来是好心好意，“我真的高攀不上！”他不希望和魏芷云的事由她插手。

“如果你想娶魏芷云，我们可以一起想办法呀，青华，女大当嫁，魏芷云不是小女孩了！”高小娴一番告诫。

“我无条件娶她，”高小娴的话像一箭击中高青华心上的靶，“我在等机会，等时机成熟。”高青华突然说了这么多，才说完话，他便后悔，他不该告诉她。

“那就慢慢来，我们自己人，以后互相帮忙，好不？”高小娴把糕点装在一个竹盆里，“带回去给她吃，对她好一点，毕竟以后是你的人了！”

高青华站起来推辞，“抱歉。”他仍然这么说，但高小娴坚持他收下，他只好照办。

“不要嫌弃哪，有空就来我们家坐一坐！”高小娴送客送到门外，还忍不住地叮咛。

107

托德度过了无数颓废的日子，魏芷云的出现使他对自己的生活感到羞愧。

他决定振作地生活，过起新颖别致的生活。他刮去胡子，开始整理房子，要人打扫，甚至买花。他给自己定制了新的长袍，也买了许多英国来的衬衫。

他忘掉珍妮了吗？他不知道，也不想知道。他开始注意别的女人，他发现，本地一些平埔族的女性极为优雅秀丽，他尤其将眼光放在魏芷云身上。这名奇女子，因为大脚，很多汉人都看不起她。但老天，他感谢老天，他刚好无法忍受那些绑小脚的女人。

他想过开朗的日子，让魏芷云知道，他并不是那么阴郁，他不是，他只是蓄势待发。过去，他只是沉睡过久，等待过久，蹉跎了时光；现在，他醒过来了。

他要好好生活。

他决意要做一些事，至少展开新生活。

108

魏芷云在房间里不知多久了。房门虽是虚掩，但没有她的允许，高青华从来不准走进去。他已在门外等候多时。

魏芷云终于打开门，但，她穿着一身西式的长裙，并且，还戴了一顶大帽子。

高青华倒吸了一口气，他转过头去，一会儿又转过头来，声音突兀地说：“你穿这一身衣服活似个妖怪！”

魏芷云没想到高青华这么厌恶这样的外国衣服，她这个年纪的姑娘对身上的衣物有一种执着和迷恋。衣服是托德送她的生日礼物，跨海运来，专门为她量身定做，尺寸刚刚好。

她在走廊上走动，穿着一双过大的高跟鞋，并呼唤转身离去的高青华：“好看吗？”

高青华非常愤怒，他冲下楼去，不告而别，一个人离开他们的住处，赤着脚，连鞋都不想穿上。他一直走，愈走愈快，把街道抛向身后。

他不知道自己为什么生气。他不喜欢看到魏芷云穿这些洋人的衣服，也不喜欢魏芷云和托德走得太近，不只托德，还有李春生，他不喜欢他们天天有机会接触她。他和魏芷云在此流连就是错的，他希望和魏芷云返回安溪。

他生气，因为她吗？她没发现自己穿上那些衣服是多么愚蠢，那是给洋鬼子婆的衣物，她为何要作贱自己，何苦？

难道要讨好托德吗？她不是这样的女孩。但，她是怎么样的女孩？

此时此刻，他渴望他能明白她，不，他更渴望她能明白他。

他才发现，他一向隐藏自己的渴望，她都不知道，是因为他没告诉她吗？是因为他的迟钝不敏感吗？还是她？该是他迟钝不敏感。在制茶时，他总是比她迟钝，在生活起居方面亦然，他永远不会知道，他应该如何讨她欢心，让她满意。

多少次，他想把自己完全奉献给她，把自己的情欲和身体全部献给她。她是他情感的归属，她是他的女神，而他自己便是祭品。他可以把自己全部交给她。

现在她居然因为托德这一袭衣服而这么兴奋？她变了？她不再是那个西坪来的纯洁女孩？

他不相信她变了。她仍然是那个能抓住他内心的女孩。她总是知道他在想什么，或他要说什么。他做梦时就是会梦到她，他张开眼睛也是想到她，这是什么疾病？

但是他真的生气。他一点都不想看到她穿上那身鬼衣服，他宁可躲得远远的也不要看到。那衣服带给他某一种屈辱感。

他赤脚走在外面的路上，路上的泥地因前夜下过雨而潮湿，他可以感觉到地和脚的冰冷，但他仍一直向前走。

他不知道自己要走到哪里。

109

魏芷云不知高青华已负气离去，她脱下托德送给她的那一套洋装，将之置入一个多余的空茶箱，并将茶箱束之高阁。衣服是托德主动送的，她虽然喜欢，但没打算穿出去。那件衣服对她而言，只是一个远方的象征，她喜欢远方。

110

托德上门，央求她和他一起出席美国领事李善德家里举行的宴会。他希望她在宴会上为大家泡茶，他说了很多理由，魏芷云只听到一句："那人是好人，也想投资我行。"

宴会上摆满了烤肉、熏肉、培根、奶酪，各式的蔬果和糕点，杯觥交错，当然少不了香槟酒和威士忌。魏芷云也安静地坐在一旁吃着西洋食物，猜测洋人的谈话内容，想象她的远方。

她并未穿上托德送她的西洋衣服，仍是一身汉装。

饭后，她在托德的协助下，泡了宝顺的茶给参加宴会的客人品尝。

几乎全数的洋客人都瞪大眼睛：茶是这样喝的？

不一会儿，大家都很好奇，围在魏芷云身边。"你们中国人真的这么喝茶？"

托德和李善德也退到一旁，大谈他的茶生意。美国领事李善德是个颇为聪明能干的纨绔子弟，也颇有家产，他将继莫勒之后，成为托德的大股东。

其实，他整个晚上最有兴趣的话题是托德和"野蛮人"的遭遇。

111

高青华病了。

他全身发抖，在外头走了一天之后，因寒冷而返家。他躺在床上，盖了两床棉被，仍然感到冷。

冷极了。

当魏芷云问他怎么了，他想到儿时的家。他听到自己的牙齿正因颤抖而咯咯作响。

魏芷云第一次这么做，她做了。她将手放在高青华的额上，她想知道他多冷。他的脸似乎像刚蒸过的发糕。

她去取了一桶井水，用冷布巾为他包裹脸庞和身躯，没人教过她这么做，但她相信直觉，她不要他的身体这么烫。

她也要人去请大夫上门。

大夫还没上门，高青华便好了一大半，他身上的体温降了下来，也不再喊冷，他睡着了，睡得很沉。

魏芷云为他熬糜，为他煮汤，她为他做了好多事，好像要弥补他，好像她对他有所歉疚。

112

托德和他的职员查尔斯共进晚餐，查尔斯提起他最近巧遇金斯来一事，托德一听到金斯来的名字，表情古怪，查尔斯噤声，托德示意他说下去。

“他正在筹备与一位法国蚕丝商人合开洋行，那名丝商想从日本撤到沪尾来。”查尔斯不知道托德是否在生气，“金斯来好像也认识太古洋行的老板，要为太古代理航运。”

“珍妮也在他身边，她看起来仍然非常迷人，金斯来更是风度翩翩。”托德听到这里，便推开餐盘，双手交错在胸前。

“还在对她生气？”查尔斯明知故问。

“不知道。”托德回答。他真的不知道，但他知道，他似乎不再那么爱珍妮了，至少，想到她时心不再那么痛。

最近一阵子，甚至连想都没想过她了。

托德突然发现这一点，他有些意外。他对着查尔斯呵呵笑了起来。

113

魏鹏抵达淡水后，因不知托德的名字，又记错李春生的姓氏，而找不到自己的妹妹，一个人在淡水港口游荡了好多时日。

他找到了魏芷云时，身上盘缠刚好全用尽，饿了大半天，一进门就喊饿。

魏芷云为他煮了面线，并且泡茶给他喝。“怎么要来都不事前捎封信？”

“我不知道怎么寄信，”他一边吃着面线一边说，“阿爸要我来的，他人不好了。”

魏芷云大惊，急得站了起来。

“怎么不好了？”她追问，“什么不好了？”

魏鹏咽下最后一口面，摇摇头，“他现在每天躺着，已经骨瘦如柴了，每天只在等你。”

“那你放下他，家里谁管？”魏芷云开始语带埋怨了，“你不应该亲自来！”

魏鹏无辜地看着魏芷云：“我找不到人可以托付啊，且阿爸坚持我来。”

魏芷云来来回回在屋子里走动，高青华刚好走进房间，他倒是站住不动，看着魏芷云兄妹。

“坏消息来了，我爸不好了！”魏芷云冷静地告知高青华。

“那我们回安溪吧！”高青华对魏鹏暗自做了鬼脸。

“是啊，我们赶紧回家吧，阿云仔，”魏鹏也接着说，“阿爸要你快回去。”

魏芷云脑里闪过几个念头，她坐下来。“好，我们走。”样子看起来毅然决然，

“我们立刻动身。”魏芷云好似在鼓励自己。高青华脸上都是喜悦，但不敢再说话，怕说错什么话改变了魏芷云的决定。

“还有东西吃吗？”魏鹏突然觉得好饿，“我可以吃下一整头猪。”

114

大厅是阴暗的，但是阳光从骑楼照了进来，大厅前方非常明亮。茶行看起来更是富丽堂皇。

茶行里四个人，李春生和魏芷云坐着，托德站着，高青华也站着，站在房间靠门处。每个人仿佛都像家具摆在那里，动也不动。

“不能等冬天再走？”托德问。

“不能。”魏芷云已做了决定。

“他也要走？”托德看了一眼高青华，但眼光立刻回到魏芷云身上。

魏芷云没想到这个问题，她抬头看高青华一眼。“他要不要走，他自己决定。”

托德再度望向高青华。

高青华没出声，他很惊讶魏芷云如此作答，他呆如木鸡。

“你也要走？”托德把声音提高，并向他发问。

“我跟她走。”高青华如实回答。

李春生从头到尾都没作声，紧锁着眉头。

“那么明年春天再回来，好吗？”托德又不放心地加一句，“我们会再加饷！”

魏芷云没说话，她看了李春生一眼，有些许歉疚。托德终于转向高青华，“明年春天再回来吧！”声音一反平常，倒有一丝请求的意味。

高青华耸耸肩。“如果魏小姐答应，我们就会再回来！”

“什么时候走？”托德问魏芷云。高青华忙不迭靠近魏芷云一步，他一直是那个在现场又不在现场的人，托德突然对高青华感到不满。

“你先到外头等一下，我和魏小姐说一句话，好吗？”托德终于这么告诉他。但高青华却鼓起勇气，直截了当：“您不必再劝她了，她不可能留下来！”

李春生全程无语，他站了起身，和托德作了一个揖，没再说话，便转身离去。

115

一大早高小娴听说魏家兄妹和高青华已决定返回安溪，就问正要出门的李春生：“那个大脚婆真的走了？”

李春生为魏芷云辩解：“大脚没什么不好，她真的很勇敢，不是一个人云亦云的人，她有自己的打算！”

高小娴的声音有点委屈：“女孩子那么任性，这世界不是造反了？”李春生本来要离开了，停步告诉高小娴：“她不是任性，她只是从小爱做茶，小脚不方便。而且，大脚也没什么不好，洋女人都是大脚，个个能干聪明，中国要愈来愈强，将来女人也都不要绑小脚了。”

高小娴没再说话，表情惊讶。

李春生转身要出门时，看见她状似伤悲。“等你生女儿，我就要她不要再绑脚！”

高小娴背着他，没转过身来，李春生停顿了一下。“怎么了？”他问。

高小娴连忙转过身，笑脸盈盈，故作镇静。“没什么，我只是为我们绑过小脚的女人感到悲哀！你说绑小脚这么多不是！”

李春生诧异妻子说的话，但又马上恢复原来的说法：“绑小脚也没对错，个人有个人的命。”他上前本想摸摸高小娴的头，但她却因不知情而刚好别开头去。

116

托德盛装，刮胡，擦了古龙水，一大早便去为魏芷云送行。

他为他们安排了轿子，为他们提行李送到码头，还为她准备了食物和水壶。魏芷云不愿乘轿，但又担心轿夫因为她而拿不到钱，只好上轿。

那只轿还装饰着别人婚礼用的红布帘没全拆下，魏芷云坐进去时有点腼腆，轿子一路来到大稻埕的码头，从那里他们将往淡水转驳。

托德送他们到大稻埕码头，看着他们上船，然后慢慢踱步回家。

他神情凄然，沿途没说话，偶尔轻微咳嗽，偶尔深情望着远方。当船开动时，他不停挥手，并且跟着船在岸上快步了起来。“茶人儿，茶人儿，你再回来吧，你再回来吧。”他跑到再也跑不动为止，低下头来，双手扶着双膝，不停地大口大口喘着气。

原先，魏芷云看着他跑的样子觉得有点可笑，便笑出了声，但随即她也陷入了离情的惆怅，便将眼光移至前方。那时，淡水河涨潮，河深不可测，她的心也涨满了各种说不出的，和淡水河、茶、自己有关的情感。

117

船还不到沪尾，沿岸岸边就有人争相走告：“西仔造反了！”

魏芷云三人还不知道发生了什么事，船上的旅客也争相发表言论，但没人可以说清楚。

到了沪尾，根本找不到任何脚夫来帮忙提拿行李，街上乱哄哄的，很多人挤在一起大声谈论。

魏芷云一行三人将行李抬到岸上，魏鹏已向人打听起来：“所有到唐山的船都不开动了，西仔造反了，他们已占领基隆。”

“西仔造反，那我们就走不了啦？”她问高青华。高青华也心乱了，他想离开，他去意弥坚，在还不知怎么回答之前，他先拍死了一只叮他的蚊子。

118

上午八点前，北台湾的天空又蓝又宁静，仿佛隐藏着什么巨大的秘密。

八点整，法军准时开炮，炮声隆隆，连淡水一带都几乎听得到，闷闷的，尽管声音微弱，但每一声都令人心悸。法军攻击目标准确得出奇，百发百中，有人亲睹这一幕，不断在大稻埕的街巷转述，行人既恐慌又好奇。

清军则集中炮火攻打李士卑斯旗舰。据说，炮火只将法舰刮走几道油漆。也有人说，清军奋勇抵抗，击中了法舰。但法方以大炮和机关枪摧毁了基隆港大炮台，没有人知道死伤人数，或许两百人，也有人这么说。一批法军还攻占了大炮台，将法国的三色国旗插在废墟之上。

119

新出炉的茶箱全滞留在基隆港口。托德沮丧极了，这是茶行今年最大的一笔订单。他到港口海关奔走，找人询问，到底何时可能出港，始终没有答案，没有人告知。他不敲门，便直接走到李春生的办公桌前坐了下来，叹了口气。

“我们可以考虑将茶输出到厦门，再由厦门输出到纽约！”李春生说，如今船只都不敢开动，但仍有少数不怕死的船家偷偷走私。

“福州号”半夜开动，只载货物不载人，价格比平常贵一倍，一趟二十元。茶如果到了厦门，“我们可以从那里尽快出口，”李春生全打听好了，“但‘福州号’是私渡，厦门海关可能也不会接受，或者我们可以额外付通关费？”李春生看着托德，这是一个未知数。

“不但如此，这趟旅行也不会有保险，可能船沉了或被法军击灭了，我们也没辙。”托德接着说。

二人面面相觑，但是，若不走这条路，可就一筹莫展了。

“那么我们是否考虑只销往澳门呢？”李春生做最坏打算，这不是最好的办法，应该是不是办法的办法。

他们坐下来核算了一遍。

茶箱、铅片、纸和颜料的开销占百分之十八，这么好的茶箱做内销太过浪费，不如把茶叶取出，但那又是一个大工程，所费不赀。

“我不喜欢走私，但内销澳门的价格太低了，低到不值得做！“李春生最后还是这么说。

那一天，二人没有结论，都有些郁郁寡欢，饭也没吃，就各自解散。

120

李春生并未回家，他直接前往文山堡和三角涌，去和农家解释这一批贷款要延后，因为他说了实话，西仔造反。很多茶还被冻结在港口，目前无钱发放。

“那明年大家都没饭吃了？”一位农民未雨绸缪地问，立刻引起七嘴八舌。

订单都在，茶箱也都准备好，只要港口一开放，茶一运出，钱就进来了。说得倒是简单。“但西仔若就是封锁起来，不让我们出去，怎么办？”

“不会，西仔不会封锁这么久。”李春生一直重复地解释，但是他内心也不知这一场战争将如何打，打多久。

阿弥陀佛，有人喃喃有词。

121

耕种费六百元

采茶及制茶费（含劳力）一千五百元

木炭及燃料三百三十八元

器具耗损（耕种及制茶）一百元

运输费用一百二十元

税捐二百八十八元

资金利息三百一十六元

“这是粗制茶的成本。”李春生和托德检讨和盘算。

一甲[①]茶园可以种一百二十担茶，茶价目前维持在三十元，而再制茶的成本包括厘金、运输、加工也在二十元以下，利润至少为百分之五十。这个利润和卖鸦片几乎差不多，这是过去李春生的结论。

但这场战争打乱了他们的脚步，未来该怎么做，李春生还不知道，他甚至不知道，一旦战乱扩大，托德是否会离开大稻埕。

“我不会再回到鸦片生意，我也不想离开大稻埕，”仿佛知悉李春生内心的想法，托德突然这么说，“我预计战争应该持续不久。”

① 甲是台湾地区计算土地面积的单位。一甲约合十一亩三分。

金斯来已投奔法军！怡和洋行职员查尔斯一向消息灵通，他专程来告知托德，托德吓了一跳，他看着查尔斯，一时说不出话来。

“这事可非同小可，不宜传出去，”他转而劝诫查尔斯，“这对珍妮太危险了，如果中国人知道的话！”

查尔斯摇摇头，挖苦托德：“你还在乎那婊子？”

托德苦笑起来。“你还听到了什么？”他点燃手上的烟斗，准备洗耳恭听。查尔斯去基隆码头一家食堂时，遇到两名法军，那二人应该是出来刺探军情，做神父的打扮。但因凭他们讲的法文及使用的俗语，查尔斯马上猜出他们的身份，因此他注意倾听他们说话，他们二人提到了金斯来这个名字。

“但这也不能推论金斯来便投奔了法军！”托德不是为了主持正义，只是想问出更多细节。“你的法文也许没那么地道？”他嘲笑查尔斯。

查尔斯神情倒是笃定极了，“没想到，昨天李善德的派对，金斯来在，也来了几位法国军官，看来官阶不低——”

“珍妮也在场？”托德幽幽地问。

“在呀！她看起来仍非常迷人，”查尔斯对托德眨眨眼睛，“不过，她整晚没跟谁讲话，酒倒是喝得不少！”

托德没再反应，他抽起烟斗，他的烟斗老是点燃了又熄灭，他好不容易再将烟斗点燃。“但你怎么证明，他金斯来投奔法军？”

“喏，这封信，我从那军官身上抽出来的！”查尔斯拿出一个法文信封，抽出信，大声地念起来。

“你的法文果然不好！”托德做了结论，他将信抽过来自己读。

他本来想好好念一段法文让查尔斯见识一下，才念了几个字，便打住了。

“你怎么会有这信？”托德不敢置信，看向查尔斯。

“那军官醉倒在洗手间里，我正好开门进去，看到他口袋里有这么一封信，现场又无他人，我就取走了——”查尔斯很得意地说，“怎么，这是什么内容？”

托德看他一眼。“取走？你该不会是想从他身上搜刮什么吧？”

他没理会查尔斯的反应，仔细地研究信函的内容，并推敲签名者是什么名字。

123

魏鹏来找魏芷云和高青华商量大事。他决定加入清军，需要两个身世清白的人家作保，他一大早便来大稻埕。

“你怎么会想去？”魏芷云不解，但又似乎有点理解。

“与其坐以待毙，不如起身而行，不然我这一身功夫不白学了？”魏鹏拍着胸脯。

“听说西仔有大炮，每一尊都一个厝那么大！”高青华也加入话题。

“大炮有什么了不起，躲开不就成了？要是被我抓住，我就剥下那些西仔的皮，那才叫厉害！”魏鹏胸无大志，若有的话，无非就是展现自己学武的功夫。

“现在是回不去了。”魏芷云叹了口气，她听说现在没有返回厦门的船班，完全没有，至少李春生斩钉截铁地告诉她。

“加入军队，马上可以领十个大圆，而且每个月军饷是两大圆！可以说不愁衣食，又有军营可住，还有什么比这个条件更好的工作？”魏鹏去志已坚，“让西仔尝尝苦头！”

西仔的大炮不会炸到魏鹏的身上吧？她完全不知道该赞成或不赞成，但她知道她哥哥的决定已无法阻挡。

高青华倒是询问了魏鹏许多从军的细节。

124

驻淡水英国领事费德曼登上“金龟子号”，船从淡水前往基隆，然后又绕了回来，过一会儿却不见了踪影。

托德一行洋商人士在领事馆门口没等到他，他们各自返回大稻埕。他们这群洋商泰半财产都在此地，就算要离开，也没那么容易。大家话题都围绕在如何在战争期间维护财物一事。

他们一群人没人想到，费德曼早已送来亲笔信函：

淡水英国领馆通告：本馆顷接法国特遣舰队海军少将司令将对基隆采取更进一步行动的通知，据此，本馆声明在战况未解除时，英国侨民之留下或寻去，其后果自负。

他们回到大稻埕时已是半夜，大家通夜把信的内容推敲再推敲。

然后便是冗长的讨论，究竟，费德曼是什么意思？他是不是发现了什么？他是不是得到了法方情报？他这样昭告是否失职？

四人讨论了许久，最后同意共同起草一份声明，由托德执笔，连夜再将信掷回大英领事馆。

他们在信中质疑费德曼是否失职，同时要费德曼决定，若他们撤出大稻埕，而货物遭损失，究竟谁将赔偿他们？大英帝国或大清？

托德振笔疾书时，天都将大白了，鸡只努力啼叫，几乎快将晓色啼出般。他端坐在自己的茶行，要人煮了咖啡。他渴望能喝几口威士忌，但时间已在后面追赶。

他如今的生活与这张纸息息相关。他来不及想任何事，譬如他如何照顾他的员工以及那些国外客户。他也来不及想到与他茶叶生意大大有关的魏芷云，而又其实，他不知这张纸有任何意义。就只是一张纸！而战争已开打，他既不能离去，也不能留下，更不能置一切于不顾。

他写着写着，突然掷笔叹气。“怎么了？”三人几乎同声问他。

“这咖啡是谁煮的？也未免太苦了！”他啜饮一口后，又继续埋首写下去了。

125

魏芷云的行李一直收得妥妥当当，她和高青华仍在大稻埕等待时机返家，等待中也仍然继续烘焙。

这一季的茶叶全已粗制完成，托德来告诉她不必再制那么多，因为他们还有许多茶箱留在基隆。他带来几张照片，小心翼翼地拿给魏芷云看。那是托德在山区拍摄的原住民，照片里的人穿的衣衫都很少，披着兽皮，戴着兽角装饰。

魏芷云很有兴趣地反复看着，都忘了给托德泡茶。托德也拿出另一盒礼物，是国外来的培根。“你不是曾经喜欢吃？”他柔声地问。

魏芷云笑了，“没想到你记得这么清楚！”

她原来也只是个女孩，一个和周围人没两样的人。现在她几乎像一个奇迹，他开始注意到，她和所有的人都不一样，因为她是魏芷云。

“我希望你能留下来。”托德告诉她。她温顺地把照片还给托德，“我的父亲在等我，我不能不走。”

“我不会离开大稻埕！”托德注视着她，仿佛在对自己发誓般地说。

魏芷云心事重重，没说话。托德又继续解释：“我的梦想一天没完成，我就不会走。我的梦想就这么简单，我希望英国女王能喝一口你做出的茶！”

仿佛什么话说不出口，她的嘴唇颤动，眼里有泪光。明明托德是蓝眼睛、大胡子、头发卷得像杂草般的洋人，但似乎就能理解茶叶，也理解她所做的一切。她说：“托德，既然茶都做完了，而我们又还没走，你要我们做什么？”

“什么都不必做，我一样把工饷给你，你只要把自己的生活照顾好，注意安全，这样就够了。”

托德想上前握她的手，是的，他想这么做，但中国女孩的表情看起来很苦恼，使他不能冒失。“有任何事你马上告诉我，我是第一个要照顾你的人，因为——我是你真正的雇主。”跟她说话，他只能柔声，连声调都必须降下。其实要这么说话，他早已不习惯了，仿佛有人要他唱歌，而他唱不出来。

他看着沉默的女子，她确实不是当年的那个小女孩了，脸上写着忧伤，他被那忧伤感染，又认为那忧伤都会如过眼烟云。

“我也很希望女王喝我们的茶，”魏芷云终于说话，“如果她刚好也喜欢我们的茶，那真是毕生无憾了！”她的脸色不再忧伤，她的眼光里甚至有一种向往。

126

高小娴觉得心安多了，因为李春生最近不再提茶叶和魏芷云，反而常常提起科学、办报和盖教堂的事，她相信李春生应该对茶叶不再感兴趣了。

李春生不止一次告诉过她，位于西印度群岛的巴巴多斯面积只有中国台湾的一半，但蔗糖的出口却是中国台湾的两倍，他分析过：“因为他们用的是西式铁磨。”西式铁磨便宜，中国人用的石磨既贵，且因木头零件经常磨损，效率极低，而且“石磨磨出的三分之一蔗汁都留在蔗渣中，很不经济”。

他还自问自答，为什么中国人非用石磨不可？“因为中国人不思改进，过于守旧。”还有便是高利贷的剥削，使用石磨的蔗农多为贫人，已因高利贷而喘不了气，又如何引进铁磨？

李春生几次振振不平，在亲朋好友间发表言论，他也不小心透露，他认为使用铁磨的日子已经到了，如果他从事蔗糖生意，他一定会使用铁磨！

“所以他要改行做蔗糖生意？”高小娴的母亲这一天又问起。

"他的生意愈做愈大，不无可能。"高小娴把最近和高青华见面的事情告诉母亲，"那茶女真的想回安溪，但是苦无船家，'威利轮'已全挤满，现在船票有钱也买不到，春生又不肯帮忙！"

"你丈夫不帮忙，是什么意思？"高母左思右想，"难买并不表示买不到！"高小娴揣测着母亲的话："你是说，我们也可以帮他们想办法？"

高小娴突然明白了，她只要替他们二人安排好船家，那魏芷云就会永远离开这里，永远离开李春生的心。

127

李春生看起来像一个无事之人，他坐在托德店里的沙发上，一身新裁剪的西装。

"约翰，我离开宝顺洋行的时间到了。"李春生一向直呼托德其名，开始说话。他解释，一是中国实在萎靡不振，法军，或者任何西洋军队，可以说攻打就攻打，中国连招架都来不及，这使他坐立难安。

二是，战争发生后，不但茶叶外销不利，连华人也都不太喝茶了，要喝也是喝粗茶，而且茶商愈来愈多，竞争愈来愈大，他认为不能只经营茶叶。

最后他说明真正的原因，他长期为宝顺卖力，现在他想创办自己的事业。

"你打算从事哪一个行业？"托德不再辩驳，他只是安静地问。

"我想多方进行，但前提是为我的国家也出一份心力，不但想组船行，也想建盖火车，更想为中国台湾进口武器！"李春生说得不像夸夸而言，他似乎早就自有打算。

"买卖军火？"托德忍不住问起这点。

"是啊，刘铭传造炮台，只嫌不够，我很想为他去向德国买炮。"李春生对法军进攻中国台湾耿耿于怀，但他未深谈下去。

"兄弟，你的双腿属于你自己啊！"托德拿出烟斗，幽幽地说。

“什么？”李春生一下子没意会，但终究意会出托德的意思，“以后你需要什么请尽管告知，毕竟朋友一场，有事，我很愿意帮忙！如果有需要！”

“目前没有，只希望这场战争快一点结束！”托德站起身去找威士忌酒瓶，他给自己倒了一杯酒。

“你做什么生意都好，但请你勿将魏芷云带走——”他知道李春生不喝酒，他举杯致意，便喝了一大口。

“魏芷云我不会带走，谁也带不走她，她只想快回安溪——”李春生站了起身，他拱手作揖，谢过托德。

托德还一个人坐在桌前，将双腿置于桌面，唱起那首圣歌：“奇异恩典，声音何等甜美，拯救了你我这样无助的人。我曾迷失，如今又能看见——”

他的威士忌瓶空了，他去酒橱找，酒橱里全是空瓶，他已没有存货。“天杀的！”他诅咒起来，披起一件外套便起身往外走，他养的那只邋遢猫，动都不动地看着他走出去。

与此同时，天惊地动，整个屋子都在摇晃，轰炸声之大，使托德必须立刻捂住耳朵。他从来没有听过这么大的声响，屋子摇晃得太厉害了，猫儿喵了一声已经消失了踪影，托德才靠近门边，天花板的石膏被震碎了，全掉在地板上。

128

一艘叫“鲁登号”的法国炮船出现在淡水河口的阻绝线外，一整天不停以讯号要求海关派出领航员，没有人了解那讯号，港口没有任何反应。

“法国炮船要求的是港口派出领航员。”隔天，有人告知“金龟子号”的船长，并表示他可以前去，但船长鲍特勒却拒绝了这个请求：“我们政府前一阵子和法国因苏伊士运河闹得不高兴，还是少安毋躁些好。”

法国炮船已从两艘增至六艘了。

基隆港正如淡水港，平静无波，气氛诡异。托德除了密切和英国领事费德曼联系，他得空亦前往李宅，请教李春生有何战争听闻。

李春生告诉托德："清军需要的是可以携带的小炮，而不是大炮，但刘铭传弄错了，他花钱只买大炮，中看不中用。"

他说，前几天，刘铭传由基隆前来淡水视察，他们因而相识。"这个负责全台湾事务的官员是个大麻脸，"但李春生对他的印象极佳，"他喜欢狗，他出现的地方总是有十几条狗跟着。"

"他还做了什么？"托德忍不住问。

"他巡视了孙将军的军营，但二人没有交谈。"李春生接着告诉托德，"刘铭传对孙将军没什么好感。"

那时他们站在李春生家的二楼，托德看到大稻埕街上的行人并不多，几家洋行的大门也上了锁，门口都寥寥站了几个守卫的清兵，但也有一家洋行门口只有一个士兵和一个穿上军装的小孩。

"清军已加强了战备，"托德说，"至少他们在基隆港湾东侧山丘构筑地面工事，挖掘堑壕。"在开火前甚至事先通知了他。前两日他专程去探视，发现守军筑造了一道环港肩墙，宽、高两米至三米，四处都学着西仔挂着彩旗。

稍后，法舰以机关枪扫射山上清军，虽数量极微，但几枪差一点击中托德在基隆山上租的厂房。

"我只希望这场战争快点结束。"托德为了避免太引人注目，穿了一身汉人的衣服，留了胡子，戴着一顶黑色的瓜皮帽。

楼上起风了，风吹得窗户啪啪作响，二人心事重重，互视了一会儿，仿佛，在战争的阴影下，一切俗事都不重要了，连生意也不重要了。

就在此时，远处传来震天价响的隆隆炮声，这一场战争显然才开始真正要发威了。

129

魏鹏加入清军，一身武功获得赏识，很快便被擢升为小队长，他第一次觉得生命走在一个对的方向。

过去他虽喜欢练武，但别人总让他觉得自己不学无术，或更甚者，认为他无所事事才学武术。现在，他可以向那些人证明，他并非不学无术，他更不是无所事事。

现在是他展现他才华的时刻了，他有一种英雄般的感受。

他认为，他的属下才是一群无所事事的人，不但没有武功，对练武也完全没兴趣，说穿了，就是一群贪得无厌又懒惰怕死的家伙！

他又发现，他们要应付的并不是西仔，而是一群广宁人。他们长相类似中国人，稍微黝黑些，且都穿着短袖的黑衫，手执非常新式的武器。而法军则可能会带上几十个黑衫军，或者伊斯兰裔军人，他们之间，就属这些安南人最难应付，因为他们和华人一样又不一样——他们又凶猛又狠，有那种野蛮人的野蛮。

魏鹏逐渐义愤填膺，因为这群像汉人的广宁人，在西仔的带领下，奸淫妇女，又掳掠焚烧。他早已立誓，只要见一个便杀一个，不但对法军毫不留情，也绝不宽容这些人。

但是，法军已登陆基隆，虽被击退两次，还是占领了港口。清军节节败退，死伤惨重，魏鹏手下便死伤了十数人。

魏鹏隶属刘军，他听说孙军的带人作风更开明。孙开华经常与幕僚坐在军营内悠闲地喝香槟酒，用午餐，一切挺有法国情调，仿佛诸葛亮当年演空城计般，孙开华常常演这出戏给法国人看。

但他也见过孙军的一群游勇，他们一样毫无纪律，毫无军心，整天四处晃来晃去，脸上尽是茫然的表情，眼光空洞得令人害怕。

自从魏鹏见过孙开华的这些军人后，他便对投效孙将军一事死了心。他随着刘军南征北讨，虽刘已失利，狼狈地由大稻埕撤往淡水，魏鹏便是那一千名士兵中的一个，他们继续逃往艋舺，大批人马挟持妇人、珠宝、金银、粮料，继续逃往竹堑。

刘铭传特别召见魏鹏和几名官兵，要他们做好心理准备，反攻的时机到了，他们要做好最佳准备，他们将“反攻七堵，不成功便成仁”。刘铭传谆谆善诱，那席话说得魏鹏涕泪纵横。

那一夜，魏鹏无眠到天亮。“这一役无论如何必须胜，然后是下一役。”他自言自语，或许，很快便可以和魏芷云、高青华返家了。

第二天一大早，他们一群七千大兵反攻七堵，一鼓作气杀死了二百名法兵。

那时，“刺嘉理顺尼亚战舰”往此稍稍移动，运兵船一度逼近沿岸，但是风浪过大，无法登陆，遂作罢。

但之后万里晴空，法军尚未把握时机。

魏鹏看着天边有少许云层，好像即将下雨，风浪又开始大了，他的内心跟着激动起来。来吧，西仔们，全上来吧。他在心里呐喊起来。

130

这是一场昂贵的战争。

西仔应该是带足了炮弹，他们毫不节制地射击，尽往并无守军之处。他们每天那样射击好几小时，侧舷齐射的炮声非常震撼，极有可能将肝肠震破，但魏鹏听久了，耳朵也麻痹了。

通常西仔射击几小时后，炮火会逐渐缓下，可能因为炮管过热，炮击手容易烫伤，必须暂停。

清军有很多掩护，又已挖了很多地洞，所以没什么可怕之处，至少魏鹏完全不感到害怕。法船尽管滥射，费了无数炮弹，但一天也不过伤亡二十个清兵。

魏鹏知道，他害怕的不是伤亡，他害怕的是被俘掳。

然后西仔登陆基隆，清军节节败退下来，死伤数字扩大。他第一次感到生命的虚无缥缈，他的手下已有三人被俘掳，法军乘胜追击，越过岭脚，直逼下游的七堵。

魏鹏失去几名手下，又有几个逃兵不告而别，援军迟迟不到。他几次半夜惊醒，不知自己身在何处，而敌人又在哪里。他不知道，原来战争的面目如此不清，他以前过于天真，也过于自大。他曾相信自己拥有什么力量，他曾相信自己永远不会死。

而他便曾有几次和死亡擦身而过。

法军行动不明，该采取行动时未采取行动。魏鹏好生奇怪，就在他略感惊讶不安时，他们又在舰炮的掩护下登陆，五百到八百人，上岸后快速往低洼地带前行，但守军以火炮枪或以步枪或小钢炮侍候，枪战激烈。魏鹏的枪法神准，只凭直觉，无论谁靠近他，他总能将之击退。

但护送自己的兄弟就医可能要冒更大的生命危险。清军内部并未要求收尸或协助受伤士兵送医，但魏鹏无法忍受见死不救，他不会等到深夜再采取行动，总是在第一时间先掩护受伤的弟兄，随即要人迅速护送就医。

他的兄弟中有很多是北兵，说话口音颇重，只喜欢吃面食。他们受伤最多，但奇怪的是，他们从不哀号。有人甚至头颅都见骨头了，或者断了手脚，却从不哀叫，都只是默默忍受，他们逐渐也开始有那么一双空洞无神的眼睛。魏鹏非常怕看到那样的眼神。

为了报复西仔，他们活捉了几个法军，魏鹏让队伍中的番人将那些人的头首切下，并要人悬挂在大街上示众，此举引起法军将领的震惊和气愤。第二天他们展开更激烈的轰炸。法军越过七堵，已逼近水返脚了，离大稻埕已很近。

然后一场台风使一切暂停。

台风之后，风浪逐渐歇息，天空似乎放晴，三艘法舰因台风水涨船高，有两艘一度浮到阻止线外，但风浪过后，五艘又平平稳稳地停在那里。看起来便有叫战的威胁。

魏鹏属下增加了十数人，全是客家山区来的人，他们虽会说闽南语，但发音奇特，魏鹏经常听不懂，几个人才加入，很快便与北兵们为了伙食起争执。

但是，魏鹏很快知道，这些山区来的客家人才是真正的勇士。他们使用火绳枪，右腕悬挂一些火线，一经点燃可持续用数小时，但枪口每次置三粒枪弹，另外的火药置入药盒。只是射击时他们得平躺下来，这虽减慢了速度，但也模糊了敌人的焦点，西仔经常搞不清状况时，便被一群卧下来的人射中了身体要害。

魏鹏跟着番人出生入死，近距离的肉搏战及枪战开始了。魏鹏既喜又忧，因为，只有这种近距离的战争才是真正的战斗，他长期练武等待的无非是这一刻。喜的是，自己的武功可以发挥；忧的是，一旦真的派上用场，心里却有个声音在问他，所为何来？

原来，他喜欢杀人吗？不，他并不想杀人，他只是想吓阻。如果他不杀敌人，敌人就会杀他。他只能杀人，他已经杀了许多人。思想至此，他不寒而栗，他已不知他杀了多少人了！

一次在水返脚的小树林外，魏鹏近距离面对一个西仔，制服了对方，将他手上的步枪取下，要人反绑他。魏鹏注意到这个西仔皮肤白嫩，吹弹可破，头发又细，嘴唇红润，简直长得像一个姑娘。那人慌张中鼻血不停流出，他迸出了一句话：“你好。”魏鹏吓了一跳，当场愣住。他没要人将那人斩首处死，反而半夜故意让他逃走。魏鹏持着那个人的步枪，想象那人的人生，他们是从哪里跑出来？他们在想什么？

而且他也问起自己，他的人生是要干吗呢？就杀死这些西仔？杀一个算一个，他将杀死更多，他已杀死了很多。

他必须回家探望父亲，不，他必须回家探视母亲，他关心母亲更甚。他开始头疼，开始诅咒，半夜睡不着，遂起身练武——

虽然他已不知道自己为何练了。

131

托德为了撤离大稻埕，已经烦恼了数天。他和另外几位洋行老板还在没完没了地讨论，和英国领事也不知交涉了几次，最后，“金龟子号”舰长鲍特勒的通告使他做出决定。

鲍特勒通告大家，建议可将贵重物品送至忌利士洋行仓库存放，大家在忌利士洋行集合，他将派士兵上岸保护。

这个通告意味着洋商必须将珠宝、鸦片和茶叶尽量带走。鸦片是怡和洋行向他借贷的抵押，托德现在无法向他们讨债了，只好被迫先收留鸦片，虽然这违反他做生意的原则。他要几个中国雇员开始打包和雇用轿夫，他们将尽快把一切贵重物品带到大稻埕港口并运到淡水去。他前往魏芷云住处，要说服她一起前往淡水。

132

“我们还在等返回厦门的船只，”魏芷云坦白地说，“高青华已出发前往梧栖去打听返家船只的事。”

托德来意说得很明白，她不会听不懂。“您是要我们搬去淡水？”

“是的，我要你跟我走，我不希望你一个人留在这里，我有照顾你的责任。”托德表情像个固执的孩子，只是他满脸大胡子，乍看神情有些古怪。

“高青华不在，我不可能一人走，我不能这么做。当初他也是冒着生命危险陪我过来，现在我怎么就丢下他？”

你总有一天必须丢下他，你总有一天会和别人生活，而不是他。“你总有一天——必须结婚呀！”托德突然有感而发。

“我不会结婚了，我已经做好打算了。”

“嗯，哼！”托德辩不过，只好使出杀手锏，“我以宝顺洋行老板的名义要求你前往淡水，你的工作以后都在淡水进行。你若要高青华跟你一起走，也可以，我可以转告他，但你现在就得跟我走。”

魏芷云没再说话。她有时真希望赶快回到安溪老家去见自己的老父，但奇怪的是，这场战争使她看到许多不幸的人，她突然也有了感同身受的惆怅。

她知道自己和高青华已无路可走，自从战争发生后，她再度意识到自己的生命并非全然掌握在自己手上。

而且他们下榻的大稻埕杨家有事，杨仔刚刚染上霍乱，不到两天便过世了。这个年头，死亡已成为最正常不过的事了。哪个人家最近没有死过人？

街上每天都有神明游行，鞭炮、铜锣震天价响，更夫们以竹棒敲打，希望可以驱魔，还有人发送艾草和香包。杨家上个月才死了儿子，现在儿子的父亲也走了，寡妇半夜哀号的声音，让魏芷云又惊又怕。一个想法慢慢成形了，此行返回安溪，应是嫁给高青华的时候了。

而托德呢？托德只是她的雇主，一个外国人，一个她并不是很理解的人。他真心喜欢她制作的茶，他会说闽南语，还有，他认为中国人不应抽鸦片和绑小脚，虽然，魏芷云有时也开始认为他是为了要讨好她才有那些看法。

魏芷云眺望远方，决定离开这里。未来，她将怀念这段大稻埕时光，来日，她一定会怀念托德。

在离开杨寡妇家前，魏芷云把这两年来人们给自己的银两，拿出一部分给她，因为寡妇没钱治丧，她和大部分茶农一样，去年的贷款早已用完了，今年的贷款因茶滞留于基隆，所以还未发放。

她答应和托德走，只有一个条件，托德也答应了她，他会找到高青华，并将其接到淡水。

133

一行人半夜出发，以避人耳目，凌晨二时安抵淡水。“请迅速就寝，否则清晨不得安宁。”托德说。

果然，魏芷云忙到清晨正要入睡时，隆隆炮声便响起了。

托德租赁的房子也紧邻着忌利士洋行。房子够大，外面也有英军保护，托德为魏芷云整理了一个房间，他自己则睡在楼下，他们一群人都住在忌利士洋行附近，这里成为临时避难所。

有时她洗好衣服，拿到楼顶去晾晒时，看到托德搬了桌椅，坐在阳台上写东西。只看到他时而振笔疾书，时而又拾起他那个宝贝望远镜眺望港口。

清晨时分，整个淡水港口站满了士兵，从她的楼上房间也能看到。“是慈禧太后犒赏基隆胜仗的赏银到了，正在发送。”她听到托德正在告诉随从。

刘铭传也带了两百多个士兵和乐手，他们全体在码头恭候大将军，并吹奏音乐，乍听起来颇像法国号在演奏中国音乐，那音乐弥漫整个城镇，令人感觉到淡淡的哀愁。

魏芷云想起父亲，她多么怀念，又多么担心他。

她每天都注视着观音山，她也看得到英国领事馆和馆舍，海关稍南不远，后方山坡有海关税务司官邸，以及海关助理住所和传教士住处，还有马偕牧师最近兴建中的牛津学堂，到处都飘着英国人的国旗。忌利士洋行南边有德汇洋行及孙将军总部。

炮声令人不寒而栗，屋子摇晃的程度听说与十几年前的空前绝后的大地震差不多。

英舰“金龟子号”停泊在离忌利士洋行不远处的海面，舰长已派出十名水兵上岸来保护侨民。

他们堆置茶箱，为了防潮，他们将茶箱架高。

回到忌利士洋行，一群人被告知要立即登上“金龟子号”舰。魏芷云不肯，只肯留在洋行看守茶叶，托德说服不动，急得不知如何是好，终于生气了。“你是全世界最顽固的人！”他说，说完话，转身就走。

两位牧师的妻子已上了船，她们站在船边却好像在欣赏海上风景，一个凌空而来的炮弹便打在离船不远的水上，二人尖叫起来，全身也都淋湿了。船也跟着波动了许久。大家急忙下了船舰，然后，炮弹就如雨点不停落下了。

过了半天，等到四周寂静无声，托德修正安全的定义，他决定返回洋行，大家也都没异议，一伙人就一起搭乘小船回到岸边。倒是“金龟子号”舰长挺不高兴，因为法军未如约定，他认为：“他们太过分了。”

134

托德以跑步的速度赶回去，他想知道魏芷云是否无恙。他一路上好生懊恼，他刚才不该对她发脾气。

整栋楼房都没有人影，托德怏怏不乐，满腹心思。炮声仍在进行，只是比先前稍稍微弱，他走上阳台，那是他平常露天工作的地方。

魏芷云正在角落沏茶，她也把他的衣物全洗好了。“怎么大家都怕死了，就你一个人不怕？”托德立刻跟她道歉。

“我也怕呀，所以才洗这么多衣服！”魏芷云笑了，递给他一杯茶。

她的茶仍然这么清香。托德问自己，他多久，多久没感受过茶的滋味，他多久，多久都在逃难？他也不知自己可逃到哪里。“我应逃去哪里？”那时他说，“下一次我不能再丢下你一个人了，我不会再这么做了。”他说的声音不大，听起来也像喃喃自语。

他看着魏芷云，而魏芷云只倩巧地收拾茶具。

“我很担心高青华，不知他在哪里。他会不会找不到我们？”魏芷云终于忍不住说。托德摸摸鼻子。过一会儿他又开起玩笑：“我希望他找不到我们！”魏芷云认真地看着托德，直到他挥挥手说：“不会啦，他一定会找到，问也问得到啊！”

托德故作幽默：“除非是笨蛋，否则怎么会找不到？”过一会儿，“他该没那么笨吧？”

135

魏鹏逐渐成为杀头王。全队中他杀过最多人头，七颗。他的现阶段任务很简单，他要昭告及鼓励同袍杀西仔头，佣兵及黑皮肤亦可，一个人头一百大圆。

此外，他还必须将下一批人头带到市街上悬挂，让大家见证，法军的下场便是如此，不必害怕，战争快打完了。

但来兑换大圆的人头有的早已腐烂不堪，也有的只剩下头骨，看不出是法军了。

原来一些人趁着黑夜前往法军下葬的地方，挖出新葬的人的头，魏鹏没想到有人以此方式赚钱；而且此事继续引来法军无比愤怒，接着又是好几天无尽无止的轰炸！

那些西仔的人头，他再也不敢触碰，也不敢注视，他相信这些人有灵魂，而且会认得他，他开始厌恶起自己的职务，并且要求别人替代他。

但没有人理会他的要求。有一天清晨他起床，决定离开北路中营哨队，他带着他一小包私人用物离开了军营。

他投靠了孙开华将军，孙开华送他一把一八七一式的毛瑟单发步枪，并要他带领一支由客家山勇组成的廿八人部队。

136

高青华在梧栖港打听返福州或厦门的船只，但几艘戎克船船主知道法军封锁后都不敢轻举妄动，就算有径自驶往彼岸的船只也不欲人知，高青华无功而返。

他回到大稻埕，发现人去楼空，不但人已离去，连货物都不在。整条街空空荡荡，只有几只没跟上主人的流浪猫狗。

他漏失了一封魏芷云留给他的信函。他坐在以前和魏芷云一起喝茶的地方，突然好生纳闷，魏芷云该不会与托德跑了？不告而别？为什么？疑问在心里一点一点地升起，他突然觉得，他似乎太一厢情愿了，原来这个女人不爱他，一点都不。

他去霞海城隍庙烧香拜佛，洗去晦气。他巧遇了也是由安溪来的同乡，那人告诉他，魏芷云和托德搬去淡水，魏芷云说她在那里等他。

高青华内心还是疑问，在那里等我？她怎么就知道，我非去那里与她和托德会合？“我才不去淡水。”他赌气说。

那人问他：“那你要去哪里？”

“不去哪里，哪里也不去。”这是他的回答。

137

高青华离开小庙，前往军营，但没找到魏鹏的哨队，有人终于告诉他，魏鹏也离开了这里，投奔了孙开华。

他花了九牛二虎之力，沿着大科崁溯河而上，沿途看见一些法军的人头悬挂在岸边，使他触目惊心。他到底来到这个人称“埋冤”之地多久了？今夕是何夕？在多次的问路后，他终于找上了魏鹏所属的军营。

他已三天两夜未合上眼睛，但看到魏鹏，他大吃一惊：“你怎么变得这么瘦？”过去魏鹏一直孔武有力，身体比他健壮多了，现在他的脸庞凹陷，看起来像个憔悴的病人。

“从军可不比在家，”魏鹏倒是开朗地笑起来，他一向对待高青华如兄长，“妹妹还好吧？”他立刻询问，“你们打算怎么办？”

高青华第一次觉得委屈，因为他不知道自己为什么爱魏芷云，又为什么不敢告诉她。

“我找不到船家，她现在跟托德到淡水去避难了。”高青华突然有个奇怪的念头，他不如也留在军营不回去了。

他的一条命又算什么？人生海海。但他没把自己的心情说出来，就算要说，他亦不知怎么说呢。他平常就任由自己的情绪啃噬自己的心，他看起来就是一副刚毅木讷的样子，别人也摸不透他在想什么，这样不是很好？

“那你一副无事的样子？”魏鹏敲打了他的肩膀，使他有点从梦中惊醒之感。

“我能怎么办？”高青华请教魏鹏，他以前总觉得自己是那个援助魏鹏的人，现在他却觉得，魏鹏可以救他。他已经在茫茫人海沉浮过久，几乎快窒息了。

“本来我希望你俩快回安溪，便是希望你们快成婚啊！”魏鹏爽朗地笑起来，“容我说一句，我当然希望你是我妹夫嘛！”

但是，高青华眼里黯淡无光。“我看这事不会发生了。”他说，双手紧紧握着，仿佛有什么说不出的苦衷。

“这么为难？”魏鹏被高青华的情绪感染，也只好无语。

“托德和李春生都喜欢她，”高青华坦诚相告，过一会儿又说，“而且这场战争，我不知它还要怎么打，还要打多久。”高青华问魏鹏。

魏鹏摇摇头。“我也不知道，但是我是军人，我不会问这个问题，我把这些问题交与孙将军决定。”

“我们三人回得了家么？”高青华又追问。魏鹏抬起头，看着远方：“放心吧，应该快了。”

那席谈话结束前，魏鹏把身上的盘缠全交给了高青华，他还是老话：“这给你们成大婚用，快回去照顾她。”

高青华看着魏鹏离去。他那清瘦的身影，很快离开树林，步上那条返回军营的小路。

高青华搭船北上到淡水。但他没直接去找魏芷云，他仍不死心在找可以返回厦门或福州的船只，他觉得只有和魏芷云回到安溪才是正途。他不在乎战争，他在乎的是情敌。

但没有结果，无论怎么询问，自南到北，他只问到一艘富商租的戎克船，但他们自己一家人口众多，没有多余的空位。

高青华才觉知，人生的真相不过如此，原来钱可以决定一切。这个世界由钱决定，是非也由钱决定，钱主宰这个世界：有钱，他可以买一条船；有钱，他可以买到全部的自由；有钱，他可以立刻带魏芷云离开这里。

这种感觉使他陷入痛苦，但也使他立下宏愿，他这一生一定要赚钱。他不能再退让，不能让这个世界来主宰他，他必须能主宰这个世界。如果有钱，他可以现在就回去告诉托德，你算哪根葱？你这个番鬼，凭你这些臭钱？跟魏芷云说，咱们走吧。他脑里出现多少画面，这些画面都在安慰他，鼓励他成为这么一个有魄力的男人。他应该采取行动了，但什么行动呢？他自问，并冷静下来。

炮击了数天，法军不知发射多少炮弹，但清军伤亡人数非常少，淡水港口一片死寂，像一尊报废的大炮。高青华走向忌利士洋行，在途中，他看到很多人，包括小孩，都在捡拾没引发的炮弹。

随之，高青华看到有人沿街叫卖，一颗两元，他一颗也没买。他听说有人喜欢敲玩这些炮弹，最后引爆，把自己炸死。他觉得，自己莫非就是这样一个未引爆的炸弹，只是别人不能再多碰他，有一天他说不准也就那么炸开了。

他在街上又看到一幕令他心惊肉跳的场景：一个洋人血淋淋地躺在马路中间，许多人跑出来围观，他也上前观看，是金斯来！是那个托德的仇家？他赤着上身，全身都是血，躺在街上，没人敢做什么，连上前查看他是否仍有呼吸都不敢。大家先是屏息小心探看，随即又窃窃私语起来："死了吧，应该死了吧，番鬼就是不得好死哪！”

终于有人上前去摸他裤子的口袋，随即一群人也摸上去，大家想从他身上找到什么值钱的东西，那些人搜刮一阵，便一哄而散。

高青华仰望天空，看到一大片乌云已逐渐飘向他的方向，一场大雨很快要降临了。

他往地上吐了一口痰，真不该看那一眼的，这一定会让他噩梦连连！

139

高青华来到忌利士洋行，托德故意不做表示，甚至也未询问他这一阵子的下落。魏芷云在托德面前急了，她直直望着托德：“你不是答应了我？”托德最后说，就只能在仓库打地铺了，“好吗？”

高青华谢过托德，他一直在观察魏芷云的脸色，至少魏芷云似乎很高兴看到他回来。

140

偕医馆已人满为患，小小医馆共容纳二十名伤兵还有十来名平民，馆外另搭了帐篷，留下百名以上的伤兵。被抬进来和被抬出去的人数差不多。马偕牧师经常在医馆内为伤亡者念诵《圣经》经文。

141

魏鹏护送伤兵到偕医馆，随后，他来造访魏芷云。

他在楼台和魏芷云说话，那天万里无云，法军一颗子弹也没发。

他是来劝魏芷云和高青华成婚的，理由千篇一律，她以前也听过了，“女大十八嫁”，她的年纪不小了，不能再拖延了。魏鹏并不适合扮演这个角色，他不太会说这些，也说不清楚，但魏芷云知道他的来意。

“等回安溪再说吧。”魏芷云第一次松口，时间并不站在她这边，她还有许多永远无法成真的梦想。高青华不是她的梦想，他是她生活的依靠。

“一时回不去，”魏鹏盯着她说，“不如你和高青华先在这里成婚吧！”

忌利士洋行的透天厝楼台起风，把魏芷云梳好的头发都吹乱了。“我们回安溪吧，婚礼要阿爸在才好。”

“那若回不去怎么办？”魏鹏说，“战时危险，你们可以互相照顾。”

“日子过得好不好？”魏芷云拉着他的手，疼惜地问。

“不好，那不是人过的日子。”魏鹏无所谓地说。“但没办法，这就是我的命！”又加了一句。

“你就这么认命？”魏芷云拧了一下魏鹏的手臂，意外发现他手臂上刺了青，是“练心”二字，“你怎么会去刻这个？”

魏鹏呵呵笑了起来，他说，这样一旦我死了，你们才认得出来啊，还有下一辈子转世时，也许也是个记号。

魏芷云悲伤地看着自己的哥哥，她觉得，他的生活一定苦透了。但她不知能为他做什么。练心？

她取出随身携带的那件背心，她几个月来为他缝制的背心。她递给他，要他试穿，魏鹏穿上后，立即脱下。“衣服大了点，还是给青华穿吧。”魏鹏留下了背心，离开了楼台。

魏芷云跟着他下了楼。

托德仍然在阳台一角写字。一个宝顺洋行的职员气喘吁吁跑来报告。

托德看那人急得满头大汗，便要他先擦擦汗水再说话。

“阿坤被抓起来了。”那人紧张兮兮，仿佛自己差一点也被抓去似的，“他在基隆港口的街上，莫名其妙便被逮捕，他们从他身上搜出外国信件、外国钱币、支票和几面法国国旗。”

“这些东西有何奇怪？”托德不解，“阿坤的工作不是就和外国有关系？”

“因为法国国旗，那被视为要用来指引法军登陆用的信号。”那人说完，吐了舌头。

阿坤是托德的职员之一，托德前一阵子正想将他革职，因为他将宝顺洋行的营业状况透露给了金斯来。但因战争，员工都已四散，大部分的人都不必来上班，阿坤也不例外。

阿坤家住淡水海边，离法军舰停驻地点很近，住家后有路直通法军营处，托德心里推敲着，一时无语。

他拿出五银元赏给那个通风报信的人，便自顾回到自己的写作上。他前一阵子接获香港报纸的邀稿，兴致勃勃地报道起战事，发现自己还蛮喜欢写东西。

一大早，清军官衙里却有人来密告托德，那阿坤已和盘托出，托德才是真正的间谍，他只不过为托德的洋行服务而已。

这个说法像晴天霹雳，托德换了衣服，立刻往淡水官衙走。

知事出来接待他，听完他的抗议，只安静地告诉他，全案已交由英国领事馆调查。“我不便做任何评论。”知事脸带微笑，把事情推脱得很干净，但他的微笑让托德更不自在。

他讨厌看到这样的微笑，通常那意味比微笑本身更复杂的东西，那是一种他永不会了解的文化内容，他宁愿看到一个中国人哈哈大笑或愁眉苦脸。

但微笑的知事就说这么多，托德问什么，他都不予置答。

143

清晨时分，忌利士洋行门口便围了好几个人，敲锣打鼓，要找托德出来解释。

托德被吵得再也睡不着了，只好向一群人告白："我并不是间谍，我不认识任何法军。"

一群人当然不信，托德说服大家一起前往英国领事馆，他要当场向英国领事费德曼讨个公道，让费德曼来说明究竟他是否是间谍。

一群人同意了，大家往红毛城的方向走，锣鼓声愈来愈大，围观的路人或陪行的路人也愈来愈多，他们来到领事馆门口。

费德曼看到这么多群众，只好出面。阿坤与淡水关领港人金斯来合作，可能已将地图与军事分署地点交给法军。"托德应该是无辜的，"他说，"阿坤不是托德，阿坤是托德的职员——"

"应该是无辜的？"有人听到这个说法，又继续鼓噪起来。

费德曼正要补充说明时，有人被推倒了，群众纷乱地往前挤，在费德曼的吩咐下，门口的"金龟子号"步兵们全持枪围着这群人，气氛紧张，步兵差一点要开枪了。

在枪支的逼迫下，群众逐渐散去，只剩托德和费德曼。托德一脸疲惫，他问："可以给我一张证明，证明我不是间谍吗？"

费德曼没好气地看着托德："你找上帝去要吧。"他看托德气急败坏，只好又加一句，"现在是他们要证明你是间谍，怎么是你要去证明自己不是间谍，不是本末倒置了吗？”

托德心绪不宁地离开英国领事馆，由两名英国官兵一路陪他走回忌利士洋行。他一回到自己的床上，倒头便睡，睡了一天又一夜。

144

李春生开办了自己的企业，他靠着一张铁磨的相片，便成功地要工匠按照他的设计图制作好几十套机器出来，然后逐步说服一些蔗农，以新的技术来制作蔗糖。

他也看上煤矿，在头份买了采煤厂。煤在战时是必备品，法军来进攻中国台湾就是为了煤，法军认为，一旦有了中国台湾的煤矿，他们便可以由中国台湾海峡长驱直入北上到渤海，所以中国台湾的地位无比重要。他做了研究，找到金主合资。

茶叶的外销仍然继续进行，他不去和托德抢生意，而是大笔开发南洋的订单。他现在的洋行是一个多种经营的企业，他买卖所有大家需要的东西，生意愈做愈大。不久，也成立了自己的分店。

最重要的，他开始为刘铭传买卖军火。

145

李春生不但经营粗制茶也经营再制茶，已成为托德最大的竞争对手。

茶价并未下跌，但因战乱，港口开放遥遥无期，许多茶农都急了，因为他们以茶抵押借款，寅吃卯粮，茶箱若全滞留，在没卖出去前，他们取不到款项。

几个大科崁的茶农，包括两名佃农，专程来大稻埕向李春生陈情。“月利百分之一点五太高了，缴不下去了。”他们说。

“契约上就这么写的！”李春生理直气壮，“洋商的月利数字也一样。”

“当初签契约时我们不知道抵押贷款这些事——”大科崁来的一个佃农当众哽咽,空气一时也冻结了。李春生被这人的情绪吓了一跳,一反原来不打算理会的态度。

他问那人地租多少，要向谁缴。那人说地租三十五元，他已被逼得快无法存活，但地主一毛不想降价。

他们一群人坐在李春生在大稻埕的办公室内，板凳不够，也有人坐在地上。“我们以为你是自己人，好说话，那些妈振馆[1]的洋人都是吸血鬼，所以当初才从托德那里改来你这里啊！”

“番势，你也知道我们在山坡垦地栽种这些茶丛，真的是不容易啊！”

李春生考虑了好一会儿，他决定把利息降到百分之一，而且可以延后再缴。

那些人立刻称谢，那时天色已晚，但一群人涌至大稻埕码头，央求船夫为他们行驶一段。好说歹说，一个船老大才答应，大家才兴高采烈地离去。

146

李春生要离开店门时，托德到了，一脸慌张和不满的神情。“怎么了？约翰？”李春生仍如往常一样，客气问候，“什么风把你吹来了？”

托德苦笑起来：“一股台风把我吹来了。”

“台风？”李春生打开店门,清理桌椅让托德坐下,他在淡水的茶铺靠着淡水河,就在港口附近。几只河鸥呼声而去，此外，街上倒是冷冷清清，了无动静。

“你认识那位杨知事？”托德开门见山。

“认识。”一听到杨知事的名字，李春生正襟危坐起来，“发生了什么事？”

① 妈振馆：商行（merchanthouse）的音译。

托德讲起那苏格兰口音的英文，李春生比出手势，希望他放慢速度，过去在他们的合作时光，他也时常要求托德说话放慢。托德只有在说汉语时速度才会慢下来，因为他刻意讲究四声的正确发音，怕被人耻笑。但因太刻意了，也常引来笑声。

“阿坤密告我是间谍，你觉得那杨知事相信阿坤还是我？”托德最后问了这一句。他突然叹了一口气，瘫坐在店里那张像床一样的椅子上。李春生一向在那里与客人喝茶，而最近客人确实少了一些，床边的一块玻璃窗的玻璃刚好也碎了一大片。

“不知道阿坤提出什么证据？”李春生仍然不动声色，一如平常说话。

“阿坤会有证据？连你也不相信我吗？”托德一骨碌站了起来，走向李春生。

“不是我不相信你，”李春生想了一下该如何措辞，“是你在香港《孖剌西报》上那些报道！”

“啊，你也注意到了？”托德睁大眼睛，盯着李春生，好像想从他的表情看出什么端倪。

“是啊，我已经拜读了一阵子了，”李春生坦诚相告，“你为什么要写这些？”

“这只是为报纸所写的战事报道，”托德毫无表情地说，“我个人对战事的观察，并没有什么大不了的秘密。”

“但是老实说，你期待的是法军的胜利，是吧？”李春生把他心里的疑问和盘托出。

托德愣住了，不知如何作答，想了一会儿才说：“为什么你会这么认为？”他认真地看着李春生，对方也无语地看着他，“你的意思是，如果阿坤把报纸交给知事，这就是间谍的证据？”托德的声音迟疑起来。

“我不是知事，我不能代他判断——”

李春生心情也跟着沉重起来，他注视着在房间中走动的托德，托德走到大门口往街上看，昏黑的街巷里只有几个孩子在提着灯笼玩耍。

“李君，你认为，那些报道算是间谍的证据吗？”托德慢慢地转过身来，从远处询问油灯下的他。

李春生沉吟了一下，这个问题他想过一阵子，现在必须给托德一个答案。“我不知道，真的，我不知道。”

他的眼光里没有任何逃避，也没有任何深刻的东西，就像一池水般，托德觉得此刻的李春生只是一面镜子，他反射了自己的心情。

“好，那我现在告诉你，”托德回到现实，“我写的报道中，没有透露任何一项对清军不利的消息，没有故意向法军提供任何有关中国台湾的地理或军情线索。”他开始激动起来。

“没有？”李春生只是倾听，他似乎在回想般，“没有。”他又说了一次。

“我是英国人，中国台湾人都知道，法国人是坏人，英国人是好人。”托德仿佛把李春生当成杨知事般地辩解着。

“我相信你不是间谍，但是我不能为你确定，如果这些英文报纸落入他们手里，他们会做何感想。”李春生做了结论，他搓着双手，仿佛想为托德找寻解决之道。

“除了你，没有一个台湾人有这份英文报纸——”托德仔细地打量李春生的脸，仿佛只有如此，才能知悉他的心思，“我不期待法军胜利，我只期待战争快点结束。”

“我不会把报纸交给别人，如果你要问这件事——”李春生透出肯定的表情，他拍拍托德的肩膀。

托德看起来不再那么焦虑，他和李春生走出去，大稻埕的天空黝黑成一个洞口，街上虽静悄悄，但他们听到棉被店弹棉花的声音，夹杂着炒菜的声音，路人挑着扁担受压的竹子声，二人不知所以，走了一段路。李春生终于向托德告别：“我能做的就是如此了。”他走入那栋他刚建盖的房子，没邀请托德进去。

高大的托德站在门外，看起来像个无家可归的人，他向李春生的背影挥了挥手。

他踽踽独行于夜晚的大稻埕街头。

托德回到忌利士洋行，洋行正在举办战时派对，之前洋行同事已告知过他，他完完全全忘了。

他才走进大厅，就看到所有的英格兰人都聚在一起，除了他们几个洋行人士，还有好几个海关和领事馆的人，除了费德曼领事，有人说珍妮也来了。托德愣住了："金斯来也来了？"

托德急着先寻找魏芷云，但他没找到她，连高青华也不见人影。

他先喝威士忌，吃起马铃薯沙拉，听着他的职员胡巴特以温柔的高音唱他自己写的打油诗。全场肃静起来，大家都屏息地听着歌词，生怕漏听一个字似的。

很快地淡水港将重新开张，但我怀疑到底还要多久。

众人陶醉在歌声中，一起跟着胡巴特哼唱起来，托德寻觅珍妮，看见珍妮已喝醉了，她正在和另一个怡和洋行的职员班特利说话。

托德离开大厅，他前往住处寻找魏芷云，在顶楼找到魏芷云和高青华，魏芷云身上披着棉袄，正在和高青华说话。

"为什么不下去吃点东西？"托德问魏芷云。"谢谢，我们吃过了。"魏芷云一脸笑容。

"高先生，你可以先走吗？"托德问。

"我们只是坐在这里，过一会儿就要去睡了。"魏芷云拉着高青华，"是吧？"高青华急忙点头，他目光平视着前面。

"那我还是可以坐下来陪你们吧。"托德说完便搬了个石凳，坐在石凳上。

刚才在唱歌的胡巴特气喘吁吁地也跑到了托德住处的顶楼。"约翰，珍妮小姐完全醉得不醒人事——"

托德和胡巴特下了楼，他看到珍妮已吐了一地，躺在沙发上睡着了。他为她整理面容，擦去身上的污秽，并决定让她睡在他的床上。

他自己则睡在沙发上，一夜不能成眠。一大早，他听到楼房的楼梯声，不一会儿，他发现珍妮已离去，不告而别。

那一夜，他才知道金斯来已过世了。

148

战事久了，好像暴戾之气也在空气中弥漫起来。本来在艋舺，现在连在淡水也有人看到洋人便丢石头，托德虽没被丢过，但他见过有人被丢，非常愤怒。

他不知自己为何愤怒。“如果现在有人，有任何人，胆敢丢我石头，我会回家取枪并枪杀那个人！”他曾经这么告知大家。

周日早上，托德前往马偕牧师的教堂。还远远的，就嗅闻到一股焦味，他靠近时发现教堂已被人放火焚烧。地上还有一些未烧尽的火焰，有些燃物还飘着烟。

教堂才新建几个月不到，就被付之一炬。

他惊讶极了，现场没有人，连猪狗都逃之夭夭，只剩焦黑一片的废墟。托德蹲了下来，开始祈祷。他第一次感觉到上帝似乎已远离了淡水。

149

魏芷云应托德之邀，前往大稻埕，和茶农说话。几个月拿不到钱的茶农气愤填膺，他们已用锄头将茶店的玻璃窗全打破，门板也破裂了一大块。

“各位大叔，托德说的是真的，茶箱全留在港口，大家可以去问——”高青华陪着魏芷云，他们在门面玻璃破碎的店里烧水泡茶。

“他哪有可能付不出我们这一点钱？”一个茶农很生气地说。

“他的钱都留在香港渣打银行，现在发生战争，没办法去领。”魏芷云解释一些她也不懂的事情，声音愈来愈微弱。

“你一个女人家，为洋人做事，这算什么？你不知羞耻，站在这里跟我们讲啥？”另一个茶农咄咄逼人，矛头指向魏芷云。

“你们平时从魏姑娘这里学这么多，现在却忘恩负义了！”高青华忍不住插嘴。

一群人七嘴八舌，有人鼓噪要把店里的桌椅柜子全砸碎，但高青华出面阻止：“我们一起来想办法吧，你们有什么最后的要求？”

众人没有定论，有的人说只希望托德能买下这一季的茶叶。“人家番势李都买了一些——”他们说。

魏芷云答应他们，她将向托德转告大家的意思，众人才逐渐散去。

高青华尽职地收拾店面的碎玻璃。“你怎么知道托德真的没钱？”他问魏芷云，“我们真的要站在他这一边？”

“他为人正直，只要一天是我们的老板，我就一天听他的。”魏芷云说，“他又不是西仔，他是好人。”

高青华不作声，他去收拾玻璃时不小心划破了自己的手指，血流了出来。

150

李春生来找托德的家仆阿明，赏了他两块银元，要他据实以告。“这有关咱台湾人的未来。”

阿明的报告如下，托德先是一大早前往水返脚，他在那里订了一个木桶，并要阿明挑回去。

接着他一个人搭船经岭脚前往基隆，他先在社寮岛闲逛，没与任何人说话，但那里的人对他很亲切，他还逗小孩和狗玩。

托德要人以竹椅把他抬到基隆港口。他在港口一家日本人开的店铺买东西。他买了威士忌和培根。随后，他前往港口码头，等待“海龙号”船上的人下来交涉，他似乎取了一些信函，或许也买了冰块。

李春生看着阿明。“冰块？”他知道托德喜欢喝威士忌加冰块，“就这样？”他继续问。

“就这样，他要人把东西送到船上，他也上了返淡水的船只。”

151

亲爱的约翰：

收信平安。听说，法国对大清政府已益发不耐烦了，可能很快开战。我抵达伦敦已有数周，这一阵子身体欠佳，在回来的船上又病了，似乎是重感冒，回来后病情更加恶化。

有关将茶叶送到吾等女王事，我未曾稍怠，已联络交通大臣阁下秘书进一步商谈。

他建议你将乌龙茶的制作过程记录下来，再以你的相机拍几张照片，以利于呈送给吾等女王，她一定深感兴趣。

谨此，问你好。

P.S. 来信请寄大英帝国外务部。

你诚挚的郇和

152

魏芷云从下榻的房间里，常常可以听见托德走动的声音。

在等待回家的日子里，大部分的夜晚，她在烛光下做女红。高青华则在楼下仓库房内编竹篓，一个竹篓可以卖到一分钱。高青华一个晚上可以做六个。

“洋大人！”魏芷云被屋外的叫声惊动，她竖起耳朵注意倾听，“洋大人！”托德的房门开了。

“什么事？”

“黑须牧师发高烧，医生要我们来问你有没有冰块。”

“马偕回来了？”托德和那人站在走廊上说话，月色如此皎洁，四处如此安静，谈话声突然中断。

魏芷云都不敢动，她又听到楼上急促的走动声，过了一会儿，四周又恢复了平静。

“希望马偕牧师能恢复健康。”她到楼下去告诉高青华，她亲眼看过马偕牧师为人拔牙，要等他拔牙的人排了好长的队伍。

高青华的皮肤病也让他医好了，他们一直想用行动感谢他，虽然魏芷云不信基督教。她听说马偕牧师办女学堂，也曾想过要去上课。

隔天早上，高青华在街上听人说：“马偕医生病好了，全归功于托德的冰块。”街上的人都不明白为什么冰块可以医病，真是太神奇了，这事便一传十，十传百，传到了魏芷云的耳里。

153

珍妮上门来找托德，第一句话便问：“你是不是故意躲着我？”

托德一脸惺忪，才刚睡醒。“很想喝一杯咖啡。”他说，然后，垂手听着珍妮说话。

珍妮变得更瘦了，不但脸颊、下巴都尖了些，腰也变细了，她的双眼也更深陷了。“亲爱的，我既没有也不必躲你，到底怎么回事？”他猜想金斯来过世一事，已超过她所能承受的了。

“那就好，那个晚上，我看你一直在回避我。”珍妮又露出那种眼神，托德已经看过很多次，每当她觉得受委屈或不如意时，便有这样的神情。

“珍妮，我能为你做什么？”托德搬了一个板凳让她坐下来，他感觉她的手似乎在颤抖。

“战争愈来愈恐怖了，”珍妮流下了眼泪，“而我现在一个人了。”她的声音哽咽起来，几乎快说不出话。

托德上前，轻轻地拍她的背，并拿出手帕擦干她的眼泪。他发现自己似乎真的不关心金斯来的死活，也没那么关心她了。

“我现在告诉你，希望你理解，并且不要说出去。”珍妮好像心里做了坚定的决定，她停顿了好一会儿。

“如果你说出去，我可能就没命了。”珍妮面无表情地说，那一句话说得好像她病了许久，麻木不仁了。

托德想告诉她，他其实都知道，但他没说出口。这是个不寻常的早上，珍妮已经成为一个不寻常的人。

“我不可能向任何人提起你的事。”托德有了预感，他觉得因为这番谈话，他和珍妮的感情从此会永远埋葬。

那只是一种无法说明的感受，他无法解释，他注视着珍妮的白色裙子上有一条细细的洗不去的褐色痕迹，觉得他与她的关系正像那件衣服，他们之间有那些过去，但也就是永远的过去了。

珍妮终于崩溃了，她哭了起来，而且哭了好久，像河川决堤般再也无法停止似的。托德开始担心珍妮的健康现况，他沉默了，并且搬了另一个板凳坐在她身边。珍妮终于慢慢安静下来。反而是托德内心却焦躁起来。

“金斯来为法军工作，提供情报，也提供地图——”珍妮说了出来，她边说边扭动她那只戴着钻石的手指。

“唉，这些我都知道了。”托德安慰珍妮，“这是他个人的决定，我没有意见，也不会说出去。”

“承蒙你宽宏大量，”珍妮凹陷的双眼似乎更凹陷了些，“但是他曾为法国在淡水河里装设地雷，这件事你也知道？”珍妮看向托德。

托德摇摇头，这事他不知道，这个消息只告诉他，以后他再也不该在淡水河和基隆河上乘船。但随即他意识到自己的自私，他注视着珍妮。“当时，是他自己下水装设吗？”

“不是，另有水手为他这么做，”珍妮平静了些，“但是，这不是我要告诉你的——”

托德接着问：“那你要告诉我什么？”

“金斯来的事情一定纸包不住火，我怕我也有性命危险。”珍妮不停搓着双手，搓得托德的心也都纠结起来。

“我想离开这里，回到苏格兰去，我需要旅费，我没有。”她以无神的眼光看着地面，又移向托德。

“你现在就要走？”他问她，心里交杂着许多感受。他们曾经是一对即将成婚的恋人，现在人事皆非。时间走过去，时间并未改变什么。时间只展现了他们，原来他们是这样的人。这样活了过来，又要这样再活下去。

“好的，珍妮，我会把这笔钱给你，不必担心。”托德以温柔的声音安慰珍妮，这一次他并不幸灾乐祸，真的不。一股怜悯心自然地升起。他觉得他再也不恨珍妮了，他对她只有怜惜。“只要有任何机会，可以让你安全返回家乡，我都会为你争取。”

珍妮的眼神说不出是欣慰还是伤感，或者二者都有，她就那样久久望着托德。

托德曾经在英国报纸上读过一则大文豪雨果的女儿的故事，阿黛尔·雨果因为爱走天涯，最后沦落去了加拿大。他觉得珍妮几乎是阿黛尔·雨果，是他害了她？

在珍妮面前，他看起来平平静静，其实，他焦躁极了，尤其对这场战争愈发不能容忍了。究竟要打到什么时候?

154

托德找魏芷云商谈。他想为英国维多利亚女王拍摄一系列制茶的照片，而魏芷云必须是女主角。他没想到她答应了。

他们站在楼上的楼台上，托德在他工作圆桌上铺了白布，并放置了鲜花。

魏芷云抿着嘴，看着托德花瓶内插的花朵。“好美的花。”她说。在那种异国情调里，她觉得生活仿佛有了新的意义，虽然她并不知道是什么意义。

托德重复向她解释，他要为英国女王拍摄一系列介绍如何制茶的照片，他希望她在照片中为女王说明如何泡茶。

她现在才知道，原来她向往远方，她喜欢不一样的国度，她从来没害怕过异国，也没害怕过托德。因为托德便是那个远方，那个陌生的熟悉。

她开始也喜欢他那不地道的汉语，喜欢他那带着某种嘲弄又带着诚恳的眼神。

托德斟了一杯法国红酒递给她，她没拒绝，拿起酒杯，轻轻地酌了一口。她很惊讶，这是她生平第一次喝酒，但这酒并不像她想象的那么难喝，她多喝了一口。

托德向她解释，他会在这桌椅和鲜花前为她拍照，他也会在桌椅后方拉上白布，他希望她能抹上胭脂。

“我不知该不该说。”

“你说吧，没关系！”

“有人告诉我，说用那个相机拍照，人的灵魂会被摄走——”魏芷云眼睛里有些许亮光，托德从来没看过一个人那么明亮的眼眸。

“不会，相机不会取走任何人的灵魂，绝对不会，你放心！”托德说完哈哈大笑。但魏芷云听得出来，那笑声中有一丝嘲讽的意味。

但魏芷云相信托德，她不怪他，因为他是那样的人，她一直相信他——因为他要求她的父亲勿抽大烟，因为他待人处事都有原则。她觉得他是一个善良、正派及有爱心的人。他一向对她举止合宜，慷慨大方。

但是有许多感受是无法说出来的，她可以向高青华解释，但却无法向托德说，但又其实，那些感受难以说明，任凭高青华也不见得明白——

如何说明茶香？茶水入口之感？这茶与那茶的不同？托德经常这么问她。她曾经试着想把她的感受说出来，但总觉得托德是外国人，他永远不会懂。

但一段日子以来，她对托德的印象逐渐改变，她开始注意托德怎么经营茶叶买卖，她发现他从未欺骗任何人。

155

魏芷云小心谨慎地告诉高青华，她将成为托德的摄影人物，他将为她拍摄一组照片以便让英国女王了解乌龙茶的喝法。

“英国女王和我们有什么关系？”高青华满脸不高兴，“现在战乱成这样，我们自身都不保了，阿云仔！”

“他只是想把照片印给女王，让英国女王知道我们怎么做茶，也有错？”她似乎没看见高青华不同意她的理由，她认为，那只是情感和态度上的争执，而非话语内容。

“他可以找别人去拍，为什么是你？你又为什么要答应？你不怕灵魂都被摄走了？而且以后我们回安溪后，我们的茶都被他们卖定了？这茶的技术属于我们，而且你——”高青华欲言又止，过了一会儿，“你不属于他，他凭什么为你摄影，就因为我们领他一份钱？”

高青华愈说愈气，声量也逐渐提高。

“我问过了，用相机拍照片，灵魂不会被摄走。”

“谁说的，你是问谁？”

“托德。”

高青华看了魏芷云一眼，他的眼睛里都是绝望，魏芷云看了害怕，便去拉他手臂，但他甩下她的手，气愤地走出房间。

魏芷云懂了，高青华原来这么不接受西方，原来她和他的立场不一样，原来他那么不喜欢托德。

但她能怎么办？她陷入两难，两个人之间，两种态度、两种思维之间。

156

李春生有渠道可以将茶叶运到厦门，便找上托德，告诉他，自己愿意购买托德的茶叶，如果茶由魏芷云制作。

托德和魏芷云都答应了此事，高青华莫衷一是，他没意见。

但今年茶农送来的茶，几乎全有虫蛀，茶叶看起来不怎么健康。高青华说：“还是不要答应吧，就算巧妇也难为无米之炊。”

魏芷云嗅闻着茶叶，又反复地看着叶片，她似乎突然有了灵感：“不，让我们来试试何妨，我觉得这茶叶有意思。”

“今年虫蛀茶叶太多，大家都要扔了，为何自找苦吃？”高青华精神不振，他仍然主张不宜制作此茶。

“让我们试试看吧！如果做不出来就算了，试总可以试吧？”魏芷云用祈求的眼光看着高青华，他前几天的暴怒已平息了，这几天他恢复了本来的好脾气。

魏芷云仍然拉住他的衣袖，仿佛只有如此他才会答应。高青华顺着那手去摸她，但魏芷云却放开手，转了身。高青华落了空，但他也只是傻笑。

“好吧，我们试做一下，不行再说。”高青华对着魏芷云的背说话。她徐徐转过身来，嫣然一笑。“高青华，你真好，真不知如何报答你！”她一边说仍一边笑着。

高青华的声音很微细：“你知道如何报答我，你一定知道，不必我说。”他心里一直这么想，但从来没说出来。他脸上的表情又喜又惧，他注意到自己的声音微微地颤抖。

157

他们投入时间制作这些虫蛀的茶叶，高青华的执着又回来了，他认定这些茶叶做不出什么好茶。“只会砸了自己的招牌。”他意兴阑珊。

但魏芷云则反复思索，她一遍又一遍地尝试摇青的时间点及烘焙的火候，高青华不忍放下她一人受罪，也只好陪她。但他只是陪着。

他暗中期待魏芷云能放弃这鬼什子茶。

但魏芷云坚持，一遍又一遍地尝试，她几乎不眠不休地在寻找、揣摩，好几次，高青华都累得在一旁打瞌睡了，她仍像雕像一样站在那里研究。“高青华！”她大喊一声，把昏昏欲睡的高青华吓了一大跳。“怎么了？”高青华故作镇静但睡眼惺忪地问。

“你没闻到？”魏芷云的声音因兴奋而高亢起来，她递给他一杯茶。

“好香，这茶有股蜜香！你是怎么做到的？”高青华才喝一口，整个人便醒了。

“是啊，我也不知道怎么做的，自己都有点忘了，你没帮我汴意吗？”“对不起，没有。”高青华拍打了一下自己的头，惹得魏芷云开心地笑了。

158

魏芷云已经一阵子没见到李春生，因为这批新制茶，李春生专程上门来找她。

“你们一定要住在这里吗？让我来帮你们租赁一间新房吧！”他开口第一件事便是要她搬家。

“我们在等战争停止，就要回家了。”魏芷云不为所动。

“托德是外国人，这战争没完没了，你们寄人篱下不好，让我来帮你们想办法吧。”李春生见到魏芷云，心里非常愉快，一些往事又浮现了，这一阵子他并没忘怀眼前的人。

“真的不必特地麻烦。”魏芷云还是浅浅地笑着，她注视着李春生，而李春生也想从她的眼神里看出什么。

魏芷云仍然很敬重李春生，她甚至有点敬畏他。一段时间以来，她面对他时也无言，觉得他莫测高深，是一个巨人，她永远不会知道他在想什么，他们的话愈来愈少，因为他生意愈做愈大？还是他不再对茶感兴趣了？

“你这新茶是怎么做出来的？”李春生转了话题，回到茶叶上。

“这些茶是北埔送来的着涎茶叶，此茶因着涎反而有一种气味——”魏芷云原原本本地叙述着，李春生则和过去一样，仔细地倾听。

“着涎茶？这就怪了，着涎茶竟然香气浓厚！太神奇了！”李春生啧啧称奇，“这茶到底怎么做？”他继续问，就像往常一样，他总是深入请教她茶事。

“我也几乎忘了，因为只凭直觉下手。”魏芷云回忆，好几天来她试着回忆，因为过程太神秘了。

“太不可思议了，你这茶又纯和，喝起来又清香爽快，入口虽微苦，但回味却无比甘甜！”李春生一一数道，看来他真的爱上那茶叶了。

魏芷云开始佩服李春生，他似乎才是她真正的知音，他总是喝得出她制茶的况味。

“而且泡出来的色彩光艳夺目，那琥珀色真是动人！”李春生已经决定，他将私下保留这些茶叶，而不再以偷渡的方式运去厦门，“这茶叶比你以前制作的任何茶叶都更迷人！”

他也没告诉魏芷云，其实他可以帮助她返回厦门，他有管道可以回去，但他不想告诉她。他觉得，她留下来会更好。

魏芷云陷入沉思，她回想着那天与高青华制茶的经过，所有的过程都那么自然，跟平常制茶的日子没有任何不同，但是其中有一件重要的事情却发生了。

那茶叶因此与众不同。

是那天她的心情不一样？是那天的天气？是那些着的涎？是天时、地利、人和？

是着涎，那么应该着多少涎呢？什么程度？

李春生拿出一个红包。“这个给你，”他放置在桌上，“我只是想知道这茶怎么做——”

“我没把握，我会再试试看，钱你先收起来吧。”她这么告诉李春生。李春生沉默了一会儿，站起了身。“没关系，钱你留着，拿去买些物品，别让高青华那小子知道，也别让托德知道，懂吗？”他告辞前又说了这些。

“懂。”魏芷云也站起身，陪他走了一段。

她看李春生走远，看着他的背影，觉得他愈来愈像个饱读诗书的学究。然后，她的心思又回到茶的秘密上，她像走进一个不知深处的林子里，四处景色优美，她很想一探深处。

她现在渴望知道那茶的秘密，也许就当成送给李春生的礼物，以报答他对她的厚爱。但是她是为托德工作的人，这对他会不会不公平？

159

托德在炮声隆隆中在透天厝的楼上亭廊布置了一个空间，亭廊面对后院，几棵大树树叶茂密，也使亭廊更隐密，像大自然中的一处怡人景色。圆桌上的桌布是英国货，茶具也是英国的韦奇伍德茶具，但托德要魏芷云穿汉人服装。

高青华一大早就消失了踪影，魏芷云只希望他不要加入寻觅地雷或没炸开的炮弹的队伍。她一边整装，一边却担心高青华的安危。

托德把茶具全搬了出来，他要魏芷云把每一个泡茶的动作都做一遍，他将一张一张地拍下来。

“魏芷云，你真是个美丽的姑娘！”托德透过相机的镜头说话。

这句话让魏芷云满脸通红，心跳加速，这世上从来没有人这么告诉过她。没有，连她父亲都没有，高青华也没有，李春生也没有，只有托德，只有托德才会讲出这种外国人才讲的句子。

但她随即发现自己竟然喜欢听。

她发现，托德看她的眼神，与他看别人的眼神不同。她开始对托德有种期待，她不清楚自己期待什么，好像她期待托德对她做些什么或说些什么。她开始觉得自己很渺小，也觉得自己很可笑。她想象如果有人知道她现在心里的想法，一定会指责她大逆不道或离经叛德——还好，没有人知道她在想什么，她也不会告诉任何人，包括托德，他已成为她内心最大的秘密。

在拍完制茶的各式照片后，托德要拍摄一张魏芷云喝茶的照片，她完全沉醉在现场气氛中。“小女孩，你知道吗？”他不知不觉说起英文，又立刻改为汉语，“这张照片未来会大量印制，贴在茶箱上，一定会造成轰动！”

“啊？贴在茶箱上？”魏芷云被这个想法吓了一大跳，在任何想法出现前，她想到了父亲，或许她把这样的茶箱献给父亲，父亲会很高兴。她的父亲！

“很好，就这样微笑，看着前面，远方，就像站在老家的茶园里——”托德一直在说话，要她别那么紧张，他说故事，也说笑话。

他们终于拍完了。托德向前和魏芷云握手，魏芷云没有拒绝，这一次托德轻轻拥抱了她。就像外国人那样。

第一次，魏芷云没有拒绝他。他们静静地拥抱了一会儿，只有一会儿。魏芷云抬眼注意到天上的白云缓缓地移动，她也注意到托德的心跳以及自己的心跳，她什么都不敢说，也不敢动，就靠着托德，不知多久，她觉得时间过得很慢很慢，而托德身上的西洋肥皂味很香。或者是刮胡子的古龙水的味道？

托德为了不惊吓魏芷云，也仅仅轻轻拥抱她而已。

炮声早已停止，午后的后院只有小鸟的啼叫，就在他们沉浸在这幸福时光中之时，一只鹅突然走了进来，惊动了后院的鸟儿，许多鸟立刻振翅飞走了。

鸟飞的声响使魏芷云挣开了托德的手臂。

高青华戴了一顶俄国人的毡帽，那顶帽子是在淡水一家外国人的店里买的，高青华把他的辫子藏在帽子里，他看起来愁容满面，胡子肆无忌惮地长了一些。

他在街上疾疾地走，看起来仿佛要急着赴约，但他并不知道自己要去哪里。

他终于走到李春生的宅第，李春生已发了财，在大稻埕建造了自己的豪宅。他在门口报了名，要找高小娴。

高小娴正病恹恹地躺在床上，她这一阵子身体有微恙，常常受寒，她要高青华进门聊天，从后门。她移身到后院，他们便站在后院里聊了起来。

“那洋鬼子用机器把魏芷云的魂全收走了。”高青华难过地说。

“啊？”高小娴似乎对托德照相之事更感兴趣，甚于高青华。“是啊，还说准备把魏芷云的相片印出来，置放在茶箱上呢。”高青华垂头丧气。

“茶箱上？”高小娴思索了一会儿，突然之间，她懂了，“这是个好主意啊！”她说完才发现高青华很沮丧地看着她，她改口说：“那你现在打算怎么办？”

“我不能打算怎么办！因为，我俩都是托德雇用的人，拿人的手短——”高青华的语气很无奈。

“真没法子？”高小娴突然关心起高青华，她要他跟她走，她转身进了庭院，问他吃过饭没。他尚未吃饭，他说。她要人拿出热食给他食用。

“不是在等回厦门的船？”高小娴问。

高青华是真的饿了，也不知是灵魂还是身体的饥饿。

高小娴不但给他热食，还给他一壶酒喝。那酒是客人送的礼物，因家里无人喝酒，遂将它置于厨房角落。高小娴为高青华开了瓶酒，将酒倒入酒杯。

“来，我们喝一杯。”高小娴取杯敬高青华。

高青华刹那间脸全红了，会不会高小娴，他的远亲，对他有意思，而他不知道？

他的心又回到魏芷云身上，他只能喝酒。他把对托德的不满又从头至尾说给高小娴听。

高小娴细心倾听高青华，她明白，如果真的要离开台湾，返回厦门，李春生一定知道方法，但李春生从来没说出来，她不能去问他。

“我怕魏芷云这样下去，毁了她一世英名！”高青华做了结论。

“托德会对她如此，应该是她自寻的吧！”高小娴看着高青华喝酒，做了评论。

“嘎？”高青华仿佛仍在一场梦中。“会不会魏芷云也爱上了那洋鬼？”高小娴直截了当地问。

高青华置下筷子，他再也吃不下任何东西，只怏怏地喝酒，没有回话。

“你是她身边的人，应该知道她在想什么啊！”高小娴还没把话说完，“知己知彼，才能百战百胜啊！”

“我不知她在想什么，我永远不知，她像观音山那么巨大，那么实在，但有时转眼又像一阵烟，一下子就飘得无影无踪——”高青华平静地喝着酒，他神情不悦，高小娴刚才似乎污辱了他的心上人。

“那你打算怎么办？”高小娴也感觉到高青华的伤心，她思索着，“青华？”

高青华突然叹了口气。“我不知怎么办，你觉得我应怎么办？”

“你终于问我了，不然我还不敢自作主张说这么多！”高小娴借机幽幽吐了一口气，声音略带愉悦，“你还等什么？你年纪也不小了！”

“是啊，但我们出门在外，没有人做主，我又不敢跟她说。”高青华如实诉说，他看着高小娴，“如果有人做主，会简单些。”

高小娴笑着回答：“怎么没人做主，她哥哥不是就在这里！父不在，兄如父。”

高青华如遇当头棒喝。“是啊，她哥哥魏鹏人在台湾！”

“那就请魏鹏主持婚礼就成了。”高小娴做了结论。

他拜谢了高小娴，又对她说：“今天我们坐这么近，我第一次有机会仔细看你，才发现，你是一个极为聪明、美丽的女子，我深深以你为荣！”高青华喝了酒，胆子也大了些，他向高小娴道谢。

“告诉我，我比魏芷云漂亮吗？聪明吗？”高小娴继续问。

“这个嘛，我不回答，你知道我喜欢魏家女子！”高青华摆了摆手，他笑呵呵地说，他心里只有一个人，但那人令他烦恼。

“你真是一头大笨牛！”高小娴站起身继续给高青华倒酒，“快喝吧，待会儿我老爷回来，你就惨了。”

高青华听到提及李春生，暂时没了喝酒的心情，他坐了一会儿便向高小娴告辞了。

161

魏鹏穿着军服来找魏芷云。洋行洋职员看到一个活生生的清兵上门，心生恐惧，急忙找出枪支，但魏鹏制止了他。

这个职员刚刚喝过几杯威士忌，他用力握住枪，全神贯注地看着魏鹏，仿佛魏鹏像一只要扑向他的恶狼。

“来啊，要抢什么？”他用口音奇怪的中文叫喊着，“来啊！”

“我不是要来抢劫，我是要来找人，我妹妹魏芷云应该住在这里，对否？”魏鹏和颜悦色地说话。

但那个洋行职员被闷坏了，他正想借机发飙，与清兵来场搏斗，以发泄自己这一阵子的怨气，他完全没听懂魏鹏在说什么。

是高青华发现了魏鹏，他请出了魏芷云，才化解了这场战斗。

魏鹏来访，魏芷云高兴得不得了，溢于言表，高青华听他们兄妹彼此倾诉，感觉事情似有好转的可能。

魏鹏很严肃地告诉魏芷云："妹妹，你得搬离这里，愈快愈好。"

"为什么？"魏芷云拉着哥哥的手，心情一派轻松。

"因为，你在这里住下去会有生命危险！"魏鹏这一生到目前为止从来没用过这样的语气和她说话，魏芷云被他的声音吓着了。

魏鹏看了高青华一眼："他在吗？"他低声询问，神色凝重。

高青华停顿了一下，确定自己应该知道魏鹏在说什么。"不在。"除了托德，这里再也没有任何他们共同在乎的人了。

"那就好。"高青华靠近他们说话，声音仍轻微，"他，你们的洋老板，是名间谍，他向法军提供我方情报。"

魏芷云不相信这件事，她的眼眸就像天边乌云开始聚拢，眼光时而低下，时而又飘向远方。她的心被猛烈撞击，她努力保持镇静。

"你是怎么知道的？"高青华看起来也很冷静。

"淡水海关监督来找孙将军，他们讨论了这个问题，孙将军为托德说话，但区天民监督认为，托德以前的女友现在正是头号叛徒金斯来的女友，他们应该都不是好人。"

"金斯来和珍妮确实和托德有关系，但也许不应该就这样判定托德有罪。"高青华看着魏芷云，他脑海里有无数的想法，但没有任何具体的想法。

魏芷云仍然沉默，她像在考虑什么，又像陷入沉思。过了好一会儿，她叹了口气，只说了二字："可惜。"

"为何可惜？"魏鹏不解，"这些人都该杀千刀，下油锅，没什么好可惜。"

魏芷云看着激动的哥哥，淡然地说："不是他可惜，是茶叶可惜了。"

“茶叶？”魏鹏嘀咕了一声，“茶叶有什么好可惜的？不都囤积在港口，卖不出去？”

高青华为魏芷云解释：“你妹妹一直想让英国女王喝上一口她制的茶，这也是托德说服她——”

魏芷云打断高青华：“那现在怎么办？我们真的是有家归不得了？”魏芷云说着说着，停顿在那里。

两个大男人看着她，也不知如何是好。

“搬离这里吧，搬得离他远一点，你俩就先成婚吧。”魏鹏终于这么告诉妹妹。

魏芷云没再接腔，似乎默认了此事。高青华连忙掏出身上的手帕给魏芷云，魏芷云犹豫了一下，收了下来，她竟然就流出泪来。她不明白的是，高青华怎么知道她想哭，随即，她便收拾情绪，勉强苦笑起来。

“也许我们到枫仔林的陈家去住上一段日子，再看时局做打算？”高青华能想到的便是陈家人对学制茶很有兴趣，他们曾经向魏芷云表示，愿意提供银两，只要魏芷云肯教他们怎么做茶。

“也只有这条路了。”魏芷云擦干眼泪，她似乎在倾听四周，想知道托德现在人在哪里。

162

枫仔林虽然离战争现场更远，但是顺河而下，仍然偶尔听得见炮声隆隆，只不过不如淡水或大稻埕那么激烈。魏芷云和高青华在魏鹏的协助下，连夜抵达枫仔林的陈家。

“当然是欢迎都来不及啊！”陈家家长是个憨厚的老实农夫，他在枫仔林有一大块茶田，自己便是地主，因为爱上种茶、喝茶，他一向敬仰魏芷云，见了面也是叫她茶仙子。

清晨时分，陈家已为魏芷云和高青华腾出两间空房，并且布置了床铺和衣柜。高青华下榻的房间里，窗前挤满了未引爆的炸弹，大颗小颗一整排。

“您也捡拾这些炮弹？”高青华不愿与一整排炸弹同处一室，但他是客人，说不出口。

“是啊，我们捡来都舍不得卖，听说现在外面可以卖好价钱。”陈先生兴致冲冲地拿起一颗，“喏，这一颗，你看，多漂亮，外面可卖到十元呢。”

“所以，你这一整排都是黄金了！”高青华开起玩笑，但心里很不是滋味，他的表情写得很清楚，但陈先生并没发现。

“你们来的正是时候，我们现在除了种番薯和青菜，什么也做不了，你们不如就把你们的一身功夫教给我们吧，如果是要交学费，我可以把这一整排全卖了。”他一手指着那一整排炮弹。

“你若能把这一排卖掉，我立刻漏夜就教你！”高青华兴奋地说。

“我还没准备好器皿啊，再给我几天时间挖砌个焙炉吧。”陈先生知道此事不由高青华做主，他以征询的眼光看着魏芷云。

魏芷云几乎不带任何表情，她刚刚从震惊的心情恢复过来，心里正盘算未来之路如何走。“好，您就快一点做准备，我们也不知会在这里打扰您多久！”她向陈先生致谢。

“别客气，你俩就住下来吧，住多久都没关系。”陈先生真情流露，他要人立刻为二人准备番薯糜，“若不喜欢糜，要告诉我啊！”

那时，魏芷云已走到屋外了，一夜的雾气逐渐散去，太阳似乎快露出脸了，远处炮声也完全停止，现在只听得见鸡鸣和狗叫声，魏芷云注视着远方，许久。

“好想念父亲。”她回头看蹲在地上的高青华，“你呢，你在想什么？”

那时他们二人的距离如此近，高青华站了起来，他多喜欢她询问他，他喜欢她问他像这样的问题，虽然他不知道如何回答，但他喜欢她问。

“我在想——你。”高青华终于嗫嚅地说，说完自己也好生意外自己说得出来。

魏芷云瞪了他一眼。“我正在和你谈严肃的事呢！”她的声音听起来倒是有些娇嗔，高青华便傻呵呵地笑了。

“严肃，我就是太严肃了，不讨喜，所以以后不想那么正经八百了。”高青华迟早要向她摊牌似的，他横了心，打从和高小娴谈过话后，他心里已做了决定。

魏芷云仔细看着高青华。“最近你说话有点怪里怪气！”

“你觉得！”高青华故作潇洒地靠在陈家的牛栏旁，嘴里噙着一根草。

“不跟你说了！”魏芷云呼吸了一大口新鲜的空气，踱步回她自己的房间，倒头便睡着了，他们一夜奔波无眠，此刻真的累了。

魏芷云睡下不久，便被哭声吵醒，一起床就听到陈家媳妇正在哭哭啼啼，而高青华正在安慰她。

“什么事，那么伤心？”她靠近他们，周围气氛有一股逼人的恐怖感。一群人正围聚在正厅，魏芷云走向他们，她看到血渍斑斑的陈家老爷，他躺在一具薄棺内，瞳孔放大，似乎对自己会躺在那里深感惊吓。

“你放下我一个人，以后我怎么办？”陈老爷的妻子年纪大，看起来更像他母亲，她从来沉默寡语，像个哑者，现在正在哀号恸哭。

高青华轻轻拍着陈妻的背，神情哀凄。他对魏芷云解释：“陈老爷是在拆解炸弹时，不慎引爆了炸弹，被炸死了。”

“原来那些死弹没死。”魏芷云说了一句，原来战争的恐怖便是眼前的恐怖，“早上还见到的人，下午就死于非命。你不必上战场，一样会死于战争。”

托德带着洋行职员史考特的猎狗，一大早便搭船来到枫仔林，他和那只狗已经在陈家庭院坐了好一会儿了。

魏芷云和高青华一大早便往茶山去了，她要一一教会陈家人如何制造她那独门绝活茶。那茶独一无二，也是阴错阳差才制出了，或者就像李春生所说的，是天时、地利、人和才得以造成。

“要造出这独特的蜜香，只有一个秘密。”魏芷云告诉陈氏母女，她其实是在告诉高青华，她希望他能聆听。她不确定他是否这么做，他看起来有点心不在焉。

这茶之所以特别，乃因茶青遭到小绿叶蝉的叮咬，魏芷云说着，所以才这么香。“小绿叶蝉密集的时间只在夏天，初夏吧？”魏芷云突然看着高青华。

“什么时候摘采茶青最合适呢？”她询问陈家女儿。

“芒种至大暑。”高青华想都没想便回答。

魏芷云高兴得站了起来。“对，没错。”

他们在茶田走动，寻觅生病的茶树。因无人采买，他们的夏茶并未采摘，任凭滋长，一些茶树长得过于茂盛，已盖过其他的茶树，以致一些茶树又病恹恹地毫无生气。

一群人开始修剪茶树并准备中午时分开始摘采茶青。

远远地，有人往他们这个方向走来。魏芷云正专心地剪茶叶。“叛徒来了。”高青华走过来轻声告诉她。

她抬头时，正看到托德往她这里走来，那只黑白相间的斑狗开始乱叫起来。“嘘！”托德抓紧它身上的狗链。

魏芷云已无可逃避，他站在面前。“魏小姐，我想和你谈谈，”托德支支吾吾地说着，“可以吗？”

“不必了，你回去吧。”魏芷云说话时连看他都不看，轻轻地说。

“我必须和你谈。”托德努力地说着，高青华就站在他附近，叉着腰，怒气冲冲。

“我不必须。”魏芷云移身，她往高处走去，拨开比人高的杂草，托德跟在她身后。

“你不要再跟着我们，回去吧，我们不会再为你工作了。”高青华跨前一步，挡住他。

“只要看一眼就好。”托德急起来，他的闽南语更破碎了。

托德不理会高青华，他从来没理会过这个男子。在托德眼里，他整天只黏着魏芷云，也知道他是魏家的义子，可能未来有机会掌管魏家的事业。他知道这个人喜欢魏芷云，但他不知道的是，高青华不是一个好惹的人，比他想象中更强悍。以前高青华是他下属，遵命不如从命，现在换了一种脸，完全不再是那个人了。

魏芷云不理会他们，快速地往前走，陈氏母女也随着她走，托德绕了一小圈跟在魏芷云后面，高青华几乎快挡到托德面前。

托德在魏芷云身后发问："到底为什么离开？为什么不肯看？为什么？我只要你告诉我为什么！"

魏芷云不想回答，她走了几步，突然停下来，仿佛要给一个交代："你自己应该知道为什么！我一直以为你与我们没有不同，只不过你的眼珠是蓝色的，鼻子是长的，但是，你和我们并不一样，你想的不一样，你的利益、出发点都与我们不一样。为什么我们离开你？因为你跟我们不一样，你就是一个洋鬼子，一个来我们的土地做生意的吸血虫！"

她像连珠炮般地脱口而出，几乎不假思索。她说完后，就冷静地看着托德，双方沉默了一会儿。托德并未全部听懂，但他从声音可以感受她要说的内容，他不敢动，也不敢问。他俩站在那里，好一会儿。然后，高青华向前拉了魏芷云一把。"阿云仔，咱走吧。"魏芷云才突然醒过来似的："好，咱走！"她与高青华二人便丢下托德往旁边的小路走了。

164

托德站在原地发呆，他的狗也不知何时不见了，他急忙往四周去找。随后，兼程赶去大英领事馆，大英理事费德曼正在书房午睡，托德坚持吵醒他。

"我知道为什么你气急败坏！"费德曼为自己泡了咖啡，也给了托德一杯。

“你必须出具证明。”托德开宗明义，他脱口而出后，也觉得自己不讲究礼貌，连日常问候都没有。

“你知道，大英帝国名誉有损，教堂已不知被焚烧几处，在我的职员被打死后，我们的人仍然继续被华人殴打，而战争结束遥遥无期。”托德说话放慢了速度，因为费德曼问他为什么着急。

“教堂被焚烧，这事我们会请清政府赔偿。”费德曼说，他慢慢地喝着咖啡，还添了一些糖。

“教堂被焚烧，损失的是建筑，但我的精神损失更大，这很难赔偿。”托德曾经想从事保险生意，他搬出理赔的名词。

“我也不可能代表大英政府赔偿你的精神损失，对了，到底你有什么样的损失？”费德曼好奇地问他。

“我担心华人会追杀我，我行职员阿坤被折磨得不成人样，几乎被当众凌迟。”托德自从看了阿坤的死相后，已几度做噩梦。

“但到目前为止，没有人认为你是间谍，你为何反而要来对号入座？”费德曼淡淡地说，他拿出上好香烟招待。托德拾起一根，自从中国台湾封锁后，他再也买不到好烟草，只能抽封锁牌。

他们二人便那样彼此对望，无言地抽起烟来。费德曼递来一只大的烟灰缸，德国人送的迈森仿中式绘花瓷缸，过了好一会儿，终于说话：“我们没办法为你出任何证明，我全部能做的，便是为你转告大清政府，要他们查明。但是，要是我这么做，等于有更多人会耳闻此事——”

“所以我像一只爬入瓮中的虫子，再也飞不出来了？”他望着自己吐出的烟，好久没说话。

“只是一封信，表示你亦不知有此事，这样的内容就足够保护我了！”托德熄了烟。

“我很愿意写，但我真的没有这样的权利！”果然费德曼字字句句正如托德所想象的那样说了出来。

“天啊！耶稣基督！”托德呼叫了起来，“原来我来错了地方，我本以为这里是大英领事馆！”他挖苦并苦笑了。他本来就知道费德曼是个官僚气息的家伙，现在他终于知道了，此人根本还是个表里不一的伪君子。

“我知道你不会满意，我也知道此事对你攸关重大，但是请谅解，我无法以私人名义发信，而要以大英领事馆的名义，过去又无这样的前例，所以我很为难！”费德曼满脸诚挚，说的也不像假话。

托德站起身来。“那我告辞了，不再打扰。”

费德曼盘算过了，终于释放一些善意：“不知道你认不认识孙将军，以我对他的理解，此人很喜欢和外国人打交道。他和别的华人不同，他甚至比刘铭传都更令人信服，华人也都非常崇敬他，他的话可以服人，他或许可以帮上一点忙。”

“孙将军，我认识他。”托德起身和他握了手，随后便往外走，看起来像赌气。

“魏小姐最近还好吗？”费德曼在后面笑眯眯地追问。

托德停住了脚步，他慢慢转身告诉费德曼：“你只知道我的名字，并不知道我的人生，但是，我要告诉你，这位小姐是位好姑娘。”托德脸红脖子粗了起来，说完，他就走了。

165

托德一向听说孙开华的英勇，他曾经因不能接受刘铭传调遣而慷慨陈词：“吾今誓死于吾地内矣！”托德非常敬爱此人，他也听过，孙将军为人洋派，非常爱喝法国香槟酒和柑桔酒。

托德向一个沪尾人买到了香槟酒，那个人神通广大，可以弄到许多舶来的物质，但价格昂贵。托德非买不可，他也为自己买了香烟和苏格兰威士忌。

他拎着香槟酒，带着狗，来到孙将军的军营，营外飘着军旗，门口还挂着木牌：

“漳州镇总兵”。

孙将军已在喝香槟，有些酒气。“什么风把你吹来了？”这句话托德早已学会了，他笑笑地放下香槟酒。

“好东西！”孙开华笑着，倒了桌上的一杯酒给托德。

“孙将军，我仰慕您已久。”托德义正词严，“您治军甚严，待兵如子，深受全营将士爱戴，又是个仁慈之人，也是我们外侨之友——常常替我们解决纠纷，维护我们的安全——”托德好像背好台词似的一股气地说着。他在家里真的背过这段话。

“怎么了，需要什么样的帮忙？”孙将军看似轻松，但时不时有个下属会在他耳边传递消息，那人紧张兮兮，但孙将军倒是不受影响，“什么事，说吧！”

托德只好说了：“我店里的阿坤因向法军通情报而被处死，他死前表示我也是间谍。此事并不正确，但遭人传播，现在已有不少人认为我是间谍，对我十分不利，我也担心未来会有麻烦。”

孙将军收起笑容，他仍然在品酒，一手倚着桌面，仿佛在沉思什么。“有一位卡沃兹先生，您认识不？他原来是基隆港及淡水港领航人。”

“认识，他就是金斯来，我以前的女友曾经和他在一起。”托德现在发现这位孙将军无所不知，连这件事也知道了！

“那你们应该很熟了！”孙将军要他坐下，一点架子都没有，就像邻居般和他闲聊。但这反而让托德有点担心起来。

“不，我们一点都不熟，事实上，我们根本是情敌加仇人，一点来往都没有。”托德没好气地说，他也开始喝起手上的酒。

“女友为什么跑到他那里去了？”孙开华和蔼地问，倒像是关心他似的。

“不知道，我也是被蒙在鼓里。”托德没想到自己必须与这位将军聊起自己的爱情故事。

“好，我相信你，但你告诉我，你知道这个金斯来先生的来历吗？”孙开华又给托德倒了一些酒。

“卡沃兹是他的化名，他投奔孤拔，孤拔以每年五万法郎雇用他。他说明火哨设在白炮台之后的详细位置，法军据此，拟定了登陆战略及路线，随后他也为法军装设水雷。”

托德把他从珍妮那里所听来的全说了出来，他以为，或许如此可以证实自己的清白。

“好的，我知道了。”孙开华仔细聆听后，终于说了话，“我可以为你做什么呢，洋先生？”

“您可以为我写张证明，我并不是像金斯来那样的叛徒，我并不是间谍，我从来没为法国人通风报信，从来没有。”托德平实地说着，“你知道，我从来没从法国人那里得到任何好处。”

“我知道，他们要颁给你奖章，你不是拒领？”孙将军很亲切地说，仿佛把这件事看得非常重要。

托德恍然大悟，这件误打误撞的事对孙将军有意义。“是啊，您现在明白了！”他顺着孙将军的话回答。当初他在基隆港曾恰巧救过一名溺水法兵，法方要颁发奖章给他，但英国领事告知他不能前往领奖，因为英法二国政府不睦，费德曼不愿惹事上身。

孙将军于是又开了一瓶香槟，并且把身边的人也都打发了，他问了托德和珍妮是否还有联系。

“没有联系，我不喜欢金斯来，从来没喜欢过那人。我一直为珍妮会选择那样的男子感到惊异，她让我觉得自己竟然不如一个我不喜欢的人，我至今不能理解——”

孙开华听托德说话，二人就这样聊起私密的事情，且仿佛彼此了解对方。

“你们英国女子都像珍妮这样，变心如变天？”孙开华说出他的观察心得。

“不，英国女子有几万几千种不同的人，每个人都不一样，像珍妮这样的女子也有，但不多。”托德才描述过自己受伤的心情，却又开始为珍妮辩护。

“她会在中国台湾住下去吗？”孙开华真的想知道，他没告诉托德，他已下令追杀珍妮。

“这点我不清楚。”托德无辜地看着孙开华。

“你们外国人就是不一样，没有结婚的人竟然还可以同睡一床，你们不觉得奇怪？”孙开华一本正经地问。

“是的，我们是洋鬼子，鬼子就是鬼子。”托德开起玩笑。

二人随后将话题拉到歌剧及大稻埕外商的板球队上，他们最近才和“金龟子号”的官兵有过一场比赛，而不久还会在淡水举办一场运动会，孙开华本人已捐了奖品。

“好，我来帮你写一纸证明吧。”孙开华传唤了部下为他准备纸笔，他随即以毛笔在宣纸上挥洒起来。

托德乃爱茶人及正人君子也　　漳州总兵孙开华

他将这张书法写好晾干，并盖了自己的印章，才交给托德。托德一手接下。“好大的证明书。”他说，但他心里也不无疑问，这是证明书吗？

也许这世界上就没有什么证明书，要证明什么？证明他托德未向法国人通情报？证明他站在中国人这边？事实上，他未站在任何一边，他只希望战争能快点结束，而他一向认为法军会打赢这场战争，所有在中国台湾的外侨都这么认为。中国从来不知道如何保护自己，中国人从来不知道科学是什么，又欠缺武器国防，怎么可能打败船坚炮利的法军？

“我不是法国人，法军打不打赢清军，占领不占领中国台湾，都与我不太相干，挺多法国人真的来了，生活可能方便些，我根本上并不在乎法军最后是否打赢。”他曾经这么诚实地告诉李春生。

现在，为了魏芷云，他心里开始问起自己所有的问题，他沉静地拿着那纸书法，听着孙开华的玩笑话。孙开华要托德随时来向他通报任何事情。托德答应了他。

166

暖暖一地乌烟蔽日，已经数天，大火已连烧几天几夜，仍有星星之火未熄。

“刘铭传判断法军为了基隆暖暖附近的煤矿才执意攻取基隆，所以干脆把煤矿放火烧了。”淡水河港有人这么告诉他。

那一天，李春生远远地看到浓烟。“世界末日真的到了。”他在往淡水的船上感叹连连，原本他曾经想购买煤矿场和采煤机具，现在应该已经是废墟了。

167

因购下被放火烧的暖暖煤矿场，李春生反而大赚了一笔钱，时间现在站在他这一边。

他经营三达石油公司提炼煤油，一夕暴富。他现在可谓大稻埕真正的富商了。

李春生到淡水马偕学堂找马偕牧师，马偕正为他几处教堂被放火焚烧发愁，他已经向不同的人抗议陈情，谈起此事，他仍然愤愤不平，认为那些纵火者是受到了误导。他问及：“台北粮饷不足，屡屡有清兵闹饷鼓噪情事，刘铭传曾向台湾府商借银两，你若手上有钱，为何不借给他？”马偕刚从香港返台，却知道许多台湾内政的秘密。

“借钱给刘铭传，这乃当然耳之事！有朝一日我还要与他造铁路。”李春生也对台湾时事知之甚详。

“我会建议再等待一阵子，目前兵荒马乱，建盖教堂有点不合时宜吧？”马偕再度强调自己四间教堂被焚，“我自己也没想到，辛辛苦苦，一手建盖的房子，就一夕皆毁。”

“但您是洋人，许多本地人迁怒于您，所以才要放火烧洋人的教堂。”李春生以同情的语气分析，“我一介华人，跟他们同文同种，连皮肤也是黄色的，我若建盖教堂，他们应不至于焚烧。”

“那您要我帮什么忙？”马偕不希望除了他之外，有人在台湾建盖教堂，这是他的私心，他语多保留。

“我要您的建筑师史密斯先生为我建造。”李春生直截了当地说。

“喔，他人在打狗港。”马偕知道自己无法阻挡李春生了，“我劝您，要盖别再盖木头房子，要建就建砖造教堂。”

“砖造教堂，”李春生好像早就想好了，“没错，我就是要砖造教堂！”

168

带着魏芷云喜欢的英国香肠及孙开华为他写的那张“证明书”，托德又来到枫仔林魏芷云的住处。

魏芷云仍在为陈家母女讲解烘焙之道，她老早就看着托德在门外，但不为所动。

托德只好走进厅堂打断她们：“我有件事想向魏小姐解释一下，耽误你们半个时辰。”他虽是对陈氏母女说话，但眼睛只看着魏芷云。

“不，我不想听你解释，请你走。”魏芷云仍不想看到他，可能因为她还理不清自己在想什么，怕看到他吗？

托德就站在那儿好一会儿，陈氏母女抬头望他，魏芷云也抬头望他。他似乎像一棵高大的树，就立在那里，不说话。她们望了他好一会儿，他终于说话了，他必须撕裂眼前的静默。

“这是一封能证明我是好人的信。”托德从身上的包袱里取出书法和香肠，他本来用布包住的，他把布包解开，打算给她们看。

高青华正好从门外进来，看到了托德正解开桌上的布包，他什么都不问，便走到托德面前，抢下那布包，将之丢到门外。“你走吧，这里不是你该来的地方！”

托德被此举弄得极为火大，他上前抓着高青华的衣领。“你，凭什么？”气氛一时紧张起来，魏芷云急忙站起来。“不要抓他，留下你的东西，走吧。”她带着略微哀愁的眼神。

托德神情极为不悦地走了。

那件书法就被丢在门口，香肠被狗儿衔走。下午一场雨将那张“证明”淋得模糊一片，陈家女儿将之拾起，置于晾茶处。但魏芷云看也不看一眼。

169

托德每天都到山丘上观望港口。十一月初，一艘不知名的法舰抵达淡水港，停泊在港口外围，然后折往北边。目前共有四艘法船监控淡水港。

东北季风已吹起，淡水港口乌云密布，托德没看到英船，很失望地返回住处。

隔了两天，他再度上了山丘。沿途看到许多人举办葬礼，这让他心情更为沉重，心中竟突然也有念头：“不然就感染热病，像他们一样，就这样死去吧。”他告诉与他同行的小仆，但那个大稻埕的年轻人完全无法明白他话中何意。

他们在山丘上，一艘法国大战舰航经淡水外海，朝南方驶去，紧接着德轮“凡得号”进港，停泊在旁。东北季风吹得托德眼泪都流了出来，他拿出手帕擦拭，小厮趋前问：“洋大爷，昨夜没睡好？”

托德那时张大眼睛，看到英国来的“刺嘉理顺尼亚号”也进港了，他赶紧下了山丘到港口海关询问。

“信号是说有信件和包裹要转交英国领事馆。”海关里一名钤字手告诉托德，他也是一名英国来的小伙子，一脸都是雀斑。

“那不赶紧派船过去领？”托德急着问。

“我们已告知。”那小伙子不理会托德的着急，“你没看到今天的涨潮，风浪又大，目前无船可以出去领回。”

托德身旁也来了一位英国旅客，那人整天都在海关，他新婚不久，急着等待情书，每天都辗转难眠，这时那人也急了。“那我游泳过去取回吧！”

那钤字手看着那人，又看了托德一眼，耸耸肩。“这风浪，你要是游得动才怪！”

那位新郎只“哼”了一声，再也没说话。

“那下午风浪小一点，可以派船过去吧。”托德打圆场，他不死心，“下午三时过后退潮，情况会好些，是吧？”

“是的，我们可以下午三时后再说。”小伙子丢下他们便去忙自己的事情，港口海关大厅有人牵了一头牛来，说是法军征召，他们唯恐不遵照命令将被轰击，大厅内已有牛粪。

托德也跟着过去，那钤字手告诉牵牛来的人：“这牛不是送到这里，你弄错了。”但送牛人听不懂钤字手的汉语，托德赶紧以闽南语告诉他：“伊讲你送无对所在！”那人听到闽南语，自然安心了许多，高兴地点头称谢。

稍晚，风浪安静了些，海关决定派只小船过去领回邮袋。托德和那个叫班君迪克的家伙简直高兴得无法形容，托德这才发现，自己原来这么盼望家乡来的信；过去，他虽盼望，但从来不像眼下这么盼望。

他盼望的是一个人的信，那便是郇和的来信，他盼望郇和能带给他好消息。他果真获得郇和的信函，托德等不及回家便在港口拆开并阅读起来。

郇和的信未能安慰他。郇和只说，他已经在安排与一位皇室人士见面，“届时会把茶叶带过去”，他还要托德再寄新茶过去，他还说，他本人非常喜欢托德的茶叶，并称赞了托德信上所称的“茶人儿”。

托德的战时日子经常如此打发，有时四处去搜刮一些面粉和奶酪，有时买几瓶威士忌和香烟。

大部分时候，他在淡水山丘观察港口，偶尔也去基隆和社寮岛，岛上的平埔族人会讲一点法语，常常跟在他身后叫用法语他先生（Monsieur），孟秀儿，连狗儿都对他特别和善，不像在淡水街头的狗通常只对洋人狂吠，他有时气得想回家持枪把它们全射死。社寮岛的猫狗如此友善，风景又绝佳，托德也和小厮去那里捕鱼。

170

那天，他带着郇和的信，回家喝了一整瓶威士忌。他的梦想还很遥远，他心情坏透了。

随后的日子，他都喝得酩酊大醉。隔几天又到港口去等邮船。他不再等待英国的来信，反而要钤字手把邮运来的威士忌偷偷卖他两瓶。他也等待英国和香港来的报纸。

虽然已是初冬，但他有时穿着厚重的大衣，提着威士忌和香烟，就坐在山丘上吹风，喝酒。他看着港口里的船只，他的小厮也那样百无聊赖地陪着他。

那天，是一个温暖的早冬天气，托德一人又在山丘上喝酒，平常陪他的那王姓小厮跑上山来找他。

“有人到洋行来说了一个坏消息。”王姓小厮对他报告。

“什么坏消息？”托德问他，“还会有什么坏消息？”他又大声重复了一次，好像在教训小厮似的，小厮吓得不敢说话。

“我听不懂，那些洋大爷神情凝重，叽里呱啦讲了很久，我怕是什么不好的大事发生了，赶紧来告诉您。”

托德起身和小厮回去。

才到宝顺洋行门口，他就隐约猜到一点线索，那个平常陪着珍妮的中国阿嬷已愁眉苦脸地在门口等着。“啊，您终于回来啦，”她一看到托德便迫不急待，“她死了，她死了啊。”

托德的思想全凝固在一起了。他随她前去珍妮的住处，眼前的珍妮是一具尸体，他不知道珍妮为何会走上这条路，为什么？他暗问。

托德随即把事情问清楚了。那金斯来死后，珍妮就开始不正常，经常又哭又笑，有时整天不穿衣服在房间里走来走去，有时又怀疑大家在害她，连吃饭都要下人在她面前先吃过，她才敢动口。

托德和几个人去了珍妮的住处，珍妮是用那把向他要去的枪解决了自己的生命的，托德深觉震撼，难道当初便有此伏笔？难道一切都是冥冥中注定？

托德终于抱住珍妮的尸体激动地流下眼泪，今年冬季如此漫长、萧瑟。

171

魏鹏带领一队人马，设法吸引法军入瓮，他们将法军诱入林里，再一一射杀。

但有一次误判，法军人数比他手下还多，短兵交接下，一个法国大胡子射中了他，他中弹后，被自己的队友救走。

那次交手，清军损失数百人，而法军至少也死了八十人。魏鹏重伤，是士气低落的主因，许多客家兵勇倒地以火炮枪射击，但再英勇也斗不过法军先进的炮火。魏鹏中弹时还不知道这一切有多严重，他仍然要继续往前，几个队友阻止不了他，只好让他继续，但随即他流血过多，昏迷了过去。

几个客家兵勇便以树枝绑布条，保护他南下到枫仔林，只因为魏鹏曾经说过，他有个妹妹住在枫仔林。

魏鹏被送到魏芷云的住处时，仍然昏迷不醒，但血已不流了，有人在他的伤口上涂了云南白药。魏鹏的脸色愈来愈惨白，简直像一张宣纸。

“你们为何把他送来这里？应该送往偕医馆！”魏芷云看到魏鹏后第一句话便

这么说。

“那偕医馆不是人满为患吗？”一个客家兵勇原原本本地回答。

“快去找高青华！”魏芷云二话不说，便要大家把船抬到河旁岸边，她要沿河而上去淡水。在船上，魏芷云不断和魏鹏说话，高青华也不断用自己的手搓揉魏鹏，希望他的体温不要那么冷。

“阿鹏，你醒醒，我们一起回家好吗？”魏芷云的声音很温柔，她不停地重复这个句子，连高青华也不忍卒听，只好拍拍她的背。

河水那么地流去，他们兄妹这一生便在这里永诀，未抵达偕医馆，魏鹏便在船上安详地走了。

魏芷云仍不停地唤着他。她不相信他已走了。她始终不相信，她觉得她只要如此不断地呼唤他，便可叫醒他：“阿鹏仔，咱回来吧。”

河岸似乎不断传来她的回音：“阿鹏仔，咱回来吧。”

172

高小娴怀孕了，她小心翼翼，不敢下床，常常躺在床上和母亲说话。

她倾听房外的声音，知道李春生要出门了，便勉力站了起来，她的婢女扶着她一步一步地往外走。

“春生，有一件事不知你知不知道？”看到李春生已戴好他的西洋帽子，她从后面唤他。

李春生停步，看着高小娴的婢女阿招，责怪她没让高小娴披上披肩，阿招立刻取衣，高小娴说：“不怪她，我不冷，春生，坐一会儿再走，可以吗？”

李春生坐了下来，吩咐轿夫再等一会儿。他从来没这么忙过，别人在战时生意萧条，但他相反，事事如意，这场战争仿佛是适时的春霖，使他的生意蒸蒸日上。

"说吧。"李春生和高小娴已很久没谈过话了，自从高小娴怀孕后，他要她多躺一会儿，他也吩咐过阿招谨慎地陪着妻子。

"那魏芷云的阿兄死了，"高小娴轻轻地说，"那魏芷云很可怜，她父亲也生了重病，她一心一意想返回安溪——"

哥哥死了？鸟嘴峰之战吗？李春生皱起眉头，他已有一段时间都专心忙自己的生意，不再去想魏芷云的事了。

"你不是有船可以返回厦门吗？不如让他们兄妹搭船回去吧，听说她急得都生病了。"高小娴以缓慢但温情的声音说着。

"她病了，什么病？"李春生倒是关心起了此事，这让高小娴顿时沉默。

"什么病？"李春生又问了一次。

"就受了风寒吧。"高小娴支吾地说，手里开始玩弄桌上的茶碗。"那等她病好吧。"李春生站了起来，要走。

"魏芷云一家人都不坏。"高小娴按捺着性子说话，她也偷偷注意着李春生的表情。

"魏芷云的阿兄什么时候死的？"李春生停步问。

"就这几天啊。"高小娴答应着。李春生回头走到高小娴身边，并抚摸她的头，"人躺在床上，竟然什么事都知道！"高小娴笑得很灿烂，她用一只手握着李春生的手，一直到他转身。

李春生在路上，捉摸自己的心思。他知道他以前为何不能做这个决定，他完全可以帮助魏芷云，但他太矛盾了，他既希望她留下来又不希望她留下来。

173

李春生做了决定，他说服了"福建轮"船长让魏高二人上船。

“福建轮”也载满了托德和李春生的茶货，那是李春生和海关私下的交易。“福建轮”在淡水阻绝线外装货，只要和法军打个招呼便可。

托德因此也得知魏芷云将离开淡水，他赶到枫仔林陈家时，魏芷云和高青华已离开了，他急得如热锅上的蚂蚁。

他匆匆往河岸跑，搭了船往淡水去，这路途变得这么遥远。他一路赶到淡水，因赶路心急，从一高处往低处跳时，不幸滑落。他听到自己体内发出巨大声响，然后他便倒地不起，接下来的事情他完全不知道了。

魏芷云带着魏鹏的骨灰坛。“我们离开战争了吗？”她问高青华，他只不停点头。“我们回去就重新开始做茶吧，阿华，做咱的茶。”她第一次用温柔的声音对他说话，高青华忍不住拉她的手，她也不再拒绝他。

随后的路上，他们依偎在一起。“命运将我们二人放在这条船上一定是有原因的。”她告诉他，也告诉自己。

她告诉高青华，她的未来是和他一起制茶，他们将重振魏家的门风。高青华则高兴地一路傻笑，别人问起魏芷云，他毫无掩饰地说：“她是我未来的牵手之人”

174

托德被人送往偕医馆，搬移他的人一前一后抬着他，反倒把他痛醒了，血大滴大滴地落下，他已失血太多。赶到偕医馆时，刚好美国医师李森在场，医治了托德，但告知他一个坏消息：“从此右脚会些许萎缩。”

托德在偕医馆躺了半个月，马偕和他妻子张聪明天天带食物来给他吃，并和他开玩笑：“我妻子说，你现在倒像我们的儿子。”

李春生也来探望他，并为他带来英国的家书，他立刻迫不及待地拆信阅读。

“什么好消息？”李春生问。他也为托德带来了托德喜欢的所有物品：威士忌、红醋栗、葡萄干和香橼及杏仁果。

托德一字一字地读着，他愈来愈兴奋了，忍不住又从头读了一次。

“郇和已经和英国皇室说好，他即将与英国女王喝下午茶，他会将我们的，不，我的茶，不，魏芷云的茶，带过去！”托德非常兴奋，当场欢呼起来，“今天是几月几号？”他问。

那天下午，宝顺洋行的两名洋雇员一起来偕医馆看望他，他们给他带来了自制的布丁、烤饼和阉鸡。那个会写诗的胡巴特还为他再度演唱了那首自己写的歌：“很快地淡水港将重新开张，但我怀疑到底还要多久。”

他就那么一个人在偕医馆度过圣诞节及新年，之后，“金龟子号”的官兵及领事馆甚至洋行同事都轮流来看望他。

支持他勇敢活下去的理由是郇和，女王应该已喝过他们的茶，他盼望郇和能带回女王的好消息。上帝保佑女王！他突然怀念起苏格兰那优美的高地，青山绿水。他突然怀念起自己的童年，他不知道自己在地球上流浪了多久，他多么渴望有一个人在他身边安慰他，他热切渴望！

他知道他渴望安慰他的人是谁，他愈来愈清楚，但也愈来愈绝望。就像他那萎缩了的脚。他突然诅咒地号叫起来，搓揉着自己的双手，他会重新站起来，他会重新好好站起来！

175

托德出院那天，李春生要人以竹椅把他抬至牛津学堂后山，因为英国“金龟子号”官兵在那里举行运动会。

托德和李春生坐在山坡上欣赏运动会。他们俩不经心地继续聊着生意，李春生想代理德国西门子的电报机和电缆生意，这是他最关切的工程，但困难度太高，他不但得密切和刘铭传合作，也得筹备更多资金。

运动会上有长短赛跑、跳远、跳高、障碍赛、板球、掷远等等，最后压轴的是小马和驴子的四百码赛跑。小马击败了驴队。然后“金龟子号”的歌手和即兴乐队开始演唱，才进行到一半，法国炮打淡水河口北岸，击毙了两名清兵，板球场也遭殃，官兵全拔腿开跑。

李春生设法将托德带到更安全的地方，托德在紧急之时，突然自己走起路来，他们躲进一个清军筑造的壕坑，在那里泡乌龙茶喝。

“托德，你在自己走路！”李春生突然提醒托德。

176

托德可以轻步行走，有时他也拄着拐杖四处走动，又恢复到港口山丘观察法军。他常常一站便个把钟头。

法舰“维伯号”由基隆方向开来，在阻绝线外徘徊，似乎在盯着“金龟子号”，但又好像也想钻进港内，清军也戒备紧张。

他下了山坡又踅回淡水去找李春生。“我想法国可能要撤退！”

李春生从洋行里的忙碌走出来。“怎么说？”他正在与几个德国人士商谈中，忙得几乎无法分身，但对托德的消息也感兴趣。

“这几天，只有‘杜盖都音号’停泊港外，‘沃尔塔号’偶尔从基隆来此巡航，这是从去年底以来头一回如此，我认为法国想撤退了。”

“我不相信法国人这么轻易就撤退。”李春生带着睥睨的眼神，但他也不会轻估托德的话。

“已经好几天没有任何举动了，他们不会全在船上睡觉吧？”

“也许他们已在盘算别的进攻计划，就像空城计一样。”

“空城计？”

“去年法舰有四架，登陆的兵力也不少，却打不过一千名清兵。现在清军的人数和武器大幅增加，保守估计，至少增加了十倍，加上第二道防线在大屯山区牢牢守住，胜算真的不大——”

他们二人眼睛里突然多了一些光芒。

177

李春生在淡水港口和海关总督交涉事情，谈话被吵闹声打断，他们移身至港务长处，他正在以望远镜眺望。“太不可思议了。”他一边看一边喃喃自语。

“什么事？”李春生打断他，“到底发生了什么事？”

“‘海龙号’打出了一连串旗号！”

“什么旗号？”

“太不可思议了，旗号说，封锁已解除了！”

“封锁已解除？”

“是的，封锁已解除了！”

李春生抢过港务长的望远镜。“这是怎么回事？”他看了好一会儿，一个信号手冲进来说：“大家听好，我发誓，封锁已解除了，封锁已解除了！”

同时之间，仿佛约好，港口的几个英国员工全集合在一起合唱《神佑女王》。

李春生立刻打道回府，但他差人去转告托德。

他在淡水往大稻埕的河上，看到“金龟子号”衔着出港旗缓缓穿过竹桥缺口、沉港石船和地雷区，终于越过了阻绝线。

“战争结束了。”他走进家门，脱下帽子，先是喃喃自语，随即，他走进高小娴的卧房告诉她这个消息。

高小娴高兴地从床铺起了身。“会有什么不同吗？”她问。过去，她不明白战争，现在她仍然不明白。

“就是西仔不打了，投降了。”李春生怕她动了胎气，牵着她的手，让她坐下来。对于李春生的温柔，高小娴高兴又不敢表达，满脸笑意地坐在桌前。

“感谢主！”他闭上眼睛与高小娴做了祷告。

第二天，他们的孩子出世了，是个男孩，李春生为他取名叫李重生。

178

托德准备离开淡水返回大稻埕，他到港口时看到港外的货轮因为北风大，装载不顺利，一艘小货船甚至被风吹出港口外，两艘汽艇去拖救。

一艘小船被吹到白沙岬，被附近的客家村民劫掠一空。村民误以为那船属于法国人所有，所幸两名船员是广东人，否则必死无疑。

托德搬回大稻埕，原来交付看守的制茶工具、家当皆丝毫未损，华籍雇员看到托德回来，都喜滋滋的，只管傻笑。托德养的那只邋遢猫有些消瘦。

179

“我是来告诉你，我打算开始制春茶，再加上海关那批茶货，今年我会多卖一些到美国。”

“悉听尊便。”

“你不再卖茶了吗？”

“当然还卖，我也有些茶货在海关那里，不过大部分已运走了。”

“你的茶厘和我的一样吗？”

“良茶一担一点五元，劣茶一百二十斤零点八元，是吧？”

“落地税和关税？”

“零点四元，三点八五元。”

“听说你先前运出一百担？”

“没那么多，八十四担而已。但今年，不管战争结束否，我不会只卖茶，除了蔗糖，我还有石油生意。”

“你还是比我有远见，其实我也一直想做煤矿和石油生意，但我比你晚一步了，现在我只想继续把茶做好。”

二人就这样有一句没一句地谈着生意的事，他们一向如此。

托德到今天才真正见识到李春生的胆识，他仿佛什么都知道，而又不着急，他总是在对的时候做适当的决定，生意愈做愈大了，托德竟然羡慕起他。

“有没有魏芷云的消息？”托德最后才问起，而且故意用轻淡的语气。

“没有，她不是才刚走没多久？”李春生也故意逗弄他。

“已经一两个月了吧。”托德苦笑。

然后，二人都陷入沉默。他们在沉默中感觉到彼此对一名女子的怀念，那沉默中有嫉妒也有怀念，甚至有一点点无奈的意味，他们沉默了好一会儿。

“我该走了。”托德打断了沉默，告别了李春生。

180

托德和几个中英雇员重新整顿茶行。首先他们彻底打扫了店铺和焙炉，让制茶工具重新就绪，茶店也粉刷一新。再来，他们准备制春茶。

托德心里惦念着魏芷云，他想到她时有点心酸，命运似乎不再善待他？他只能把自己全部投入工作之中，唯有如此，他才能正常活下去。他不该再怀念她了，有时，他也这么以为。

他不该再怀念她？他又问了自己一次，如今他的健康不如从前，在战火之下逃命，人也沧桑了好多，她会喜欢他吗？

她喜欢过他吗？

他在忙着整顿店铺时，听到台北府城军营里传出喇叭声，是法国的曲调，应该是福州船政局的法国教练日意格教过他们的那首歌曲。

托德听得入神了。等他回过神来，街上闹哄哄的，锣声和鼓声震天价响。

托德跟随着吵闹声走到大街上。外面热得犹如热锅，如果有地狱炼火，这应该就是。但大稻埕的宗教庆典正如火如荼地展开，震耳的锣鼓声、钹铙声、鞭炮声，所有的声音融合在一起，成为一种氛围，把托德紧紧地包围住，他动也不能动了。

一群人抬着木刻神像的神舆，边走边抖动，动作十分快速，仿佛是轿上神像的意旨。神像安置在轿座上，他们以这种晃动的方式巡行街头，所至之处，人们皆下跪，还有人匍匐从轿下行过，以期洗净罪愆。而神轿抖动摇晃得愈来愈厉害，托德看得有些晕眩。

游行的队伍很长，有舞狮舞龙、骑马小孩、旗队、千里眼和顺风耳，也有翻筋斗的丑角和七爷八爷，军队也跟随在他们之后。

信徒在河边堆燃木炭，火花闪烁了数小时，过了申时，人群逐渐群集，神舆和拿着各式旗帜的人们围绕着火堆成圈。不一会儿，乩童便开始作法，抬神舆者和许多信徒都赤脚穿过火堆。

有人来请托德过火，托德立刻称谢离开了。

整个傍晚，他坐在淡水河旁，看着人们放鞭炮和烟火，冲天炮一只一只地往天空射去，刹那的炫丽，又恢复寂静。

他觉得孤单，他从来没像此刻这么感到孤单，他来不及控制自己的感受，眼泪便夺眶而出。

“该死！”他擦拭去眼泪。

181

托德在一周之内雇用了三百名女工。李春生更多，一天内便雇用了三百五十名。

这些女工负责捡茶，很多是本地人，就住在大稻埕街上，也有一些是从淡水河下游搭船来的。她们多半穿得花枝招展，不但头上戴了头饰，身上也不乏新制衣裳，整条街都是茶气和粉味。

托德和李春生的洋行没隔几户，街上也新开张了几家茶行，一时之间，整条街的骑楼下便坐满了莺莺燕燕。茶女们打扮得又妖娇又艳丽，头插玉兰花，手上戴着金银戒指手镯，她们浅谈轻笑，托德一时都看呆了，他不自禁地再度发出赞叹：“Merry leaf!”（幸福之叶！）

但是才上工没两天，托德便发现了一个问题，这些女工没经验，所以她们捡拾过的茶叶仍有茶梗。托德又聘用了一名略通采茶与制茶的茶师，希望她可以为他督促这些女工，但这位女士亦无经验。

他拿出自己做的笔记，从头至尾再对女茶师解说一次，他多么想化身为魏芷云，她此刻在想什么？在做什么？

托德辞退了那名略懂又不懂茶的女茶师，雇用了一名福州男子，那名男子不苟言笑，但他知道托德的需要，他把托德告知的重点全背得滚瓜烂熟。他告诉托德：“并非完全是捡茶女工捡得不好，是当初采茶时间不对，过程过于轻率仓促，茶货因此质量很差。”

但大稻埕街上笼罩着茶气，每当托德从外面回到街上，只要闻到那芬香的茶气，便稍稍觉得安息。茶是几年前改变他一生的决定，他从不后悔。

要说后悔，他不应让魏芷云离去。现在已太迟了。他的梦想还没完成，她便走了。他的梦想是全世界的人都可以喝到他的茶，不，她的茶，而且英国女王也喜欢。

他愈来愈觉得，他的志愿不大也不小，有一天一定可以完成。但是，当他这么想时，他又觉得，他的梦想没有魏芷云便无法完成。或者，更令他灰心的是，如果他的志愿完成，但她却不能与他共享这份殊荣，那又有什么意义？说穿了，这份殊荣只能归功于她。

他每每看到那些莺莺燕燕的女茶工，就认为魏芷云一定淘气地躲在人群里，他一个一个看过去，但就是找不到她。

182

托德又开始向茶农发放预付贷款，每月还是一分利，李春生以前嘲讽此事，称之为“卖春”。收成后，他们会照市价打九折卖给中间人，李春生又称此为牵茶猴。

李春生已不需要牵茶猴，他经营生意比托德更熟稔、更内行，他不只卖精制茶，不只卖乌龙茶到美国，还卖包种茶至爪哇、新加坡和马来西亚。

在茶叶输出上，托德将被迫与李春生竞争，李春生不但把粗茶卖给厦门，也把精制茶卖到纽约。他并未抢走托德任何一个客户的生意，他另辟门户，寻找到许多新客户，他的花茶，尤其是栀香乌龙畅销南洋。

183

托德致信给郇和想询问女王对茶的看法，同时也谈起战事，托德听说孤拔曾不断向法国国内讨救兵，原因是他的军队遭到霍乱、伤寒及赤痢和森林热的侵袭，死了近千人，最后连孤拔自己也感染了霍乱。他在信上分析，要说为什么中国台湾赢了这场战争，其实是中国台湾的风土病击退了强大的入侵者，而非武力。

184

大稻埕已成为北台湾第二大城，这全归功于茶叶，大稻埕渐有取代艋舺的趋势。为此托德非常高兴。艋舺是他的噩梦，那里有太多不愉快的记忆。他爱大稻埕，因为他人生所有美好的回忆，都曾发生在这里。

他每天步行在大稻埕的街上，感觉每一寸土地都与他有关，只是这里少了一个人。

三周来，他遇到了许多制茶的麻烦。春茶当初是仓促决定的，质量差，而且烘焙工具虽在战争期间未受损害，但新来的茶师仍无法操作，他已经向厦门求救，新的烘焙师一直迟迟未抵达淡水，使他心急如焚。

新茶不断涌来，但他的人手不足，他估计，今年可以出口几万个“半箱”，每箱四十磅，但是他完全没想到还有一个更大的问题在等着他：茶箱不够。

他买不到茶箱，因为铅缺货。而铅是茶箱内必要的原料，以阻隔潮湿，茶箱内若无铅料的阻隔，这些茶叶在海上漂流数月，抵达彼岸时一定会发霉。

托德急得又到海关去打听，他不明白为何铅料不得进口。他们告诉他，因为铅被列入战争的违禁品，而现在法国虽决定撤退，但禁令尚未取消。

185

“禁令为什么不取消？”

“托德君，此事由不得我们做主。”

“你们应该在一定的条件下，容许铅料进口，不然我们的茶全输出不了，对你们也没好处。”

“是，是。”

“记得吧，去年你们货物出口总量为二百八十万海关两，茶叶占百分之九十三，如果今年因为茶箱而出口不了，只能说，你们的损失会很大。”

“我们知道，但我们无法做主取消禁令，你不妨去问问华人茶商，看他们怎么取得铅料。”

“他们买光了铅制品，如烛台和拜神用具，连渔民也将渔网上的铅块割下来卖。法国海军都可以在香港获得补给、燃煤以及修船，却连一点铅料都不允许我们这些英国商人进口，太不公平了。”

“外面那‘万利轮’和‘英格拉班轮’也都在卸货，那两条船上有没有铅料？”

“没有。”

“今年我本来要卖七百个半箱，到现在为止，我只卖了四百个半箱，我再也找不到箱子了。前一阵子铅料贵得离谱，现在不但贵得离谱，甚至再也找不到了。”

“但是，我们真的爱莫能助——”

“还有，不但买不到茶箱，烘焙茶叶的木炭也缺货。以前一元可买三担木炭，现在一元只能买五分之四不到的炭料，我有三百个火炉，没有木炭如何烘焙？”

“托德君——”

186

“福建轮”运来大批铅料，但海关仍不允许入港。托德发现，前几天忌利士洋行的船运来一百三十条铅块，却获准输入，而且，许多华籍戎克船所运的铅料，也都获得输入许可。

托德又气呼呼地跑去找李春生。

“华人利益受保障，洋商利益弃之不顾！”这是托德见面劈头第一句话。

李春生很快便知道来意。他确实已拿到许多铅块，他的铅料无缺。“我可给你几百个半箱的铅的原料，好吗？”

托德睁开眼睛，他没想到李春生对他如此慷慨，他原以为李春生会和他争执辩论。

他完全无语。他很激动地看着李春生，过一会儿，“告诉我，你是如何拿到铅块的？”

李春生开始分析：“很多人用珠宝箱偷运铅块被查获，很多人改成申报为锡块，但箱内除了上面几块锡块，下方全是铅块，或者有人在铅块上镀了一层锡，因此没被查出。”至于他为何拥有大批铅块，“我不过是多花了一些银两。”

“怎么说呢？”

“港口海关人和士兵都是见钱眼开的人，如果送些红包，他们全睁一只眼闭一只眼，多少铅块都过关了。”

托德不但为铅烦恼，还为另一件事，但这次他决定不对李春生诉说。

187

穿越黑水，又经历了一次惊涛骇浪，险象环生，魏芷云和高青华终于由淡水返回厦门，又连夜搭渡船再走路回安溪老家。

“安溪，我回来了！”他们在溪上行船，魏芷云对着溪水说话。

“回来就好！”高青华笑得嘴都合不拢，打从人到厦门后，他就像一条奄奄一息的鱼被丢入水里又重新活过来一样。他心情好，话也多了一些。

魏芷云不动声色，她看得出来，高青华和以前不一样。她并不如高青华那么愉悦，她告诉他，她想回家只有一个原因，那生病的父亲。

他们已离开安溪一年又七个月了，但二人都感觉似乎离开这里大半生似的。

渡船只到厦门，接着徒步，魏芷云从来不怕走，二人从天黑走到天亮，又从天亮走到天黑。高青华身上带着银两，那是他们赚来的酬劳，他非常担心遇见盗匪，所以决定天黑时不点灯笼地走山路。那条山路他很熟悉，仿佛一本书，他已经背得很熟，哪块山坡接哪条小路，即使在黑暗中，他仍然可以指辨。魏芷云有时必须扶着他前行。

他们就那样日夜赶路，抵达安溪家门附近，就发现茶行又增加了几家。魏芷云站在一家新开的茶行前，不敢置信。“这不是我们家？”她瞪大眼睛，并且走入店铺。

房子的装潢摆设全部更改了，她以前熟悉的家已不见了，现在是一处全新的茶行，掌柜是王家的亲戚。“怎么会？”魏芷云的声音全哑了，这几个月没有家书的日子中，她不知道这件大事，她家已被卖给别人。

但没人可以解释得清楚，魏芷云往内走。

母亲的房间一如以往，没有变化，唯一的不同是房间更阴暗了些，观音像前的香炉的烟香更重了些。

魏芷云走入房里，母亲正在敲木鱼诵经。

阿母，阿母，阿母，她这样叫了几次，她母亲才看见她，停了下来。

她仿佛梦中惊醒般。“阿云仔，你转来了！”她站了起身，“阿华咧？”她四下看了一下。“他在前面搬行李。”魏芷云说。

“阿爸呢？”魏芷云只要提及“爸”这个字，眼睛便湿润有余。

她们母女一起走到楼上，魏芷云从母亲如常的反应中，知道父亲仍安好，她放下一颗心，就和母亲直直走到楼上。

父亲瘦得如一根木柴，他的眼睛从没闭上，好像他怕这么一闭，就永远睁不开了。

也好像他在等着这一刻，等到魏芷云回来。当魏芷云喊他并跪倒在他面前时，他身体触动了一下，但他发不出声，就那样直直躺在那里，眼睛瞪着天花板。

魏芷云抱着已瘦弱得不成人形的父亲，轻轻地说着：“爸，我回家了。”

他的眼泪流了下来。

魏芷云的父亲在隔夜便合上了双眼。仿佛和魏芷云约定好，一定要等到她回来他才赴黄泉。

魏母虽念佛愈发虔诚，但在短时间内要接受两个男人的死讯，让她也慌了手脚。

她没想到，女儿带回来的竟然是儿子的死讯，对于丈夫的死亡，她毕竟很容易想象，但儿子的死讯却太难忍受。但她虔诚地为儿子和丈夫念度亡经。

魏芷云看着母亲的房间，感觉那里愈来愈阴暗了。她心上的愁云也涌了起来。她的父亲就这样走了，这是她的过失，她便是杀了父亲的不孝女儿，她应该陪他走最后一段路，但她没有，她疏忽了，老天爷该惩罚她。她好几天不能进食，也无法入眠，一想及父亲的最后一刻便掉泪。

他们为魏芷云的父兄一起举行了葬礼，他们为二人焚烧纸钱，生怕他们不够用。

那一天，魏家祖坟上纸烟燃烧，烧了许久。从茶田看过去，天空因此也有一张哭丧的脸。

魏芷云虔诚地在坟上给父亲和哥哥敬酒和烧香，她回到家后，一样也给观音及父兄再敬三杯茶。

魏家的祖产全卖光了，只剩下一小块北边田，魏母在那里种菜，但收成很有限。“不如还是种茶吧。”魏芷云和高青华商量了几天，最后做成了决定。

但魏家不但店面已拱手让给王家，原来的家仆也回老家了，魏芷云和高青华得全部自己动手。

高青华舍不得魏芷云，他们一起除草、施肥，培上了红土，准备要重新种下茶树。

魏芷云从以前的茶农那里取得了茶苗，那户人家支持魏家一向不遗余力。

一阵子以来，高青华成天在想一件事。他小时候玩过一种游戏，把一株漂亮的五色茶花，剪成十多枝茶花枝梢，并将它们种在园子里，当时他没想到那些花枝居然活了。现在，他打算这么做，这件事他考虑了很久。

魏芷云已做过准备，按照他们平常的种法，二芽二叶的茶穗包成粒状，循序一包一包地种进土里。

高青华劝说魏芷云，这次他打算以短穗插枝。“从前没有人这样种过，成吗？”魏芷云有点担心，毕竟这些茶苗取得不易，若养不活，他们将一无所有。

“这次让我决定吧，”高青华安慰魏芷云，好像一点也不担心。

高青华回到安溪后，比原先有了更多自信，甚至，他自大了些。不论在茶事上，或生活上，他都自有主张。以前他总是听魏芷云说茶道事，但一阵子以来，他对茶事有自己的意见，仿佛这一年来，他日日夜夜无非都在琢磨茶叶，终于悟出了什么。

他似乎也不再是那个依附着魏芷云的人。是时间带给他的某种智慧？是经验的累积？是他知道太多魏芷云的心事？是他终究明白自己是谁？在做什么？为何而来？

他开始明白魏芷云，也开始明白自己，而更神奇的是，他也开始明白茶叶的秘密。

因此，他对种茶有了真正的意见，自己的意见。

魏芷云还没发现高青华的改变，但能感觉到他和以前不同，她对他也有了新的看法，她喜欢他的男人气，她觉得，他从前那男孩般的表情已不再。

他的眼神里有某种的坚定，有时，他看她的时候，仿佛也有某种挑逗。魏芷云有几次这么感觉，并且很想依靠着他的肩膀。

从台湾回来后，她知道，她的未来人生将与高青华一起度过。

他们按照高青华的计划种了茶苗，魏芷云怕北风大，在茶苗种植区立了竹竿，盖了白布，并在白布上铺了稻草，呵护着这些茶苗长大。

190

厦门和安溪来的茶工又陆陆续续回到大稻埕，托德每看到新来的茶工都忍不住要打听魏芷云的下落。

大部分的人不知悉，但偶尔有一两个人说话，譬如，“魏家早就不种茶了”，或者还有人说魏芷云“恐怕早已葬身海上”，这些说法只会让托德打开酒瓶，他开始担忧魏芷云真的死了。

每天，几乎数百名的捡茶女坐在大稻埕的亭仔脚工作，大稻埕有一股迷人的活力，只是缺少了一个灵魂人物。托德总是在人群里寻找魏芷云的脸，虽然他也知道自己很荒谬。

他花了许多时间整理魏芷云的底片并将之寄回英国，没想到，照片很快寄来了。他拆开信封，看到照片时不得不惊叹，魏芷云在照片上看起来又高雅又稚气。托德一看再看，舍不得收起来。他吹起口哨。

“我决定在忙完茶事后出发到安溪，并把这些照片带给她。”李春生刚好来访，他让朋友看了那些照片。

“可以送我一张吗？毕竟我也认识她，做个纪念吧。”托德犹疑了一下，但最后还是赠送给李春生一张。

191

听说基隆港口附近有人在卖走私铅块，托德特地前往一探。

基隆果然已成为废墟，除了法军当时用来当医院和宿舍的屋舍还存留外，许多民舍被放火烧得精光，而留下来的屋舍也脏乱无比，臭味令人掩鼻。

是战争的味道？是法军战败的味道？是守军的愤怒民怨？连海关和忌利士洋行也臭到无人久留。

托德在街头走动了一会儿，铅块没找到，但听到一则好消息，铅块即将合法进口。在回家的路上，他突然心生一计，新的想法使他笑逐颜开。“洋大爷，有什么事吗？”船夫忍不住问他。“今天天气太好了！”他高兴地笑了出来。

他直接到制茶箱工厂找人商量，既然铅块已可进口，接下来他将定做更多的茶箱了。

“您要将这张照片贴在茶箱上？”茶箱行老板一向听不太懂托德的闽南语，现在更不明白他的要求。

“不是贴，是印上去。”托德仔仔细细地慢慢地说。

“印的？”这是茶箱行主人生平第一次听说这样的要求，他的嘴巴形状已经说明他的看法。

“这可能要用画的吧？”他最后做了结论。

“不然，可以先在伦敦印出来，再贴上茶箱。”托德亦以世故而审慎的目光盯着制茶箱厂的老板，对方神情木然。

“从来没做过这样的茶箱。”他嗫嚅起来，但托德是他最大的顾客，仅仅靠托德便衣食无缺。

“我们可以一起找办法，我应该有朋友在这一方面可以协助。”托德表示。

“可以一起找办法。”茶箱行老板说话声音不清不楚，似乎有点勉强。

192

虽然不能将照片印在茶箱上，但托德终于把茶箱按照自己的意思画出来了，一时洛阳纸贵，一传十，十传百，托德的茶箱上画了美女！而且是魏家茶女！

高小娴也听说了，她要家仆去弄一个茶箱回来。“箱子呢？”她向刚从外头回来的仆人询问。“报告娘娘，他们把箱子当成宝，不肯给。”那个仆人怕挨骂似的说。

“不肯给，那你还敢回来干吗？”高小娴似乎在生气，那仆人一听就立刻跪倒在地。

“没出息。”高小娴正要说话时，李春生回家了，他正要另外一些人搬了一座“水龙”到家中来。那是洋人的消防工具，洋货铺已有卖了，他当下买了一座。

李春生放下他随身带的洋人公文包，第一件事便是抱儿子，他抱着儿子去看他带回来的水龙。

那是个大水桶，备有杠杆，可以汲水出来，李春生思索着要把“水龙”置于家中何处，把孩子交还给了妻子。

“听说托德的茶箱上画了魏芷云？”高小娴问。

193

高青华和魏母坐在那阴暗的房间里。房间里混合着沉闷及古老的檀香味，神坛上摆了观音像，墙壁上也挂着观音大士图。

“那就快成婚吧，我们阿云嫁给你，是福气。”魏母看着高青华，说起他知道的话。

“我老早就这么想了，但现在家里缺银两，我想再打拼一阵子，先买块地。”高青华诚挚地说，但眼神却捉摸不定，混合了世故和一点犹疑。

“那要等多久？我们阿云，那双大脚有谁要？”魏母的神情恍惚了，自从两个男人离开她后，她整天都关在这房间里念经拜佛，她常敲木鱼，那木鱼声让高青华头皮发麻，但他从来没告诉她。他不会告诉她，也没打算告诉她。

他在魏家的地位突然升高，现在，仿佛他便是魏家之主，他也成为魏家唯一的男性，所有大小事务都等着他做主。“大家知道她是你的人了！”魏母还这么说。

高青华向魏好保证，他一定会娶魏芷云，很快便会有婚礼。

194

李春生已是大稻埕的重要人物，大家叫他番势李春生。儿子满月那天，席开一百桌，他在各方面都得心应手，春风如意。

不过，随后的日子却有意外。他认识了一位姑娘，那姑娘叫黄美音，竹堑人，出自世家，据说是马偕学堂最聪颖的学生，不但汉文造诣高，也会说英文。她在大稻埕开了一家卖舶来品的店铺，是全城最独立的女性，李春生常去她的店里走动，对她几分着迷。

高小娴完全蒙在鼓里，她还在为离去的魏芷云发愁，希望魏芷云永远不要回来。

李春生常到黄美音的店里，一坐一个晚上，他们也在大稻埕的办公室里一起工作，天黑后，他才送她回去。每一个为李春生工作的人都看出来了，但没有人敢告诉高小娴。

李春生陷入了一个情感旋涡，他不想离开黄美音，他觉得和她在一起，那么轻松，这种感觉他从来没经历过，从来没有。

黄美音和魏芷云完全不同，她是大家闺秀，虽然一双小脚，但喜欢穿西洋服装，人长得秀丽，又很温驯，这一点不但和魏芷云不一样，也和高小娴不同。

高小娴不是个温驯的女人，也没有个性。在认识黄美音后，他才知道自己喜欢有个性有主张并且聪明的女孩，一个可以和他沟通的人，他每天都惊讶地发现黄美音更多的优点。

他不但迟于回家，甚至不回家了。他和黄美音的事终于纸包不住火，高小娴发现了他的棉内衣上有女人的胭脂。

195

高小娴最担心的事还是发生了。虽然男人纳妾本来也是稀松平常的事，但她非常担心李春生纳妾，这可能与李春生老说自己不要纳妾有关。她从没相信过自己的夫婿，尽管现在她已有了儿子，她仍然觉得非常不安全。

她母亲便是小妾出身，一生都把时间花在那些事情上，去了解男人的心理，去了解那些与其竞争的女人心理。她母亲把生命中的亲身经历生吞活剥，然后存活下来，消化了自己的故事，于是把这套生存概念不停反复地教给自己的女儿，高小娴从小就听母亲讲述这一切。

如今事情果然正像母亲的预测，或者，正因为她母亲如此预测，所以事情才不幸发生？

196

托德的美女茶箱轰动一时，现在国外来的订单也要求这样的茶箱。

李春生实验出魏芷云的栀香乌龙茶后，决定跟进，以西方美女作为茶箱图案，为此他必须找托德帮忙，他需要一名西洋美女。

托德为他找到一名荷兰少女，才十三岁，但已有大人的婀娜多姿，眼神尤其迷人，身材也很修长。他们找到这名女孩的父亲，对方同意让女孩穿上汉人服装，接受画家为她画像。

铅块问题解决后，茶箱都很充足，托德的茶行也忙碌起来。他一阵子没看到李春生，不知道李春生现在身边多了一名女性。

托德第一次看到黄美音时吓了一大跳，他以为自己看到了魏芷云。远看，她们二人长得实在太像，除了那双小脚。不过近看又是完全不同的人。

197

托德酒愈喝愈多了。每当喝醉，他就呼唤魏芷云的名字，而且开始整理打包行李，准备出发去安溪。

通常他都醉得不省人事，偶尔也真的梦见魏芷云。

他曾经觉得事业便是他的一切，他不需要爱情了。他曾经有多少绝情的想法，要把自己包装起来，再也不去碰触那个字了，爱，爱是什么？他洋行的职员史密斯便因家乡妻子数月没来家书，成天垂头丧气。托德也问过他，但史密斯的回答倒也妙："没有她的信，我就像断了线的风筝，我需要她。"过了一会儿，史密斯又说："我爱她。"

"我需要她？我爱她？不，"托德仍然和他辩论，"需要并不是爱，那只证明你的自私，你要她爱你。""也许我喜欢她，只是因为我不喜欢一个人。"史密斯最后也承认。托德加了一句："我倒是怕那种无法自处的人。"

但这些谈论并未解决他内心的饥渴，他觉得他的灵魂上已有一个洞，再也无法愈合，他的灵魂似乎饥渴到病了。

魏芷云便如此唤醒他的男性灵魂，是她让他知道自己灵魂的裂痕，是她的温柔让他有时会莫名悸动，他不知道自己原来是如此脆弱，如此无助。

在她离开的日子，他对她的怀念不停地滋长，仿佛一棵迅速长大的植物。他不知道，这滋长的力量为什么这么大，为何停不下来。他对她的想念无止无尽。

他不知道她是否有可能接受一个外国人。他甚至不知道她是否接受他。她是否仍然认为他是间谍？是中国人的叛徒？是败类？是一个不值得她爱的人？

198

李春生只消看托德一眼便知其来意，他问："魏芷云？"

"我只是想请你为我写封信给她。"

"情书怎么可能要别人代写呢？"

"但我无法写中文啊。"

"你要写什么？"

"我要告诉她，我虽然是英国人，但我的家乡在这里，我不是叛徒，也不是间谍。"

"这对她重要吗？"

"为什么不重要？"

两个男人站在大稻埕的街上，几百名茶女工把街道挤得热闹又生气勃勃，在灿烂的阳光下，二人都眯着眼睛看向前方，托德的神情比李春生多了些迷茫，李春生是意兴风发。

"是否，李君，你是否认为，她的家人不可能接受我的求婚？"托德突然问起。李春生没转头，他眼睛仍直直地朝向远方，似乎在思索什么。"约翰，你让我想一想，你该如何求婚？"他仍然望向街坊的茶女们，那里传来一阵阵的茶香和谈笑之声。

199

李春生已打算迎娶黄美音做妾，但他尚未告诉高小娴，他仍在等待时机。

因为要说服高小娴，他和她相处的时间多了一点，他在家中的时间也长了一些。高小娴看起来很愉悦，她并不知道李春生的用心。他们上了床，李春生使出浑身解数，他希望能再一次征服她，征服她的肉体，使她照他的意思乖乖服从他。

但仍然有些时刻，他无法说服自己。他坐在教堂的木椅上，望着墙上的基督圣像，感到罪愆重大。

200

李春生直接走到自己的办公室，那时大清早没有人。他踅到托德的洋行，也没有人。他一路走到托德的住处，在楼下敲门。

托德昨夜又醉了，但他却警觉地醒来，一骨碌从床上快步到门前。“什么事？大清早？”托德开门让他进来。

“我只是来告诉你，魏芷云和高青华结婚了，不会回来了。”

“你怎么知道？”托德很失望地问，他突然很想抽根烟。

“有人告诉我的。”李春生想都没想便这么回答。

托德不理会李春生，就直直走入房间去取香烟，他边走边自言自语：“怎么可能？怎么可能？”

当他取了香烟回到客厅，发现李春生已离开了。

整条街冷冷清清，连条狗也没有，大稻埕还从来没这么寂寞过。

201

王品源知道高青华回到安溪后，曾经要人传话给高青华，自己有事要询问，请他上门一趟。高青华一直迟迟地未动身。

这一天高清华去市集找他的剃头师，才坐下来，就看到王品源朝他的方向走来。

“终于让我遇见你了。”王品源一身新衣新帽，他拉了板凳坐在高青华旁边。

“怎么到现在都不来找我？沪尾那边怎么样？听说你和魏芷云去帮外国人做茶？”王品源滔滔不绝，仿佛有问不完的问题。高青华难得的兴致被他挑起，开始诉说他的台湾之旅。

高青华说，安溪茶苗带到台湾，确实也长得不错，但茶味却完全不一样。他们的经验让他知道原来茶树在不同的环境会有不同的发展，原来，“茶也跟人一样”。

高青华没提魏芷云，他一直避着提到魏芷云的名字，因为他知道这个名字会让谈话结束，但基于礼貌和好奇，他继续和王品源谈话。

“你知道魏家的茶田全属于我家了？”王品源笑眯眯地看着他，剃头师正一刀一刀地为高青华剪头发。

“你接下来的打算？”王品源问。高青华猛然被这个问题撞击，这正是他从台湾回来后日夜所思的问题，怎么被王品源一语道破？

“我？”高青华看了王品源一眼，对方倒好整以暇地让剃头师的儿子为他修胡须。

“是啊，你，不会想再去淡水吧？”王品源说时，好像有一点评论的味道，至少高青华有这种感觉。

“不会，绝对不会，那不是我的未来，我还是想留在安溪做茶。”高青华声音很笃定。

“怎么做法？留在魏家做？”王品源对着剃头师给他的铜镜，打量着自己的脸。

“我也算魏家人，我不能辜负他们，”高青华心情平静，“我们会重新开始，再造一片天。”

“重新开始，再造一片天，和魏芷云？”王品源的语气平平静静。

“和魏芷云！”高青华也不让步，他觉得自己都被自己的话激励了。

“但可惜了，魏家现在一块地也没有了，要重新开始，难啊！”王品源用惋惜的声调说，“这样吧，不如我借你一块地，就以前你喜欢的西南面那块？”王品源站起身，拍拍高青华的肩膀，“你就拿去种吧，种好我们再来分成。”

高青华没想到王品源会有这样的建议，想都没想：“不，谢谢。”

“你怕魏芷云不高兴？”王品源笑着说，“你就那么喜欢她？”

“没，我不是怕她，我们只是想另谋发展，不想寄人篱下。”高青华是真的渴望重新开创事业，他想和托德或李春生他们一样，把茶卖到外国去。

“那为什么不向我借这块地？你们以前不是最喜欢那块茶田？”剃头师正在挖王品源的耳朵，他挖得很仔细。

“不了，我只能对你说谢谢。”高青华仍然没改变主意。

王品源不再说什么，他又戴上他那顶西洋黑帽，拍拍高青华的肩膀。“那我先走了，有空到我家坐坐，我妹妹那臭丫头现在出落成一名美女了，你一定想都想不到。”他不等高青华的回答，便径自走了。

202

魏芷云好生挫败，整天在北边茶田里生气。那些树苗成长有限，速度太慢了，慢到她开始焦虑起来。毕竟，茶树需要阳光和水分，这里二者都缺，就风大。

她心情郁闷，母亲最近身体违和，全身发痛，她要人来家里为母亲看病。她却觉得该看病的是自己，但她说不出来自己哪里不舒服。没有什么顺利的事，她开始怀念淡水，她奇怪自己居然会怀念那里，她怀念从前在那里的制茶生活，也怀念李春生和托德的照顾。那时，她和高青华的日子其实很幸福。

现在，不但父亲、哥哥都走了，母亲病了，高青华也变了一个人。

魏芷云才知道孑然一身是何等感受，她的处境简直糟透了，高青华虽然还在，但他却再也不能安慰她的心。

多少次，她拉住他，问他："在想什么？"他都回答："没什么。"多少次，她问他有什么想法，他都回答："没想法。"她看着他的眼睛，他确实完全没想法，他的眼神里有别的东西，她不明白的东西。

从前，她多么相信高青华，她会把所有的事，无论伤心的、高兴的、鸡毛蒜皮的、好的、坏的，全告诉他一个人。他也都安静地听着，听完再做回答。他们经常那样贴心地聊天，日以继夜。从前，那还是几个月前的事！

魏芷云在回家的小路上想到高青华，她打算回家后去问他："你到底怎么了？我们到底怎么了？这个世界到底怎么了？"

203

高青华好不容易说服了松林头一户人家，将他们的好茶田租了下来，他高兴极了，一阵子以来的烦恼一扫而空。

他急着回家去告诉魏芷云。魏芷云也终于放下心来，他们终于有了一块地，可以重新开始，重新出发。

高青华说："我们这一次得好好做茶，做我们的阿云茶。"

"还有，我们要结婚啦，新娘和新郎要进入洞房啦。"高青华原来在外头喝了几壶酒，情绪高亢极了，他大声嚷嚷起来。

魏芷云倒是有点担心。"你又喝酒了？"她的声音有点迟疑。"没，就那么两杯。"高青华立刻辩解，最近这一阵子，他常常贪杯，之前，他滴酒也没喝过。何以会有这个改变？他永远不会告诉魏芷云，这是他的秘密，原来是王品源带他去喝酒的，喝酒的地方还有青楼名妓。

他第一次走进五花八门的世界，大开眼界，升起一种大丈夫气概。他发誓他要赚这么多钱，以便随时可以过王品源过的这种生活，他应该像王品源一样富有，他应该过王品源所过的那种人生。

打从那天开始，他常常喝酒，刚开始背着魏芷云，但久了也隐瞒不了。魏芷云常以询问的眼光看着他，他再也不敢看进她的眼睛。

但那晚二人则一起喝了酒，为了庆祝新生活，从来没喝过酒的魏芷云不胜酒力，才喝一杯便醉了。她回房间去睡觉，留下高青华一个人继续喝。

第二天，魏芷云一大早起床，高青华还在睡，松林头那茶农便上门来找高青华了。

“什么事？他不方便，让他睡吧，你可以告诉我。”魏芷云说。

“我是来向他道歉的，我松林头那块地无法租给你们了。”那茶农语气有些许畏惧，仿佛考虑了很久才上门。

“怎么回事？”魏芷云有预感，眼前这个人将告诉她一个坏消息。

“我改变主意了，我那块茶田，不租了，我决定自己留用。”他小心翼翼地说，像怕招惹麻烦。

魏芷云看着他，早先他是魏家的茶农，后来她父亲把田贱价卖给他，从此这个人便和两年前判若两人，他说完话，打算往外走，又踅了回来。“那就请你也转告高青华了。”

“在走之前可不可以冒昧请教你原因是什么？”魏芷云突然升起一股好奇心。

“我昨夜想了一想，觉得那田自己不种也可惜了。”他平铺直叙地说，“没什么特别原因，有的话，也只是因为昨夜睡不着，多想了一会儿。”

“就这么简单？”魏芷云问。

“就这么简单。”那人回答。

“不会是因为王家到你那里说项，你才改变主意的吧？”魏芷云开门见山，她直截了当地问。

“不是啊，为什么你会这么想？”那人仍辩解。

“那不然是什么理由？除了王家？”魏芷云不想让步，她想知道真相。

那人停步，他似乎在两难当中。“好吧，既然你话都说了，那我就直说吧，没错，是王家出了更好的价钱。”他顺口说出，两手一摊。

魏芷云听到“王家”两字，就不想再看到这个人，也不想再问了。“既然如此，我知道了，你走吧。”她只淡淡地说。

“不行，你总得说清楚再走，”高青华已经起床，他挡住了那个人的路，“你为何改变主意？”

“刚才说了，是王家的价钱更好。”魏芷云代为回答。

“王家是出了什么好价钱？”高青华提高音量，那人根本不想回答，高青华一拳打向他的脸。

那人踉跄了几步，随即，他站稳了，立刻也向高青华挥了一拳。

二人便在魏芷云的面前打斗了起来，魏芷云试着去拉高青华的衣袖，但高青华完全不理会。

那个上午，高青华把那人揍得站不起身，后来，那人终于歪歪斜斜地站起来，走了出去。

高青华气冲冲地去找王品源算账，但王品源只是关心高青华会不会到他家去探望他妹妹。

“我需要那块地！”高青华义愤填膺。

“这样吧，我知道你需要地，”王品源正在嗑瓜子，他把嗑出来的瓜子壳全收拾好，“我那块地，你就拿去种吧。”他又重复说了一次几周前说过的话。

高青华愣住了，他没想到王品源一直没放弃这个想法，他也没想到，才数周不到，他现在突然也觉得，自己好像也可以接受这个想法了。

魏芷云和高青华打算购买粗制茶，烘焙成一等的好茶，所以花了很多时间研究分析究竟要采买什么样的粗茶。

当粗茶收购进来后，魏芷云向亲戚借了许多做茶的工具，举凡火铲、谷斗、焙筛、焙笼、火挑和火拨及剪架。魏芷云请人重新砌了三个焙窟，准备好好做一批春茶，高青华则出发到厦门一趟，他去联络可能购买茶叶的茶商。

“魏芷云，那个天才女孩？”有人还记得多年前那个辨茶的小天才，对魏芷云的茶充满期待。

“她家不是全被父亲败光了？”也有人不相信这笔生意，仿佛里面有什么骗局。

高青华最终谈成了几百担的生意。

但等他兴冲冲赶回安溪时，一个坏消息又在等着他。

那些要卖粗茶给他们的茶农不知听到什么消息，都突然改变主意，不想卖茶了。

“是王家在搅局吧？”高青华告诉魏芷云。

“也不一定，卖给我们是冒险，卖了以后，王家可能不再向他们买了——”魏芷云已和其中几人聊过，她也没有答案。

“他们也未免想太多了！”高青华既着急又不解。

魏芷云无语。她已将整件事想过无数遍了，想不到更好的办法，只有一法，她将向其中一两位远亲说明，向他们买茶，但不会让王家知道，买卖只能私下进行。

“所以，我们得偷偷地做茶？”高青华恍然大悟。

“目前只能如此。”魏芷云安慰他。

高青华无比沮丧，他告诉魏芷云，他刚刚才谈妥几百担的生意。“这就叫事倍功半吧？”

“我们尽人事，听天命！”魏芷云的声音很温柔，高青华的不解和不满都消融了一半。他愣愣地看着魏芷云，沉静的她，看起来像家里的那尊观音像。

205

一个远亲舍不得魏芷云，卖给他们两百担粗茶，条件是不让任何人知道这件事。魏芷云和高青华必须三更半夜以牛车去接回这些粗茶。

他们没日没夜地赶着烘焙。

粗茶质量一般，要改变粗茶的风味几乎不太可能。魏芷云认为他们该加点花草，高青华同意一百担的茶叶里加入玫瑰或茉莉，而另外一百担则走原味。

“但是原味是浓香，不是清香，”高青华指出这点，“清香并非我们的传统。”

“你不觉得清香好喝？”魏芷云反驳他，“我们在台湾做的那些乌龙茶不是很好喝？”

“这里不是台湾，忘记那种清香吧，还是维持我们的传统吧！”高青华不假思索地说，他有感而发。

魏芷云从未看过高青华对制茶这么坚持，他过去都跟随着她，很少坚持己见，甚至毫无己见。现在，此刻，她才知道，他不是没有意见，只是他从来不说，他其实是一个很有看法的人，只是他从来没向任何人表达他的看法。

她惊讶极了，就那样傻傻地望着他，好像还不明白这一切的改变在那里。他突然成为一个有意见的人，一个有意思的男人。

206

那一夜，他们也讨论了未来之路怎么走，高青华首先要拿到两百担茶叶的钱，然后，他要对邻里宣布他不再是魏家义子，随即他会把他的八字和魏芷云的八字写好，放在魏家祖先牌位前，让神明答应他们的婚事。

他会请魏母出来，并且会有迎亲和下聘。高青华早就计划好了，只是他从来没告诉魏芷云。

魏芷云心里愈来愈笃定了，她的未来是要和这个男人在一起生活。

从前她便知道他是一个值得终身依托的人，但他们之间更像亲人，他们有许多默契和情感，只是他不是她的丈夫。现在他变了，她对他的情意起了变化，她希望他是她的丈夫。

207

高青华既兴奋又惶恐。他感觉自己正步上人生舞台，没有人教过他什么，他已经站了上去，而且得立刻表演。他即兴演出，顺势而为。但他的表演，甚至他也不认为那是表演，那只是他该做的，该说的，一切都是那么自然，那么顺心；但他惶恐的也是，他既然是那个人了，他也有了“那个人”的责任。

但“那个人”究竟是谁？他自己又是谁？他觉得自己好像活在一个梦里，而他同时也觉得，不管梦是真的还是假的，他要把这个梦做下去，他不想醒来，不管那是什么梦，有什么结局。

他真的不是他了，不是那个从前的他。他对好些事物不再那么眷恋，他发现许多从前不知道的，譬如，对权力的感觉。从前他只是个默默无名的小子，他从来对大人或权力的事务很冷漠，但这一阵子以来，他发现这会带给他兴趣，如果他拥有比别人多一点的权柄，他会更快活些。

还有，原来自己对性很狂热，他一直不知道，因为他没试过。现在，他就如猛虎从栅栏跨出，他觉得自己真是个汉子，他时时勃起，很容易受到挑逗。

这一年，对他是一场惊天动地的心灵革命，这一年，他终于要和魏芷云成婚，和一个他从小渴望的女子。

208

王品源请人传话给高青华，他要邀高青华到一个“好地方”，请高青华一定要赏光。

高青华有去的理由，他想好好质问王品源为什么要执意挡他们的财路，非把魏家招牌整垮才甘心。

他去赴约了。穿了一身魏芷云为他新定制的衣袍和鞋袜，他向魏芷云谎称有一个厦门的茶商找他在闹市见面。

他一夜没回家。

“好地方”是风月场合，王品源找了好几个女子来，他们整夜喝酒、胡闹。高青华原来很拘谨、局促，他既不喝酒也不说话，但逐渐地，他喝了酒，话匣子也打开了，女子都围向他、逗他。

王品源点了一盘又一盘的酒菜，那些女子也是酒楼里行情最俏的佳丽，高青华对这里的一切着迷了，他一杯又一杯地喝起酒来。这是一个全新的世界，这是一个繁华有趣的世界。

“品源，我认你做哥哥了，”高青华半醉半醒，“你就饶了我们一次，别再逼我们了，我们不做茶，怎么维生？”

王品源笑呵呵地说：“今晚咱别谈这个了，喝酒喝酒。”他又替高青华斟满了酒。

整夜，他们就那样无法无天地胡闹。高青华和王品源都喝醉了，先是借醉装疯，二人说话的尺度也愈来愈大，女子们都顺从他们，高青华举止中有一种男性气概和野性，而王品源有钱又有权，二人都散发出了某种性感。

高青华清晨才返家，他已完全不记得整夜做了什么，他甚至也遗失了魏芷云为他缝制的那件外套。

他回到家，就直接回到自己的床上，躺了下来，沉睡了下去，他觉得自己累得可以沉睡一整天。

209

魏芷云没说话，她观察高青华，仍然嘘寒问暖，为他煮饭洗衣，仍然和他讨论做茶，讨论未来，但她不提心里的那些疑问。

太多的疑问了。魏芷云看着高青华每天出门，她不由自主地想起父亲以前也是如此，然后，就再也不出门，在家抽大烟。她不知高青华中了什么邪，她知道他吸过烟，也喝酒，可能去了城里的青楼。

高青华一直对魏芷云有欲望，一次他喝醉酒后返家，直接去了魏芷云的房间。魏芷云知道逾矩但没拒绝他，那一晚，他兴致高昂，竭尽一切翻云覆雨，想讨好魏芷云，想让魏芷云默认他正在经历的生命经验。他要用行动告诉她，他是爱她的，他并未改变对她的情感。

但那是魏芷云的痛苦之夜，她并不在乎自己的身体或名声，她觉得自己似乎要失去这个人了。

210

王品源一次又一次地邀高青华，他们见面喝酒，逐渐成为固定的仪式。

有一天他们又在青楼胡闹，王品源要高青华放下酒杯，他要坐在高青华身上的女人移开，他们下楼，一前一后穿过后巷，来到一户人家。“我幺妹在此与人喝茶，来见个面吧！”他拉着高青华走了进去。

客厅里有多位女子，高青华认不出谁是王家幺妹，他没向谁致意，只看着王品源。

“这一个是我幺妹！”王品源指着一个丰满的姑娘，高青华看了一眼，他觉得这女孩不特别漂亮，但也不惹人讨厌，是那种很适合讨来做媳妇的女孩。当他有这个念头后，他的脸突然红了。

“叫青华哥哥啊！”王品源要他的幺妹向高青华致意。

“青华哥哥！”幺妹站起来，欠了身，并倒了一杯茶水给高青华，这让王品源拍手叫好。“对嘛，这才是好妹妹！”他对她使眼神，“来，弹琴给哥哥听。”

他们在那人家里停留了一会儿，喝了茶，听了琴，才离开。高青华从此对王品源的妹妹王俪之印象深刻，但他从来没把这事告诉任何人。

那一夜,如同以前,他又醉得一塌糊涂,甚至回不了家,就在青楼过夜,睡了一觉。

211

魏芷云已经有点沉不住气了，但她不知如何表达。她去茶田，不停走路，走了又走，她回到家，在房间里绕圈子。

她为高青华洗衣服，平常她便为他洗，已经洗了那么多年，好像为他洗衣服本来便是她的事。她从来不让别人为他洗，高青华曾经劝她不必如此，但她说她喜欢为他洗衣物，因为：“衣服是人的第二个皮肤，不容别人轻易触碰。”

她最近洗衣服时，总闻得到高青华衣服上沾了酒气和胭脂味，尤其是胭脂味，这使她心里既闷又慌。有一次，她气得把高青华的衣服扔在溪边，想让溪水将他的衣服漂走，但她忍不下，舍不得，便又把衣服捞了回来。

这一天她又发现了一件令她更吃惊的事。高青华的衣服口袋里多了一条手帕，手帕上绣着一只凤蝶，上面刺有“俪之”二字，魏芷云跌坐在地上，她知道谁是王俪之!

她只是不知道老天为什么要开这么大的玩笑，高青华可以和任何人来往，可就不应该和这个叫王俪之的女孩来往。高青华是怎么了？他难道不知道王家与魏家是宿敌？他为什么变心？他为什么要这么做？他做了什么？无数无数的疑问开始啃噬她的心，她的心濒临破碎。

212

婚礼已经在准备当中，邻里也都这么谈论。

魏母眼睛已近乎半瞎，但她坚持为魏芷云绣件霞帔，她勉力为之，进度异常缓慢，魏芷云只好接手。

高青华早出晚归，仍尽职地为茶事奔波，魏芷云还没找到机会问他，她的心情愈来愈低沉了，她觉得自己走在迷雾当中，愈走愈远。

她已迷失了，只好在心里与自己对话。

是不是她自己的疏忽？他们在一起那么久，她只以亲人的态度，不但教他，偶尔也训他，从来不够温柔。是不是从前他容忍她的自以为是，太久了，终究受不了？是不是？是不是？她没早些让他知道，她是爱他的？是不是一切都太迟了？是不是？

她时时思索着这个难题，她知道她永远不会找到答案。

因为高青华不闻不问，所有的家事包括婚礼便由魏芷云负责，她悉心照顾每一个细节。一个晚上，高青华至三更仍未返回，魏芷云辗转不能成眠，她拿出女红坐在客厅里等着高青华。

不知等了多久，高青华终于返回，他没想到魏芷云还没睡，吓了一大跳。“你怎么不睡？”他声音里不全是责怪，还有疑惑。

“青华，我不能睡，我们必须谈谈。”魏芷云看着他，高青华摘下帽子，满脸酒意，眼神也略微蒙眬，“有什么重要事情？”他故作轻松的声音和身态，靠近她，但没触摸她。

魏芷云发现了这天大的不同。从前，高青华在她身旁，最喜欢的便是趁机接触她的手，或是不经意的碰触，如果成功，他便得意地笑，这已经是他的游戏。但如今，他站在她面前，仿如陌生人，似乎有什么隔着他们。

魏芷云上前去拉他的手，他也握着她的手，但声音仍然是酒里酒气的：“到底怎么了？你为什么不睡？”他看着她。他不再是高青华，但她说不出来，他究竟有什么变化。

她的心在那一刹那冷了，她的世界也在那一刹那全暗了。

“明儿再谈吧，我们睡吧，我累坏了。”他放下魏芷云的手，似乎就只有一个念头，马上倒头就睡。

魏芷云摇摇头，等了好一会儿，才说：“青华，你真的想和我成婚？”她垂下眼睑问。

“怎么问起这样的问题？”高青华打了个呵欠，“别闹了，咱去睡觉吧！”他搂着她的腰一起往卧室走，他和她走进她的卧室，才一倒在床铺上，便沉沉地睡着了。

魏芷云一个人坐在床边，那时天已亮了。

213

李春生和黄美音交好一阵子了，但仍对魏芷云念念不忘。

从魏芷云身上，他知道了女性的优雅，即便她有一双奇丑无比的大脚。他在她离开后，才明白，原来他是怕她，那是一种极为奇特的感受。她让他知道，他是一个不完整的人，他是一个勇敢同时又脆弱的男人。

就只有她拥有那样的洞悉力和能力，她的眼神有时露出一种觉知，有时又露出一种妩媚，她对他便是一个谜，他想解开的谜。

他明明不想把高小娴丢在家里，也明明不应该和黄美音继续在一起，但事情仍然以自己的方向发展，仿佛事物拥有自己的意志。

如今，他已是罪人。他更专心于事业及研读书册，还有，更投入教堂的建设，唯有如此，他才能不陷入那情感的泥淖。他把所有的精力放在工作上，这些数字和算术他非常熟悉，他从小便很清楚这些准则。他不清楚的只是爱情的准则。

每一天清晨，魏芷云都在观音像前上香以及敬三杯茶。

这一天，因为不小心，一只茶杯突然掉在地上，破了，魏芷云心里升起某种不祥的预感。

她去了高青华的房间，床铺上棉被的摆置是精心设计过的，仿佛要她相信，有人在睡觉，但床上根本没人，原来高青华整夜未归。

魏芷云坐下来，她将手置于心的地方，轻轻地揉着。她看着高青华的床，简朴的棉被发出高青华身上的味道，她似乎熟悉的男性味道，房间那么安静及空洞，简直像要将她吞噬下去似的。她感觉那颗心真的痛了起来，她无法留在那间男人的房间，那间空洞得令人窒息的房间。她走了出去。

她走出家，在街巷里打听，刚好有一个车夫见过高青华，也说："应该往王家的方向去了。"

魏芷云谢过那个人，急忙走回家。"往王家的方向"，像一尾蛇爬进她那心房的一角，从此她只能猜疑。她的世界像塌陷了下去。

高青华是否开始欺瞒她？从前，她非常熟悉他的作息和生活起居，也知道他的人生计划，现在她再也不知道他到底每天都做什么。她不明白，为什么房间多了一些她没见过的衣服。她也不明白，为什么抽屉里会有一些绘有性事的图册，还有藏药。

她的心情捉摸不定，开始检查他的归属物。她一件又一件地看，仿佛在找寻失去的珍贵物品，但她看不出什么异样，一切如常，可能只是他心意已变了。她太后知后觉，她不知道他的心何时开始变化。

她母亲正在为她准备大婚的物品，因眼力不济而几乎像瞎子般用手触摸，母亲看见魏芷云进来，连忙站起身去取红霞帔。"阿云仔，先试穿看看！"魏芷云被这件事触犯了某种感觉。

她不想试披，她也不想解释为什么，她就是不想披上那块红布。

“阿母，我不知道要怎么讲，”魏芷云坐了下来，“我不想和高青华成婚了。”

魏母以为自己听错了，她噤声不语，沉默等待，好像希望魏芷云告诉她，刚才是在开玩笑。

“阿母，青华他变了很多，现在居然常常上王家去。”魏芷云用最平实的声音，好像在叙述别人的事。

魏母停顿了一会儿，叹了一口气，她也感觉到了高青华有所改变，但一直要到女儿说出来，她才明白，世事竟是如此。

但魏母安慰女儿，女大成婚，魏芷云年纪也到了，而且二人关系已走成这样，不结婚成何体统？

“所以不管怎么样，这场婚礼都得举行？”魏芷云几乎像喃喃自语，“除非我把他高青华杀掉。”

魏母连忙阿弥陀佛起来，她脸色凝重地看着女儿，婚礼是这几周来唯一让她放心的事，现在就在眼前崩溃了，如堤防决堤，水就这么冲过来了。

但魏母认为婚礼还是得举行，魏芷云仍然没有不嫁高青华的理由，她一一细数：“左邻右舍人家会说什么？这是什么想法？怎么可以取消婚约？你不嫁他以后怎么办？”

“好吧，那就按照原来的计划，成婚吧。”魏芷云这么说，她已经不明白老天的意旨，她能做什么呢？

她能做什么呢？似乎没有其他任何的可能性了，她家已一无所有，而高青华为她们母女带来收入，是高青华在养活她们。风水已经轮流转了，现在是高青华在当家！

高青华在清晨时分才回来，她躺在床上都听见了，一切清清楚楚，开门的声音，走路的声音，上楼的声音。她没起床，也不想起床，就躺在那里，她毫无睡意，黑夜像一块无比沉重的铅。

215

那天傍晚，高青华又要出门，魏芷云叫住了他：“可否坐下来谈谈？”高青华又一身新衣服打扮，他停步不前。“有什么重要事情？”高青华问，他以为魏芷云要问他迟归的理由。“想问你，你最近是否常去王家？”魏芷云本来便是一个坦直的人，她不想拐弯抹角。

“没有啊，谁说的？”高青华全盘否认，但眼神闪烁。

“没有啊，谁说的？”他又说了一次。

魏芷云把那条绣了王俪之名字的手帕交给高青华。“这是在你的衣服口袋里找到的。”

高青华不假思索地说，几乎像脱口而出：“那是唯一的一次，那是王品源的安排，他明明知道我们要结婚了。”

魏芷云就那样静静地听他说话，她就那样看着他的眼睛，她看到高青华好多自己不知道的东西，她看到高青华好多自己也没想到的事情。

高青华愈否认，她便愈确定他和王俪之已有某种联系。

她看得出来，高青华已有了一些秘密，他不愿把那秘密告诉她。

216

是她从前对待他不够温柔，抑或男人正像很多人所说，他们猎性成疾，一旦猎到了手，便失去兴趣？高青华也是这样的一个男人？自从她一心向他后，他确实不像从前那么贴心，他反而不再百依百顺，好像他从前是压抑的，现在他让真正的自己活了过来。

而魏芷云也发现，高青华的改变使她开始认识他，或者，使她开始喜欢他，她才知道高青华是这么一个活生生的男子！

但茶杯已破了。杯水四溅了。

离婚礼只有三天，而高青华仍半夜不回家，又是一个无眠之夜，她的人生恐怕就要跟随一个原来爱她后来变心的男子。

她再度问高青华，是否要取消大婚。

高青华回答她倒自然："为什么？已经等了这么多年！""但是你现在都这么晚不回家！"魏芷云终于说了这句。

"你迟早要习惯呀！阿云仔，结婚后我是你的夫君，你迟早都得听我的啊！"高青华一派轻松，他失去了从前的正直，连声音都有些流气了，魏芷云像欣赏戏台上的演员般看着他。

"我每天在忙我们的事业，咱做茶人不能每天就只知道做茶，也得学学经营，也得看看外面的世界！"他一边说，一边去拿桌上的茶点。"你怎么啦？最近老是这种脸色，是心情不好吗？"他问她，他的问题让她更无语了。

原来他们如今已这么难以对话。魏芷云不再说什么，她为他烧水，让他洗澡，她也为他煮了糜食，然后告别他，回到自己的房间。

高青华拉她的手。"阿云仔，不要担心，日子就这么过，我会照顾你和阿母，但我有我的心事，我毕竟是男人，有很多责任！"魏芷云静静地站在那儿，她的手一直被握在他手中，她感受到那只温暖的手，她的心在瞬间也温暖起来了。或许，她不该担这么多的心，她不该怀疑他。

魏芷云微微笑了笑，她走回自己的房间。

那一夜高青华不但未和她一起过夜，他甚至又不告而别，三更半夜。全被无眠的她听见了。

魏芷云在那一刻终于明白，她再也不要这么等待高青华了，她再也不要这些漫漫无止尽的长夜了。

她做了决定，这个决定都没对母亲说，她决定在婚礼前夕离开家，直接赴厦门，并搭船去淡水。

没有随身行李，也没有多少银两，她就这么出发，或搭船或徒步，戴着斗笠，穿上父亲留下的衣衫，佯扮男人。她一直走，她不停地走。她离开了她的过去，她离开了高青华。

路途遥远，她的心思亦然。她在路上吃了多少苦，但都比不上她最近对高青华的失望，她的勇气不够，但已足够离开他，她觉得宁可死于海上也不要再受高青华的折磨，尤其那些不解。那么多年如家人般的情感，居然在一夕之间全变了。

她留了一信给高青华，她说，知道他的心已不属于她一个人了，她决定去淡水，并放弃这门亲事，她愿意再回到从前，仍然是他的家人，她只期待他会替她照顾母亲。

217

高青华在看到这封信之前便出发去赴约。

一阵子以来，王品源要介绍他妹妹和高青华认识，高青华略微知道王品源的打算，他也想认识王俪之。

他已和王品源去过多次酒楼，那里仍然那么迷人，有着所有浪漫者所希望看见的那些色彩，而女人们让他忘记魏芷云的愁雾，他一杯又一杯地喝，希望把魏芷云那凝固成固体的脸色忘去。

同一天他去了王家。王俪之再度为他弹奏古筝，那琤琤琮琮的美音，王俪之柔和秀丽的脸，竟然也带给了他某种遐思。

王品源总是明白地说，娶王俪之，比娶魏芷云好得多，因为只要他和王俪之成婚，他立刻有一份茶产业可以经营。

高青华醉了，也将醉就醉，借酒装疯，他开始向王俪之示爱，王俪之似乎是喜欢他的，他的胆子愈来愈大了，也开始说起调情的话了。

他醉得一塌糊涂，被人送回家后，连衣帽都没脱，就躺在床上睡了，他连魏芷云已离开安溪都不知道。他第一次喝得这么畅快、彻底，这充满迷情之酒。

218

铅终于可以正式进口，茶箱一只一只地做出来了，托德没想到他那以魏芷云图像做的茶箱如此大受欢迎。

他因此接到更多订单，他因此需要更多茶箱。他忙得不得了。他请了几个人来协助，但懂茶的人总是这么少，他逐渐成为众人中的行家，只因为他过去常常观察魏芷云的言行。

那一年，台湾茶叶输出量是厦门的六倍，而茶叶输出又以托德和李春生为大宗。

竞争开始了，几家洋行也开始卖茶，但不管是厦门或大稻埕，一些粗制茶行被不良人士掌控，有些茶商为了争取暴利，在乌龙茶内混杂入大量的茶末，商行因此不购买混杂茶末的乌龙茶。而因此一些茶商又发明了一法，用稀粥把茶末粘成小团，混入乌龙茶里，茶行看不到茶末，而要等到饮者饮用时才知道掺了假。

“我们不要掺假，这只会毁掉茶叶生意。”李春生再一次强调。他提起他的教堂快建成之事，他要托德到他教堂做礼拜。

而托德又谈起魏芷云，茶箱包装完成，运输出去后，那就是他去安溪的时候。

“有她的消息吗？”托德略微不好意思地问，他几乎脸红了。

“完全没有。”李春生以中性客观的声音回答。

“好的，我会参加你礼拜堂的开幕典礼。”托德虽是基督徒，这么多年来，他一直没有教堂可去，他是马偕牧师的朋友，最近才去马偕的教堂。

他知道自己更想去的地方并不是教堂，而是魏芷云的所在。

219

李春生去拜访黄美音的父母，他不该去，因为那一趟拜访，让他对黄美音产生了很大的疑虑。

这疑虑突然之间像乌云一样笼罩，他的心思突然混乱起来，气氛也冻结了。

他虽然仍侃侃而谈，但他也偷偷地看了一会儿自己的怀表，他觉得告辞的时间到了。

他必须告辞。这是一个迷信的家庭，黄美音的父母满口迷信，他们根本不知道《圣经》是何物。而最让他不愉快的是，黄美音已认识他三四个月了，竟然也从来没翻过《圣经》。

“黄的父亲是土木商，但看起来就是一个没读过书、没见过市面的大老粗，他带着欣羡的眼神，也几度主动攀交情。”李春生在日记本上这么写道，“但他贼头贼脑，太世俗了。”李春生从小在商场打滚，各种人看得太多，若不是黄美音，他简直不必和这个人多讲一句话。

而黄美音的母亲更让李春生头痛，“一个声音聒噪的女人，什么都不懂”，却敢当着李春生的面提到婚姻！这让李春生全副戒备起来，他还没主动提到要纳黄美音为妾，单就他们这样认真以为，就让他想打退堂鼓了。

他在踏上返家的路上之前，黄美音眼睛里全是不解，她不明白为什么说好要来提亲的他突然态度转了一百八十度，简直就像变了一个人似的，他连饭都无心吃了，便匆匆离去。

不但如此，李春生在路上还为他们的关系画上了许多问号。黄美音是大稻埕街上唯一自己开店掌管店务的女人，他是因为她的聪明才干才爱上她，他只是不知道她后面有那么多不可爱的人。

或者他不认识她的另一面？

又或者他对她的情感并未改变，可是现实条件却在他们的情感之路产生阴霾，背景开始复杂，像戏台上人物增多，主角的戏已被抢去，只能下台。

他对黄美音突然有点不舍，他还未考虑离开她，但他也不能决定要继续在一起，他有点动弹不得，不知道下一步该怎么走。

他终于回到他家，他习惯的地方。

高小娴身体调养得不错，气色清丽。打从他踏入家门那一刻，她便服侍他的一切，洗澡的热水、热饭、热汤甚至热茶，也还把一些他想知道的邻居家常全柔声地说给他听。

李春生以笃定的声音说，好像在对高小娴说似的：“还是你最好！”

高小娴什么都好，或许，正是什么都好，而且太好了，好过了头？有时他真想告诉她：你不必再为我做这么多！有时他真想告诉她：我不值得你为我做这么多！但他对她说不出这些话，因为她听不懂这些话。倘若他一定要说出来，她听了也只有难受而已，但她不会变，她是为他而活，只是他不只为她而活，她只是他的一部分而已。

而现在，他靠近她，他突然觉得离开黄美音后的空虚可以从她身上弥补。他可以把自己所有的委屈全向她倾诉，他可以将另一个自己，那个不清楚自己欲望的自己，全展现在她面前。因为她全然接受他，以至他有时也必须怀抱感恩之心，他有时也感觉自己需要她，他永远不能放弃她。

她必须是他的妻子，不管他爱不爱她。

220

魏芷云又踏上了去年走过的旅途，千辛万苦抵达厦门。她搭上戎克船，又走了一次黑水沟。这次不像上次那么令她心震胆跳，因为她心里有一种奇怪的想法，如果此刻葬身海底，也不会是最糟的事。但她平安地抵达沪尾。

她轻衣轻履地从沪尾搭渡船来到大稻埕，她第一个要找的人是李春生，但他不在家，家仆说他一大早便去自己的礼拜堂了。

魏芷云问了礼拜堂的地点，她决定就直接到礼拜堂去。

221

李春生盖的教堂是整个大稻埕最漂亮的一栋建筑，魏芷云才靠近礼拜堂，就听到合唱声。她走进去时，四周静穆下来，马偕牧师正在讲道。她曾见过他，那时他的中文并不流利，而现在竟然以闽南语传道。

一粒麦子死了，仍旧是一粒，若是落在土里死了，就结出许多籽粒来。

魏芷云坐在后排，她倾听马偕牧师的话语，看到李春生身旁坐了一个看起来很贵气的女子。李春生没注意到她的到来，牧师说话时，他有时点头，脸上有一股倔强的傲气。

在场的人都是大稻埕有钱有势的人，但托德不在，他洋行的外国职员也都不在。马偕的夫人倒是在，她静静地坐着，时而朗读《圣经》，时而跟着合唱圣歌。

气氛非常动人，魏芷云的一颗心被洗涤了，她安静下来，跟着大家一起哼唱圣歌，一首又一首。

散会时，魏芷云坐着不动，有人发现她，人们骚动起来。李春生露出惊讶的表情，以不失愉快的声音叫出她的名字："阿云仔！"然后他似乎有一丝犹豫，迟疑了一会儿，终于将她介绍给自己的妻子。

高小娴望着魏芷云，魏芷云主动说："你一定是高小娴，以前就常常听人提起你的名字！"并向她问好，"我是安溪魏芷云。"

高小娴第一次见到魏芷云，她的反应不像平常那么爽快，只静静地注视着这名不速之客。她从来没想过，原来魏芷云是这个模样，是的，她看起来就像李春生会喜欢的那种女孩。

高小娴的神情有些紧张，看起来不是那么可亲近，但她似乎很快便察觉自己不应如此：“李仔一天到晚都在说你做的茶有多好呢！”她故意将声调放轻松，但听起来仍然有一点不自然。这时，李春生发话了：“什么时候回来的？”

“刚刚才到。”魏芷云的语气平淡，仿佛她不曾离开这里。

“你先去外面等一下，我和她说两句话。”李春生以温和的声音安抚自己的妻子，并以眼神示意他的家仆去照料高小娴，家仆立刻上前搀扶。

高小娴眼神略带疑惧，她万万没料到安溪女人竟然跑回来了，她刚才忘了问高青华的下落，他们到底怎么了？不是听说要成婚了？她表情有点古怪，和家仆退了下去。

李春生和魏芷云站在教堂外的角落，他小声地问：“你不是要成婚了？”又问，“你家高青华呢？”

魏芷云很沉静，只是眉宇间有一抹忧伤。“高青华和王家走得太近了，他好像变了一个人了，我很怕他。”

“不是要成婚了？”

“我在婚礼前夕离开了。”

“落跑？你不怕别人说你？”

“不怕，我来了淡水，不会再回去了。”

“那你打算怎么办？”

“我想为你工作，希望你能相助。”

“好，没问题。还有什么要求？”

“我想知道托德是不是间谍。那时，他是不是把我们都卖给法国？”

李春生沉思了一会儿。抬头想说话，但又陷入沉思。魏芷云看着他。

“不，他不是间谍，他只是个外国人，外国人有他们自己的想法，他们的想法和我们的不一样。”

李春生想告诉魏芷云，外国人和“我们”永远不适合在一起生活和工作，何况有亲近的关系。

但魏芷云只关心一件事，她对李春生所说的其他事都没有兴趣，她看着李春生，突然自言自语起来："所以，我是错怪了他？"

"阿云仔，我不希望你和他走太近，毕竟，人家会闲言闲语。你一介女子，从一个婚礼逃跑，而且，他又是个酒鬼，极不可靠。你和他在一起会不幸福，不要惹火上身了。"

李春生的声音有点着急，语调也激烈了点，他自己没发现，但魏芷云看出来了，李春生在乎她。

她不知道他原来这么在乎她。她以轻松的语气说话，她说，她只想和他见个面。"毕竟他以前是我老板。"

李春生很想对她下道禁令，但他没法这么做。她不属于他，而且他知道，这名女子拥有独立的意志，她也不会按照他的意旨去做任何事。

他发现魏芷云原来是那个强劲的对手，若爱情是一场战争，那么他一定不战而败，她过于强大，只因自己太过于在乎她？

他不甘心，他一直想改变她。他从来没告诉过她，而现在又太晚了。有时，他事业的成功让他产生了盲目的信心，他不相信他制伏不了这名逆女，那时他总是告诉自己，这名大脚婆一无是处，只会做茶。但一些时日，他真的非常佩服魏芷云，她几乎和茶合为一体，她就是茶，茶也就是她。

他得走了，大家都在等他。他看着魏芷云离开，对那孤单女子的背影感到不舍，而且逐渐担心起来。

他不清楚自己究竟担心什么。也许，神不会容许他和她在一起？

222

托德坐在自己在大稻埕的茶行里，正在喝加冰块的威士忌。

战前，这里是全大稻埕最时髦的地方，但战时，店门和玻璃窗全被憎恨洋人的流民砸毁，还被人放了把火，有一面墙已烧得漆黑。为此，托德曾难过了好几天。

他请人打扫、整理、重新粉刷，但原先为店面做檀木柜的木工已病故，他另请他人重新组装，整个茶行气氛和以前大为不同。

但托德仍然喜欢这里，他常从附近的洋行办公室踱步过来，坐在店里喝茶或喝酒，看报纸。他常常一个人在此消磨时光。

魏芷云走进来时，托德不相信自己的眼睛，他站了起来，放下酒杯，走向她。

“我一直想去安溪找你！”他说。

魏芷云笑了。“那为什么还没去？”她认真地问。

“今年美利坚来的订单多了，一直没忙完，我原本打算，忙完就去找你。”

“找我？”

“是啊，找你。”

“不是找茶？”

“不是找茶，你就是茶。”

魏芷云环顾茶行，她从前只来过一次，也没认真打量。这里像托德的书房，她知道他是爱茶的人，他一直都爱。没有他，茶不会从安溪来到淡水；没有他，她亦不会从安溪来到淡水。

“那只俄罗斯茶炊呢？”魏芷云笑着问。“战时被偷走啦，”他回答，又加上一句，“你不是认为乌龙茶无法以茶炊来喝吗？”

“你还喝乌龙茶？”

“我只喝乌龙茶。”

“那你手上这是——”

托德笑了起来，她变得更妩媚，更动人了。他喜欢她的一切，她穿的衣服，虽然是和别人一样的汉服，穿在她身上就是更好看。他喜欢她的头发、发饰，她说话的样子，她走路的样子，她几乎就像一个为他定做出来的人。

“笑什么呢？”

“笑你啊，很高兴你回来了，如果你知道，我有多高兴！”

“多高兴？”

托德没有别的回答，他上前拥抱她。她没有退缩，但也没有欢迎。托德自制地放开了手臂。

她注意到茶行里堆放着许多茶箱，但她正看着四处堆放的茶箱时，他立刻搬出一个茶箱到她面前。

“你看，是谁？”

魏芷云觉得有趣极了，她看了又看，茶箱上不但有她的图像，连她的名字都写在上面，这是他宣告他爱她的方式吗？她不知道原来他这么重视她。

阿爸会说什么？如果她现在答应成为他的伴侣？为什么他是个洋人？这会带来什么不幸吗？什么样的不幸呢？如果真的有不幸，那么让它发生吧，她本来便是不祥的人，她在心里这样与父亲对谈。

“阿云，”他也叫她阿云，“你愿意留下来，就留在这里，留在我身边吧？”托德什么都没问她，就直接问了这个问题。

223

美国来的订单蜂拥而至。托德没想到的是，订单订的都是前两季的瑕疵茶，那茶是用那些虫蛀茶叶制出来的，是魏芷云当初为了解决茶叶缺陷而特别研制而成的，没想到，这茶在美国掀起了狂热。

托德和魏芷云商量，因为订单太多了，他要魏芷云仔细考虑，是不是可以做。

“可以做。”

“但是你怎么知道今年的茶叶一定会有虫蛀？”

“我知道。”魏芷云很笃定，这是那批茶树的秘密，它们总是会吸引些小绿叶蝉。

他们一起到茶农那里去巡视茶树，茶农正愁眉苦脸，因为已经连续两年，那区的茶树总是招来虫蛀。但魏芷云和托德告诉他们，他们要收购所有虫蛀的茶叶，好多人都激动得不得了，恨不得向他们下跪。

魏芷云在离开茶农的路上告诉托德："制好茶，就是过好日子。"

"制好茶，是为了我？"托德开玩笑。

"是为了茶，因为我们是茶人。"魏芷云正经地说。

今年美国来的中国台湾乌龙茶订单全归向托德，李春生才明白，原来美国人要喝的是失败茶。

他要人打听，托德何时不在，专程来找魏芷云。他告诉她，他要高薪聘用她，已经为她打点了住处，并请了仆人。

"我已经答应了托德。"魏芷云说时略略不安，但很快又现出原来的笑容。

"你知道我不喜欢说谎，你也知道，我是喜欢你的，只是我不打算纳妾，我希望自己这一生能立下一夫一妻的典范。"李春生一脸惆怅的表情。

但他又希望和她在一起，一起做茶，一起生活。听她说话，看她做事，他都觉得很充实满足，这是在别的女人那里从来没有过的感受。

李春生看起来十分苦恼，他说完话，又察觉自己说太多似的，停了下来，看看别处，又看看魏芷云。

魏芷云靠近他。她突然为此情此景心生感动，毕竟李春生对她不薄。"我明白，我真的明白，但就算我不能和你走，制茶的事你不用担心，我也会帮你，好否？"

李春生笑了，但又收回笑容。"你不愿跟我走？"

魏芷云点点头。

“你不怕人闲言闲语？”

“不怕。”

“你会和他成婚？”

“按照别人的想法，我已是残败之人，婚姻之事，我已置之度外了。”

李春生没再说话，他拿出一袋红包给魏芷云。魏芷云坚持不要。“在我心里，我们早已经是一家人了，阿云仔。”李春生这么告诉她，声音几乎像叹气。

225

三角涌的几个茶农一大早便将毛茶成篓沿河运到大稻埕，并以牛车送到托德茶行门口。

“无耻的洋商”“未见笑的阿云”，他们在门口呐喊吵闹。

托德已要人掩上大门。

魏芷云束手无策，她倾听门外的声音，注意着托德的举止。

她的脸色悲戚，做了决定，她对托德说：“还是开门，让我向他们解释吧。”她伸手拉开门上的木条。

“不，这些人已经失去理智，我怕他们身上有武器。”托德按住她的手，严肃地阻止她。

“如果不做解释，他们永远不会理解，也不会离去。”魏芷云冷静下来，她平和的语气使托德打开了门。但他立刻上前挡住一群直接冲上来的男人。

几个茶行的外国职员和华人职员都站在他们后面，三角涌的茶农仍然不甘示弱地叫嚷着。

“既不贷款，又不收购，难道要我们把毛茶倒入淡水河？”带头的茶农对着托德喊。

“现在只采购竹堑的茶叶，为什么？”另外一个也不客气。

但他们并未带武器，他们之中有人明白这个行动不是伸张权利，更像来乞讨，但也有人气急败坏，唯利是图。

“这都是阿云仔的问题。”有人这么说。

魏芷云说话了：“是我的问题，乡亲们，真对不起！抱歉！”

“说一声抱歉，就可以解决？没这么简单！”那人坚持不让。

“不是乡亲们的茶不好，也不是我们故意不采购，原因出在洋人的口味，现在洋人喜欢喝竹堑的蛀茶。”

一个较明智的茶农对魏芷云有较多同理心。“听说，都是魏小姐的巧手，才让竹堑的茶卖得这么好。为什么你不能如法炮制，为我们的茶做点事？都是一样的青心大有。”

“你为什么替她说好话？她阿云就是一个下流的贱妇，和洋人搞在一起的烂货！”激动派的人挺身而出，指责刚刚发言的人。

“我只是托德先生聘用的雇员，我的兴趣是制茶。”魏芷云和气地告诉那人。

“不必装啦，骗傻子啊，没人会相信你的鬼话。”生气的人不让步，但其他的人已缓和下来：“阿云仔，你替我们想想办法，这样下去，我们怎么养家糊口？”

魏芷云当场向托德请求，以低价收购三角涌的毛茶，托德先是说：“但，你，你知道，我们的订单要的不是这种茶。”魏芷云突然以英文问他：“但你赚的钱，可以用来帮助他们吗？”托德愣住了，他惊讶她会说英文，而且说出这样的句子。

托德最后决定以低价购下三角涌来的毛茶。他向茶农表示，他会试着营销给厦门，如果届时可以卖到南洋，他会在明春起再度贷款给他们。

三角涌来的茶农虽不满意，也接受了托德的说法。

他们离开前还向魏芷云请教了一些问题。“竹堑的毛茶到底有什么特别？”如果可以，他们也想栽种。

阿云为几个人讲述了栽种过程：“这茶，没错，是青心大有，但奇妙的是，它必须经过虫蛀——”

“我们去哪找虫来蛀呢？”

这是无法勉强的事，魏芷云说，竹堑地区的茶树在芒种以后，大暑之前，虫蛀得厉害，也是采收的好时机。

“采的是茶芽，一心二叶，芽紧，质嫩，条紧细圆浑，最好枝叶连理。”

“为什么洋人喜欢喝此茶？”

“因为这着涎之茶，改变了茶的滋味。”

“我们也想做着涎茶，你也教教我们！”

他们都不离开茶行，围着魏芷云你一句我一句。

“试试看，但我不肯定，也许，竹堑的天气跟三角涌不一样。”魏芷云说的是真话，她一向也不明白这茶的神秘。

“你是不是故意不说，深藏不露？”那原先生气的人又要开始生气了。

“不是，我真的不知道，这茶是老天爷的赏赐，没有人知道它的秘密。”

“我们的茶叶不够，我也希望你们都回去种着涎茶啊。”托德出来打圆场，这会儿，农民算是接受了他们的说法。

“着涎茶不但有人买，还出高价买？这太奇怪了！”

真是太奇怪了，魏芷云笑着说，她之前只是不想浪费这着涎之茶，才随意地烘焙，没想到，这茶叶竟然如此出众！

那时，托德的职员端出了泡好茶的茶碗，众人遂一一默默地喝茶水，仿佛沉浸在那清香高爽又纯和的茶滋味之中，大家都静然无语。

“入口微微苦涩，微微，但是回味却惊人地甘甜！”有人做了如此的结论，一群人似乎都同意了。

一阵子以来，魏芷云对茶香非常敏悉，她可以由茶的香味识别每一天所烘焙的茶叶。

一定要低温，注意炒青，重度发酵，如果李春生来问她，她也会这么告诉他。她心里一直这么惦记，要再告诉他。

他果然来了。他也果真问起这茶的特殊之处。

香气是天然熟果香，滋味如蜜般甘甜，茶叶外观色彩艳丽。

李春生带来了一些他要别人仿制的茶叶，要魏芷云鉴定质量如何。魏芷云将那茶泡了，和李春生慢慢斟酌。

这茶叶只有红白黄褐，少了绿色，只是四色相间，如果可以五色相间就更好了，魏芷云轻轻地笑了。

“这茶叶成本太高了，别的茶一斤只需一千至两千个茶芽即可，但这茶却需要三千至四千个茶芽！而且是新鲜的茶芽。”她还说。

李春生坦承，他几乎快放弃制作这样的茶叶了，因为茶性太难以捉摸。“就像你的心。”

魏芷云笑意浅浅：“我的心就像铜镜，样样清清楚楚——”

“但你和托德在一起，我心不舒坦，只要你一天停留在他那里，我便一天感到自责。”

“对无能为力的事，我们不需要自责。”她告诉他，“我并未将自己卖给托德啊，我心亦坦荡。”

“我为你破戒纳妾吧。”李春生好像忍耐着心里的激动，声音很平静。

二人沉默了好一会儿。

魏芷云没回答，但或许李春生亦不需要她回答，又或许，李春生以为，她的不回答已回答了一切。

他心里仍有挂碍，他不能做违背神旨意的事。或许她不答应是对的。

爱情也像茶叶，茶叶的生长完全没问题，有问题的是天候和做茶的人，李春生像在传道般，又像喃喃自语。

魏芷云把她之前烘焙的茶叶摊开在姑婆芋叶上，她先要李春生嗅闻：“这茶不是少女，倒像风韵犹存的贵妇，是否？”

李春生一反过去做笔记的习惯，这一次，他闭上眼睛专心地嗅闻着茶香。

“这茶的风华卓越，可能是来自那些最初的霜后水，而且我在雨前便摘采它们。”

“绿叶红镶边，只有你才做得出这种茶，这香气实在诱人，正像——”

魏芷云打断他的话："还有，搅拌茶叶也是十分重要的环节。"

"好吧，"李春生说，"因为你不肯跟我走，我决定不做这茶了。这茶极难由外人操手，我不放心。"

226

魏芷云考虑了几天，决定送给李春生一帖花茶的做法。

喜欢栀子花香的她发现八里的栀子花遍地都是，新鲜的花瓣很快便可由淡水河运到大稻埕，她一层花一层茶烘培给李春生的工人看，直到那些人明白制法。那栀子花香烘焙的乌龙茶，大大改善了李春生囤积的乌龙茶味道，李春生细细品啜栀子乌龙茶，像品啜着某种情感。

227

托德坐在办公桌前，他把几封国外来信置在一起，抚摸了一会儿，然后小心地置于桌上一角。他止不住地发笑，点起烟斗，油灯映出熠熠的光影，油灯的味道很刺鼻。他站起身，走到窗边深呼了口气，然后在房间里走动。

他无法停止他的笑声，听起来也有点神经质似的，也许他从来没有那么高兴，从来没有一次。

他小时候在家乡时，听过人家说中国人会制茶，但他却一直没有机会喝中国茶。现在，他制造的中国茶，却有这么多订单！

"茶人儿呀！"他轻叹一声，坐了下来，开始回信。整夜，他巨细靡遗地回信，好像他要把所有的思想全部倾吐出来，而那位收信人也不过是一位向他订茶的不曾谋面的美国商人。

“您的品位独到，这茶举世稀有——”他开始提笔回信。

228

李春生走在大稻埕的小巷弄里，冷空气使他的思维更为敏锐，他思索了好几天了。

他来到托德的茶行，一走进去便坐在店里的一把西式沙发椅上。好似他每天都这样走进来，也好似他才是这家店的主人。

有人把魏芷云请出来。魏芷云病恹恹地脸色苍白。“是那大批美国订单的事吗？”她问。

“不是。”李春生示意店内的人悉数旁去，他清了一下喉咙，仿佛喉咙有些什么，但其实没有，他恐怕话说不清楚。

“阿云，你嫁给我，好吗？”他郑重地说，但神情怪异。

“你怎么还在想这事？”魏芷云被这个消息吓一跳，可能吃坏了，她感到一股呕吐感，她按捺着自己不动。

“我愈想就愈受不了，你这样一个好姑娘却要和他一个洋人扯不清。”李春生的眼光镇定但又有一丝迷惑，他为自己倒了一些桌上的冷茶，并喝了下去。

魏芷云有点难受，她身体很不舒适，她以坚强的心志抵抗着自己的不适，什么话也说不出，只能专心地注意自己的呼吸。

“你得在我和托德之间做一选择，选托德对你没好处，你说呢？”这番话使他几乎快口吃起来。

“我，我？”魏芷云涨红了脸，“我不知该怎么说。”

“所以，你答应了。”李春生站了起来。

同时，魏芷云便在他面前吐了。

229

秋天的大稻埕，冷风飕飕，一堆落叶像为了陪伴几只无家可归的狗玩耍，一会儿翻滚到这边，一会儿又扫到另外一边。

托德站在魏芷云身边，正在吃番石榴，他的咀嚼声很大，使得正在烘焙的魏芷云停下来看着他。“你方便先出去一下吗？”托德用袖子揩拭脸上的汗，拿着手上的番石榴走了出去。

他坐在茶坊外头，一直等到魏芷云走出来，魏芷云已在热呼呼的炉前工作了大半天。

托德捧了一杯水，迎了上去。“累了吧，休息一下。”

魏芷云真的累了，她坐了下来，喝着水，全身都是茶味，连手指甲缝里也都是茶。“今天的茶叶可能是这一阵子以来最好的一批了。”她告诉托德。

“那么，我们把这茶寄给英国女王？”托德高兴地问，捧着茶壶又要为魏芷云倒上一杯水，“还有，我也要寄给万国博览会去参加比赛。”

“她有茶具吗？要不要也给她寄上一套茶具？”魏芷云突然想象英国女王喝茶的样子，她笑了起来，“寄吧！”

托德几乎半蹲半跪地靠近魏芷云。“茶人儿，我觉得她会爱上你的茶！”

每每他以怪声调魏芷云叫茶人儿时，都使她发笑，她头晕了起来。

她当然没有忘记高青华，他的笑容刻在她心上，像刺青刻在她的身体上。

但她怀念他吗？怀念？还是？她记得他说的话，那些句子，这一句，那一句，她记得最后一些她不喜欢的话。不是，她不是怀念他，她是记得他，那些记得让她满心惆怅。

那些记得使她不喜欢自己。那些记得提醒她，自己是一个他不再爱的人。

因此，她又不想记得。

她不明白，为什么那些柔情和狠心都出自他，他变了。他的心为什么会变？人的心就是会变吗？像四季？像天候？像穿坏的鞋子？

现在，高青华已经在她之内了，在她的身体之内，在她的思想之内，在她的灵魂之内，如果她有灵魂。

她的身体出现了变化。常常呕吐、晕眩，她每个月的月血也不再了，她的腹部微微地隆起。她怀孕了。她这么对自己说话，但用她的话说，仿佛怀孕的人是另外一个人。

变化太迅速了，又加上身体的严重不舒适，魏芷云已有一周未上茶坊制茶。她躺在床上，她不知道怎么面对自己的身体，怎么面对未来的生活，她想不到任何一条路可以走，但她想要拥有这个孩子。

230

托德又兴奋又知足。因为他“拥有”魏芷云的茶，他仿佛也觉得自己“拥有”了魏芷云，他愿意和她朝夕相处，他愿意和她天长地久。永远，他曾经想过类似的字，自己却很震惊，原来她在他心里这么重要，他一直不知道！

他站在房间外，不知该不该敲门。

他轻敲了一下，也许声音太轻微，完全没有响应。他将头贴在门板上，听不见房间里有任何声响，这个世界静悄悄，是不是大家都死了，只有他一个人还活着？他的心猛然跳动，他仔细倾听屋内，突然又想到，会不会魏芷云也死了？

他用力地敲了门。

屋内有轻微的声响，但他不知是什么声响，他站在门前，面对着那道深锁的门，恭敬地和门面对面。

门板拉开了，门也开了，是魏芷云。

“什么事？”她轻声地问。托德一下子说不出任何话，他站在她面前，反而像她的仆人或门房，而不像她的情人。

他轻轻地笑，又很快地止住自己的笑。

“有什么事？”魏芷云声音里没有表情，她似乎已沉睡许久，气色并不差，声音有一点慵懒。

“我们的茶，你的茶，在万国博览会上得了大奖！”

他刚刚才得知的消息，声调都提高许多。

魏芷云倚着墙，听着他说，这个万国博览会是全世界最重要也是最大的展览，那里的人选出他们的茶作为首奖。

“就这样？首奖？”她也笑了，听起来这么不可思议的事，怎么可能发生？

“但是，我们的订单蜂拥而至，多到无法应付。”托德愉快的声音里又有一点点担忧。

“我知道，茶出得慢。”魏芷云轻轻地叹息，头上的发髻松了，一绺头发掉了下来。托德立刻上前，好像要扶住那些头发似的，但他的动作晚了一步，手轻拍在魏芷云的薄薄的肩膀上。

魏芷云移过她的身子，往门内移动，她告诉托德：“我明天一大早上工。”她走进去，关上了门。

托德一个人仍站在门外许久，他回味刚才的话语，她的模样，他也回味她身上淡淡的轻香，那让他想到栀子花。她或许生病了？他不该让她上工？离开时，他曾经这么想过。

魏芷云一大早便到茶坊上工，粗茶早已做好，就等着她来烘焙，几个工人听她使唤，她于是动作加快。

她腹中的孩子有思想了吗？有了形状？身躯？他或她？长得像她吗？或他？魏芷云断念，不再想他，孩子的父亲，她应该告诉他？不，她不应该告诉他。她应该告诉托德？不，她不应该告诉托德。不，她应该告诉托德，只有他会接受她。她已这样或那样想过几百次了。那些话像锯子般在她心上来回锯着。

她那样制茶，一整天，到了傍晚便不支体力。她从茶坊告退，回到自己的房间。

她躺了下来，为那个孩子休息。她为孩子感到抱歉，她不知该如何对他，她但愿她能，她想全心全力爱这个孩子。她想，她会用生命去爱这个孩子，失去父亲后，又失去高青华，她只有这个孩子。

但是，沉沉入睡之前，一种踏实的感觉浮了上来，并安慰了她，她应该把这件事告诉托德。

231

淡水港口吞吐大小船只，港口岸边全堆着一堆一堆等着出货上船的茶箱。

一箱又一箱的茶箱全装满了着涎茶，茶箱上仍然画的是魏芷云的画像，上面印着“中国台湾乌龙茶”的英文。这是托德卖的茶，也是魏芷云的心血。

托德忙得一身是汗，屡屡摘下帽子，拿出手帕擦拭。这次他租用了一艘快船，可以任意装载茶箱，他和一群港口工人从大清晨一直忙到天黑，终于把所有的茶箱装了上去。他在暮色中看着装载完毕的船只，有深切的幸福之感，他想和魏芷云坐下来喝一杯威士忌。

离开港口码头前他遇见李春生，李春生已改卖栀子乌龙茶，以魏芷云的制法，他的栀子乌龙茶以销往厦门和新加坡及南洋为主。李春生一边向他挥手，一边走了过来。

“魏芷云的茶这么特别，没想到连外国人也懂。”李春生一身华袍，头上的呢帽使他显得气宇轩昂。

托德惊讶地发现，虽然少了欧美的订单，李春生出口的茶箱数量完全不亚于他。“但是，愈来愈多的订单会指向魏芷云的茶，”李春生说，“外国人现在爱上了这茶。”

托德没说话，港口的风大，他才开口便觉得自己的话被风吹走了。他些微不安起来，想马上回家，立刻看到魏芷云。

李春生的呢帽被风吹到地上了，滚了两圈，差一点掉到海水里，一群工人急着为他们的雇主拾回帽子。

232

托德在大稻埕新盖了房子，是中式砖造住宅，他画了草图，要工人模仿意大利建筑风格，建造圆形的拱门和柱子。

他在新楼房内规划了一个酒吧，在港口买了好几箱走私的苏格兰威士忌，为每一瓶威士忌编号，喝前会看看日子或掷骰子以决定喝哪一瓶。

他也为魏芷云装潢了房间。他曾经问过她喜欢怎么布置房间，她一直没回答。但他知道她会喜欢什么样的房间。他费尽心机，从英国买来了洗衣机和钢琴，他也订了沙发和床。

他还有一个秘密。他为她的孩子也布置了一个房间。一个可爱的小床摆在房间中央，上面罩着雪白色蚊帐。

他知道孩子不是他的，但至少，他会把孩子当成他的孩子。

她不愿意搬去他的新家，也不愿意去拜访他。

他不知如何说服她，如何说服一个女子，一个东方女子，一个茶人儿。

他每天陪着她。一个人坐在他的酒吧里，掷骰子，凭着骰子上的数字，决定喝几年的老酒。他已经不知道，外面的黑暗比他的内在黑暗更甚，还是他的痛苦比她的痛苦更甚。

他听到不远的街上有狗吠声，夜色愈来愈深。他孤坐在书桌前，生怕她需要他时，他刚好不在场，也生怕她发生什么不幸。

他走进那两间布置好的空房间，像个盲人般地在房间里抚摸着墙壁走动。

那个夜寂静无事，正像过去，每个夜晚都是一个故事，那些故事的主人已经远行，不知踪迹。

他的脾气愈来愈暴烈了，他觉得他明白了那么多，但如何向别人解释？但他试图安静下来，他想着她。

李春生拿着一把尺，站在街头监督工人，他和托德最近都在盖房子，他的房子更大。

他凡事躬亲，不放过一瓦一砖，窗户上的玻璃，门的大小，墙壁和地板——他甚至想到，如果有机会，他应该请爱迪生来替他在这楼房铺置发电器。

他每天早出晚归，事情太多，多到不可思议。工人们每一件事都要问他，他无法一一解释，他觉得他永远说不完，他需要更多的援手。

他也觉得别人不了解他，开始不了解上帝创造世人的用意，大部分的人浑浑噩噩地过一生，不知道自己来世上做什么，等到意识到这个问题时，通常就已行将就木。

他受不了魏芷云喜欢托德，这让他生气甚至愤怒，那时，他忘记了神的教诲，他成为狭隘之人。

他变成一个比以前更疯狂的工作狂。

他梦到神来和他说话，要他努力改善台湾人的科学观念，要他化小爱为大爱，为整个台湾的前途着想。

那时，他刚好走在大稻埕港口附近，闻到那弥漫的栀子花香，花朵朴实无华，他也不必摘回家，他从花朵中明白了许多事。

而最重要的事情，那就是他要改变台湾人的未来，他要振作台湾。

这是一场史无前例的婚礼，在李春生的教堂举行，在大稻埕最富洋派的街上。邀请的人不多，以洋人为主，是因为怕惊吓华人，也担心他们议论纷纷，但是纸包不住火，很多人仍然知道了。

那些耳语繁衍得比白蚁还快。

马偕牧师主持了婚礼。他以闽南语问魏芷云：“你甘愿嫁给约翰·托德，这位苏格兰人，并且一生追随着他，无怨无悔？”魏芷云说：“是。”

她已经事前和托德排练过了。

她在心里也说是。她知道她母亲一定会为她欣慰，她似乎听见母亲在旁说话：“你已经是残败的人了，以后怎么安身立命呢？”而且母亲可能会说：“真是好佳哉！”

外国人是人吗？母亲曾经问过。洋人是人，跟她一样有皮肤，会痒会痛。外国人跟她一样有五官，也会如厕。

魏芷云曾几次看进托德的蓝眼珠，想知道那蓝色里有什么秘密。而他说，他没有秘密，有的话，他“偶尔像个小男孩，也会掉泪”。但就那么几次，有一次是为了她。

教堂里婚礼现场的布置像欧式的，下了几天的雨也刚好停了。在场的人都穿西式礼服，只有托德和魏芷云着汉装。

“这一切像梦境。”魏芷云说了几次，但这里似乎比别的地方更为明亮、舒适，那里似乎比别的地方更充满笑声，原来她也喜欢这些洋里洋气的东西。

她希望这不是一场梦。她更希望她此一生都能常常到这里来，虽然她不是教徒。

托德为婚礼已戒酒三天，但现在他已经又喝醉了，他心情非常激动，但他不想让任何人知道，包括魏芷云。他坐在板凳上傻笑，魏芷云坐在他身边。

马偕牧师的妻子张聪明也是华人，来自大稻埕，她一直忙着为大家倒茶。她全程陪着魏芷云，她们像姊妹一样，大家也觉得两人长得很像。张聪明已有三个儿女，但她仍像个少女，她轻柔的嗓音把她所说的每一句话都擦亮了，句子因此更为迷人。

但张聪明不敢问魏芷云怀孕的事，她只说：“约翰是好人。”

原来拒绝参加婚礼的李春生突然大步踏入教堂，弹奏风琴的乐手突然停了手，整座教堂哑然无声。李春生走到马偕牧师身边，大家都噤声地望向他。

“我反对这门婚事。”他说。

235

他们二人酒都喝得不少，讲话声音也增高了。陪在他们身旁的酒家女都不敢出声。从窗棂望出去，月色倒是出奇地皎洁。

“雍正三年，魏家的祖先魏荫梦见一棵茶树，随后，他寻梦中途径而去，果然在石隙间发现了茶树。”高青华以不疾不徐的声音叙述，他虽已酒醉但说话不带情绪。

“错了，大错特错，”王品源打断他，“铁观音是我南岩王家的故事。我先祖王士让在乾隆年间任贵州府蕲州通判，他平生喜欢养花拈草，有一日在南轩附近发现一株茶树，带回家仔细照料。后来，他将此茶树栽培养大，并制成茶叶。乾隆六年，他奉召上京，以礼馈赠礼部侍郎方苞。方苞随后将此茶献给乾隆皇帝，皇帝爱上此茶，铁观音此名亦由乾隆所赐。”

弹奏古筝的女郎停了下来，琤琮声戛然而止，女孩们全将眼光投向高青华，她们想知道高青华说什么。

高青华什么都没说。他正在吃面，眼睛瞄向座上一个清秀的女孩。“唱首歌吧，”他停顿一下，“我能说什么？这是西坪的公案，公说公有理，婆说婆有理。”

那个被高青华看中的女孩娇嗔地说：“高兄，您就为王兄制茶吧，还看不出王兄对你的好吗？”

高青华先是无语，随即他呵呵地与王品源笑了起来。

“兄弟，你再不来就太不识相啦。”王品源说，他向刚才说话的女孩发话，“就不唱首歌给高君听听？”

高青华陶醉在女孩曼妙的歌声里，欢乐的时间真短暂，他真希望时间就停止在这一刻。他抬头望向窗外朦胧的夜色，他不管明天怎么样，魏芷云在哪里，是生是死，爱不爱他，他都无所谓了。一阵风不知何时窜了进来，他抱紧了一位女孩。

他只想活在此时此刻。

就在这一夜，他答应了为王家制茶，找回铁观音的正统。

两个月后，高青华和王品源的妹妹成婚，婚礼的排场之大，也是西坪首见。以前没有，以后恐怕也难有。

236

新婚之夜，高青华便迫不及待地与她欢合。他已经想过无数次她的身体，那无数次的自慰。他进入她时，她欲迎还拒，整个身子好像是为他量身定造，略微丰满，恰恰好，恰恰满足了他对肉欲的想望。

他觉得他可以一整夜，一整个夜晚不够再加一整个白天，他可以和她在床上温存，一次又一次。

他怎么了？以前他不是如此。这是他对魏芷云的恨吗？应该不是。他还爱魏芷云？应该也不是。他愈发迷糊，就愈发渴望眼前的身体。他觉得，唯有如此，他才有重新生活的可能。

他必须忘记魏芷云，忘记过去，忘记台湾，忘记淡水、大稻埕，他甚至以为，他应该忘记过去的自己。

237

高青华为王家制茶，他一反过去伴随魏芷云制茶不说话的习性。

他突然像魏芷云那样说话，跟自己说话，好像她就在他身边。他抬头看了一眼，魏芷云当然不在，几个汉子就在他眼前以脚揉茶。

他用鼻子在空气中嗅闻。“明天上工前都先给我洗身躯。”他发出命令。

尘封已久的记忆，带着深远的含义回到他心中，他感受到一种全新的荣耀，过去因害怕而被埋没的渴望，终于昂然挺立。而这一切都因魏芷云而生，只是他没随她同去，他把眼光放在王家制茶工人的动作上，但他没忘记魏芷云的身影。

临茶如临君，他斟酌着这一句话，但这句话在他心里没激起波动。

他沿着那条路走。那条路他走过千百遍，小时候赤脚，后来穿草鞋，现在是一双崭新的布鞋。

魏家已不是魏家，魏母似乎已完全隐遁，在屋宇的边间，她把自己锁在房内诵经。

房间阴暗，犹如一只从未见过天日的黑兽。

他来问魏芷云的下落，但魏母什么都不知道，她的表情呆滞，似乎在埋怨自己背不起经文。

他坐在庭院那棵大树下，大石早已被人搬走，他仿佛看着魏鹏在练武，几只麻雀在地上争相啄取食物。他向鸟们丢了一颗小石，麻雀全数扑扑飞走。

没错，最温驯的动物，面对生命难关时也有其残忍无情的时刻。就算是同林鸟，大难来临也只有各自飞。

他是这么告诉自己，然后，站起身，到屋内去找魏母，他在她房间的桌上置上好几块大银。

魏母欲言又止，带着些许惊讶的眼神，看着他离去。

那时，天空开始下起细雨。

那是一个与任何下午没有不同的下午，小厮到海关取信回来，托德一一拆信阅读。

他才看到一封信的信封，便跳了起来。他飞奔到躺在床上待产的魏芷云面前，“看，谁写信来了？”他兴奋得连声调都提高了。

魏芷云支着身子坐了起来，她喘着气。

“是英国女王！维多利亚女王！天佑女王！”

他一边拆信一边兴奋地叫喊，像个得到天大玩具的孩子。魏芷云迅速回忆，但她想不出有什么事会让托德如此兴奋。她完全忘了寄茶给女王的事了。

她举步维艰地下了床，托德快步将她抱起。“她喜欢你的茶！”他仍然以高昂的声音说。

魏芷云极不舒服地拍拍托德的肩膀。“放下，放下我。”她发出困难的声音，托德将她放下，她坐在床沿上，脸色苍白。

托德一遍又一遍地读着郇和的来函，上面附了一封英国女王的亲笔。

他字正腔圆地读着那封信，并且逐字翻译给魏芷云。

我非常高兴阁下的茶叶寄送，我明白阁下在中国台湾为茶叶做出的努力和奉献。在几度品尝之后，我非常喜欢它的清新和甘甜，我也清楚地知道中国茶和英国茶的不同。为了感谢你为此茶做出的努力，我决定为它赠名：东方美人。

魏芷云由住处慢慢地走去茶坊，工人要开始烘焙了，有重大的决定在等她。

就在过街时，她看到一条龟壳花蛇向她的方向梭行过来，因惊吓，她的羊水破了，当场要临盆。邻居一个好心的女子告诉她："来不及了，我帮你叫接生婆。"她扶着魏芷云，举步维艰地返回住家。

那只蛇不知窜向何处去了。

魏芷云的忍耐已到极限，她的脸色转为涨红，额头上不断冒汗，她咬着嘴唇，终于忍不住轻叫了出来。

那时，大中午的艳阳使房间看起来透明而清晰，空气中的灰尘仿佛都可以看得清清楚楚。

魏芷云注视着空气，她突然想起安溪茶田。"阿爸！"她喊了一声，她父亲正在茶田等她，那时安溪黄昏的天空泛着理想的"红晕"，她和父亲从丘陵上俯瞰着梯田，四周景色绝美安静，只有倦鸟一群群地飞过，偶尔传来几声鸣叫。

偕医馆的医师还没来，托德和接生婆同时来到，接生婆手脚利落地要人煮热水，然后大声呼唤托德："洋爷子！洋爷子，抓住她的头！"她要人将魏芷云扶到躺椅上躺下，把魏芷云的下半身衣物脱去。

"把脚张开，张开，"她的手脚利落，但不是一个细致之人，"来喔，压出来！"接生婆仍然大声嚷嚷。

魏芷云已痛得几近无法忍受，她抓住躺椅边缘，大口地喘气，疼痛如刀割般，一刀一刀地切下。

接生婆则以双手掰开魏芷云的阴部，要她用力将孩子推出。

魏芷云以浑身解数试着做，但徒劳无功，托德则紧张地用力按住魏芷云的肩膀。"你还能做什么？"他问接生婆。

"这孩子不愿出来享受荣华富贵——来来来，赶快出来，好命儿！"她用力掰开魏芷云的阴部，使得魏芷云痛上加痛，鼻涕眼泪混在一起，而孩子尚未出世，阴道已大量流血。接生婆急忙以湿巾擦拭，但血流不止。

就在此刻，接生婆将孩子的头一把抓出来，并剪断脐带。

魏芷云陷入昏迷。托德急忙驱前看了孩子一眼，一个中国孩子，这是他的第一个念头，当然是个中国孩子，因为孩子绝对不会是他的，但难道他认为会有奇迹发生，孩子会长得像他？他接过孩子抱住。

魏芷云仍流血不止，接生婆已用尽布巾，再也停不止了。

托德要人快去偕医馆找洋医师过来：“快，快，快！”

240

她陷入昏迷。她又醒来。大片白光迎面洒向她，她感到温暖，一切如此安详和平。她并不害怕，她知道，她要打开自己，迎向那光。

她看到儿时的父亲，那年她四五岁吧，他抱着她，要她闻茶叶。那时，她有一种时间静止的感觉，是茶叶的味道使她沉浸在时间里，如同此刻，父亲正在对她微笑，把她举高，很高，又急促地将她放下。她不停地呵呵地笑，呵呵地笑……

她看到高青华也在巨大的白光中，他站在父亲的后面，好像在等她，也许要给她什么惊喜或礼物。他傻傻地看着她，向她挥手，她也向他挥手，他是爱她的，她也爱他，她知悉他要说什么，她了解他。突然，她变成他，她就是他，她是高青华，她在和自己挥手道别。

是永诀吗？可能，但却完全不悲恸。

然后是三角涌的茶园，艳阳的中午，一片片绿意盎然的茶叶被放入茶篓里，一群群采茶女工的采茶之手纤细巧妙，每个人都身背一笼茶篓，有的人唱起好听的山歌，她走在行列里跟着唱。

那一年，李春生总是在他那本洋人的笔记本上记录或算账，他曾经在一个下午教她怎么用算盘，她的表现让李春生也大感惊讶。她看到李春生满满诚挚的表情，他教她珠算的练习，三盘清、九盘清、凤凰单展翅、凤凰双展翅，以及孤雁出群。

虽然算盘珠子声音还在响，但魏芷云却在茶山疾走，然后她飞了起来。她看到了那些茶女，李春生，高青华，他们二人各站在地面上的一角望着她。她的眼泪滴下，但是，那是幸福的眼泪，她一生已经经历了所有重要的事情了，沉浸在茶叶的感官世界里的生活便是幸福的，她完全没有任何遗憾之感，对往事和故人。

唯一舍不得的是她的男婴，她抱着他，他便是她的一部分。她不能让他走，她不能，她用心呵护他，听见他的呼吸，看见那可爱之极的小手。她贴近那小灵魂，似乎想探看他的未来究竟，她要永远守护他。

她可以的。她看到华丽的屋宇，儿子已经是成年人，她看到儿子继承了她的手艺。

她又看到了高青华。

呼吸开始急促，景物再度变化，她看见观音来迎接她。不，那是观音吗？或许是她母亲？不，再看清楚了，不是母亲，母亲仍在房间里礼佛诵经。

她成为那年拆除绑脚布后的魏芷云，她一步一步地走向茶山，并徜徉在茶田里，她躺在地上，嗅闻土地的味道。

她仍然躺在那里，托德躺在草地上陪着她。

托德转身向她，英国女王来了，他说，并且要她站起身迎接。但她试着要站起来，只是做不到，托德抱起她。

她恭谨地向女王点头致意，托德握着她的手，轻轻地揉着，他说，别走，别留下我一个人。

她笑了，她也哭了，把男婴交给托德，她听到托德唤着她的名字。

“魏芷云，茶仙子，我爱你……”

241

李春生准备在自己的教堂第一次公开演讲，他把这件事当成大事，做了很长的准备。

那天，好几位大稻埕的仕绅都穿上西装出席，而马偕牧师反而穿上长袍马褂。

“中国要富强，一定要努力！”李春生有备而来，他看着一本法国商人送他的记账本，用毛笔写上小字，密密麻麻。“五德。”他说，基督教具备五德：始终、道理、经权、异迹和谶语。“五德”使事事物物各得其所，五德象征一种“本质上的特性”，它可以使宗教得以成为宗教，人得以成为人，社会得以成为社会。

小教堂沉默地聆听李春生的演讲，气氛庄严静肃，仕绅中有人在打呵欠，也有人在打瞌睡。高小娴抱着儿子坐在席上，她以身为妻子为荣，频频点头微笑。

李春生的讲词过于深奥，至少对大稻埕而言。他批评达尔文之辈的进化论，又赞扬马丁·路德的宗教改革。他说，日本明治政府已解除教禁，基督教将可在日本自由传教，日本崛起将指日可待。

“诸君，破邪显正的时刻到了！”李春生提高音量，大声一喝，惊醒一位正在打瞌睡的仕绅。

现场响起掌声。马偕牧师频频点头，尽管长时间的演说已使教堂聚集一股闷热，而室内并不通风，闷热使得马偕牧师也快坐不住了。

然后，轮到马偕牧师的传道。他一上台便要大家唱几首圣歌，听完冗长深奥又寓意良苦的一席谈话，大家都唱得特别起劲，仿佛在庆祝听完演讲。

那一天，李春生在演讲结束后才得知魏芷云的过世。

242

托德请了奶妈来照顾孩子，并为魏芷云办了葬礼。他整个人瘦了一大圈，胡须长得像无人整理的茶园中的野草，已经几夜彻夜不眠。

李春生在自己的教堂追思魏芷云，把魏芷云的生平和为茶叶所做的贡献讲述了一遍，许多人第一次听到这样的故事，当场也流了泪。

托德总是无时无刻不在忙，不是处理茶行的各种突发事件，检查斤两是否称足、茶箱是否密封，便是亲自到茶园去。他做魏芷云以前做的事，仿佛为她活下去，仿佛自己便是她。

他像她一样嗅闻茶叶，学她拨弄茶叶，然后，叹了一口长长的气。

葬礼应该是西式的吗？魏芷云会说什么？还是中式吧，他订了棺椁，选了上等梓木。“再厚一点。”他说了好几次。棺材店老板费了一些功夫，棺柩几乎厚得不像样了，从来没人有那么厚重的棺材。

他在屋内走动，像从前思考事情时，他总是走过来又走过去。他和魏芷云对话。他说：“还好吧，茶人儿？”又说：“你在哪儿？冷吗？”他发现自己流了眼泪。他发愿再寄一批茶去白金汉宫，以酬谢英国女王的仁慈。

在漆黑的屋子里，他花了许多时间重新构思茶箱的新样式。东方美人茶，Oriental Beauty，这是茶的英文名字，他将使用另一张魏芷云的相片，相片上魏芷云的脸望向远方，仿佛在向英国女王致意。

他的心仍然很紧，被悔恨绑住，他后悔自己没能在生前对她更好，他后悔自己那天未阻止那个接生婆，他认为自己害了她。但最后理智战胜了自己的记忆，不，他并未害了她，而是命运，而是那该死的命运！

而那样的时刻不多，因为他经常酒醉。魏芷云和他在一起的那些日子，他中断了喝酒的习惯，因为魏芷云认为酒气影响了她对茶叶的判断。

现在，托德又开始喝威士忌，他一个人喝，有时，他抱着婴儿，一边逗弄着孩子，一边喝。他和魏芷云对话，而那些话又自我繁殖，话中又有话。

他也像中国妇人那样，用布巾背着孩子上茶山给魏芷云上香，路人见状都吓坏了，一个西洋大个子男子背着孩子，很多人以为他病了。

“那洋人是不是疯了啊？”邻人纷纷走报，街坊孩子站在路边，等着托德给糖，但也多半忍住了笑声，等托德走远，才扬起一片笑声。

魏芷云的茶，这个叫魏子茶的孩子倒是无忧无虑地长大了，他摇摇晃晃往前踏步时，总是喊着 ma，是喊他的妈吗？还是喊谁？托德带着笑意看着孩子，“他真的爱魏芷云”，任何人看到他对待孩子的样子，无不做下如此的结论。

243

王家老爷从一开始便认定高青华有制茶天分，自从高青华到了王家之后，也没让他们失望，他果然会制茶，比起他们所认识的任何一个人都更有天分。

他们没看走眼，高青华不但会种茶烘焙，还知道怎么经营。

高青华是向托德及李春生彻底学过的，那些日子，他经常偷偷地观察他们，偷听他们的谈话。

他佩服二人的思考方式。托德从不费力思考小事情，总是将眼光放在美利坚和远方。而李春生天生有生意头脑，高青华永远不会知道他的下一步，他曾经说过一句话，让高青华印象深刻，毕生难忘：“我们既然做绿茶，就要有做绿茶的打算，不必去和红茶竞争。”说完这句话，李春生又说了一句：“不过，如果红茶的生意比绿茶好做，我们亦可考虑做红茶。”总之，“生意是活的，这是为什么生意叫生意”。

他学李春生买了一副眼镜，他没选择李春生的信仰，但保留了魏芷云的习惯，每天向观音敬三杯茶。

和魏芷云制茶的那些年，高青华不再揉茶，因为，他们使用青心大有茶种，那茶重萎凋，讲究发酵及重火烘焙，目的是使其发挥熟果香。

但是高青华不那么喜欢台湾乌龙茶，尤其是白毫乌龙，他从头至尾没爱过那茶，他心目中的茶是花香茶，不是果香茶。品位是天生的习性，他不会勉强自己。

回到安溪，他重新揉茶，他使用他习惯的技巧，边揉边烘，逐渐地，他找回自己所爱的铁观音风格。

他的茶很快在安溪传出名。现在，他制茶的方式就像对待女人，就像他对待他的妻子王俪之，他会哄她，也会顺从她。他曾想过，从前他不会制茶，因为他不知道如何对待魏芷云，他不知道如何对待女人。他总是在摸索，在揣测，在琢磨，在推敲。

他爱过却从来没明白过魏芷云，他知道他也不会明白她了。或者他明白她，但他不再爱她了。

她离开安溪后，他曾有过悔恨之心。但是，令他自己大感惊异的是，他渐渐地不再想念她，不，他很快便不再想念她，那遗忘的速度令他惊奇，他怎么可能遗忘她？他不敢置信，而王俪之就在此时走进他心中。

她更适合他吧，高青华曾经像分析茶水入口感般地分析他和魏芷云以及王俪之的情感。

王俪之性情恬淡，对人生并没有追求，对他也极顺从，她习于撒娇，知悉他内在的脆弱，也从来不去碰触。他们二人的性爱生活远比他与魏芷云的更精彩，高青华对此也非常惊讶，不过，他确定，他并非不爱魏芷云，也不是更爱王俪之，他只是爱过魏芷云太多，他无法再爱更多。

爱茶人，也有停下来，放下茶碗不喝的时刻。

244

王品源染上了花柳病，这件事只有高青华知道。

高青华要人到镇上延请名医林克明上门，林医师未将病情说清楚，但高青华从他的表情知悉了。他示意林氏不必再说。

林医师沉默地办事，没有一丝苟且，也没有一丝表情，他开了处方。

他用了王家的砚墨写下了：苍术、甲珠、上茯苓、公英。他将处方交给高青华，并且一动也不动地瞪着高青华，仿佛疲惫的士兵在等待将军的指令。

高青华给了老医师银两，要人送他回镇上，并且立刻去取药。

王品源的病情并未好转，他愈来愈消瘦了，已病入膏肓。

伤心的王家老爷做了一件破天荒的决定，将王家茶行全悉交由高青华掌管。高青华在短短一年之内便成为王家事业的决策人，王家老爷甚至把自己收藏的一只名贵紫砂壶送给他，那壶的来历不小，据说是乾隆皇帝当年赏赐给王家祖先的。

王家老爷虽被蒙在鼓里，但他看出儿子的病情每况愈下。他常常坐在暗室里发呆。

他也另有麻烦。三妾因他前两年又纳了一名小妾，开始和他闹不愉快，惹得他心情不佳。被三妾欺侮的四妾经常带着他心爱的小儿子回山上的娘家，一去数周，毫无讯息。

高青华分担了老头子的许多烦忧，并且接管了茶事。

245

王老爷爱女儿王俪之如命。王俪之很小的时候和父亲去庙会时曾看过高青华一眼，那时她十二岁。“我非他不嫁。”这是为什么多年来王家老爷要儿子游说高青华来制茶，这事情高青华一直不知道，魏家也不知道。

那些年，高青华过黑水沟到淡水的那些年，王家女儿以泪洗面，不思不眠，好像得了相思病。王天民曾打算要人到淡水再度说服高青华，但苦无对策。王天民常要儿子想办法，出主意。

现在二人如胶似漆，人人称羡。

他们甚至一起去参加安溪仕绅办的斗茶会。王俪之穿上锦缎，和高青华一起出席，许多人忍不住回头看她一眼。“天造地设。”一位仕绅忍不住对他们说。

高青华心不在斗茶，他是来瞻仰传说中当年让魏芷云一举成名的斗茶会的，他站在仕绅中，远远看见一名纤纤小女孩，他恍惚了一会儿，是魏芷云？

一个和魏芷云长相很像的小女孩，站在一边，她全神贯注地看着大人泡茶。高青华一不小心陷入回忆之流。

仕绅们辩论茶的香气，有人表示，在做青阶段，吐香和含蕊间的香气最为细锐和持久。

之后，众人则讨论喉感和舌感，空气里飘扬着一股清香的泥土味。地上虽湿但不泥，泛出土味，有人在地上浇过水。当他们喝起高青华的王家茶时，无人敢评头论足，一群人只细细饮啜，频频点头。“这是谁家的茶？”有人终于问。

在那次斗茶会，高青华制的茶得到全数的肯定。

一个福州来的茶商和高青华约定要将王家茶卖到新加坡、马来西亚和印度尼西亚。随后几年，这位福州茶商在越南、柬埔寨也设立了茶行，他专门卖高青华的铁观音，供不应求，使王家的茶田必须再度扩张，高青华忙得没有时间留在家里。

王品源则于他去厦门与人谈生意时过世了。

246

在厦门，高青华设法打听魏芷云的消息，花了一个下午，找到一个刚从大稻埕回来的烘焙师。

“她死了？”高青华惊讶地看着那人，许久，许久，然后，他不停眨眼，握拳。

那一夜，不但高青华，天上全数的星星皆无眠，天空无比亮。

大清早，高青华一个人到茶田走动。他先是上上下下走了一圈，仔细观察了茶树的叶子，然后，他坐了下来，在树下的石椅上沉思。

他突然想起远方。他突然站了起来，以为自己看到了魏芷云，又坐下。

“魏芷云被洋鬼子害死了。”几天来，他思索着这个句子，那人告诉他的话。

仿佛这个句子是个魔咒，他反复地念着。

他上路去找魏母，他必须告知她，他必须和什么人谈一谈。

“阿云仔可能更想和她父亲一起合葬吧。”魏母含泪，她一直没有魏芷云的消息，因为大家有意瞒着她。对于一个家破人亡的寡母，再多一个噩耗也不会改变她礼佛的决心。她的心愈发虔诚，高青华看着她，被她的表情感动，同时感到自己的不洁。他在她面前带着某种敬畏，仿佛魏母可以轰他出门，他早已不是魏家人了，他不是，他也不配。

他闻到魏母点的檀香，以为自己也闻到魏芷云的体香。

与其说他答应魏母，更不如说他答应自己。他将专程再去沪尾一趟，将魏芷云的遗骨接回安溪。

但他未告诉魏母他内心里真正的想法，关于这些，他甚至未告知自己的妻子。

爱情是那么甜蜜，但又那么残忍，个中滋味也只有他和魏芷云才说得出。但她已不在，于是他只能独自品尝，他也宁愿一个人回味。正像那在杀青中的茶叶，那滋味无法分享和言传。

即便他爱上了另外一个女人，他也没忘记她。不过，想起她时，他逐渐不惋惜了。在现实生活中，他依赖身边的女人，他信任他们正在过的生活，那正常平静无奇的日子。

只是，魏芷云在他心中一直没死。

他奇怪自己把对她的感情藏在心灵深处，他不能理解，他不能理解魏芷云，为何会和托德在一起。如果她曾经中意于他，为何会中意于洋人？他不理解女人，王品源曾这么说：“女人不是用来理解的，女人是用来爱的。”如果你理解了，你就不会爱。

他出发了，他要到那个他们曾共同生活的岛屿，他必须去。才三年，他已经是不同的人，与仆役同行，他表情温和，言行尊贵，因为他的整顿，王家茶行在三年之间已经建立了赫赫的声名。

247

一行人经过黑水沟又来到了沪尾。这个城市并未迎接他，这个城市从未欢迎过他，在起雾的清晨，他们一行人转驳前往大稻埕。

他们在大稻埕找到目前最好的旅舍，称不上豪华，连干净舒适都算不上。高青华行走在大稻埕街上，再也没有人认得他。

那条街已冷成秋天了。那条街已被李春生的势力占据了。

抵达大稻埕之后，震撼的消息又来了。有人见过魏芷云生的儿子，长得完全不像托德，确实没有洋人的模样，反倒有高青华的轮廓。

高青华养了一些胡须，他捻着几根胡子，深思了一会儿。“难道——”他心中不无疑问，疑问凝固成一块大石，镇压在他心口上。

他在街上看到托德抱着儿子，远远地，他感觉自己和那个小男孩有所联系，那只是他的直觉。好几天，他在思索如何采取下一步行动。

248

“她是我们安溪人，你们没有道理不让我带走她。”他去向李春生抗议。

李春生不敢低估来客，虽然，从前他从来也没正眼看过这位客人，现在他知道其来历，也知道其来意。

“高君，您知道吗？魏芷云已嫁给托德，此事您该找的是托德。”李春生语气和缓，但听起来不免有些许推诿之意。他喝着茶，对来客有一番打量，他很清楚高青华如今在制茶方面的实力。

“我能为你做什么呢？”李春生自动问起沉默的客人。

“我想请您转告托德，人我要定了，不但魏芷云，还有魏芷云的儿子，我全想带走！”高青华以笃定的声音说，他看起来神志清楚，思路分明。

李春生没接话。他关心魏芷云，也许正像高青华，曾经，他也对高青华有所嫉妒，高青华可以成天陪着她，而他只能偶尔看见她，那个他中意的人。

他立场两难，只能站在中间。在未来的茶叶生意上，高青华才是劲敌，托德早已不是他的竞争对手。高青华的崛起，让他意识到大稻埕的茶叶外销逐渐走下坡，厦门出口的茶叶数量逐日增长，快速倍加。

其实，他更想和高青华谈谈茶价，谈谈生意。此地不良商人哄抬价格，使得茶叶外销受阻，当一家外国卖茶贸易商取消订单，随即而来的便是骨牌效应，如今订单少得可怜。

“如果孩子是你的，你便有权带走。”李春生的说法和语气引起高青华的怒意。“你不要污辱魏家女儿！”高青华立即提高声量。

“不，我并非此意，”李春生语气和缓，“我先设法知道托德的意思。”

249

大稻埕耳语传得飞快，不到几天，几乎所有人都知道高青华回来了，并且对魏芷云儿子究竟归谁一事议论纷纷。

本来，大家对托德含有敬意和好感。“他当年养活了我们一家人。”“没有他，哪来台湾乌龙茶？”人们提起他便缅怀起战前那段好时光。

但血统一事，众人又有意见。孩子长得像高青华是最大的争执点，大稻埕人争辩不休，半个大稻埕似乎都精神分裂了，有人见面便因此事拌嘴吵架，甚至打人。

250

卯时刚过，更夫才敲过锣，空气静肃冷漠，犹如大屯山的一场薄雪。

多个孔武有力的勇夫，他们多数人憎恨洋人，仅仅因为这个原因便自动参加高青华的招募。

暗路上响起一行人规律脚踏的声响，才响起不久，便传来一阵狗吠。众人停止脚步，静默无声。

251

多年来，他们已成为最好的朋友。在战争时期，他们甚至相依为命。托德在人生最不如意的日子，唯一找过的人便是马偕，倒不是因为他是牧师，而是他天生有一种理性，他冷静又不失热情，总能提出一套警世之语。

他不常与马偕说话，因对方厌恶喝酒，使他却步。但他没有更信任的人，倘若他不幸死于热带之岛，除了马偕，他亦不知有谁可以为他收尸，主办葬礼。

他拄着拐杖，带着孩子，站在马偕的女学堂前，等着牧师下课。他是要来让孩子受洗。

“如果你有任何不便，我很愿意收养你们的儿子。”这是马偕牧师告诉他的第一句话，“海上旅行对孩子有所不合适。”他们站在树荫下说话，托德在来之前已吩咐仆人把一些家当搬到女学堂来，其中的最大件是一只大钟，当年一个海员转售予他，这是那个海员继承的另一个死于海上的船员的遗物。托德将大钟赠送给了马偕牧师。

“我会将之吊挂在学堂之上。”马偕一向喜欢那只大钟，他曾幽默十足地告诉托德："我们无法拥有时间，但我们可以拥有钟。"

托德谢绝了马偕牧师的收养建议，他已经做好了所有的安排，他是来向马偕告别的。

"茶行呢？"马偕问他。

"售予李君了。"他没说的是，他是廉价卖出的。

托德说："离开的时间到了，虽然我没想到是被迫离开。"马偕紧紧拥抱了托德和孩子。他为孩子施了洗。

"孩子还是留下来吧，如果你一心离去。"马偕似乎对此事考虑了一些时日，他终于这么告诉托德。

托德沉默不语。

252

高青华为了避开大稻埕的口舌是非，到艋舺去找人手，其中包括地方上有些流氓气息的人物，全是痛恨洋鬼子的一群。时间有限，他被迫采取行动，只好仓促成军，一行人共五六十人。

子时集合，昏暗之中他们已来到宝顺洋行大厅门口，多数人看守屋外，少数人由高青华带领冲到仓房和楼上，但发现已人去楼空，楼里倒是留下一张欧式的婴儿小床。高青华正来不及思考，托德聘用的一群客家民兵听到声息，百余人也已围守在门外，一场厮杀随而展开，高青华的人手开始受伤失散，也有人当场死亡。

高青华警觉到自己中了金蝉脱壳之计，要大家冲出重围。一场激烈的枪战不得不展开，洋行的门被踢倒，玻璃也被子弹射碎了一地。高青华的手下临时聚集，意气用事者居多，很多人已经不敌，他自己也只能往巷子里逃躲。

他的性命将在一刹那之间被决定，但他不能轻易放弃，他绝不能。他曾经的爱人，他从小钟情的牵手人，他背叛了她，他背叛了他自己的过去，他背叛了他对她的承诺，现在是他唯一向她赎罪的时刻。

在大稻埕的晨曦中，他逐渐被光线照亮了，并察觉了一点温暖。应该是他的无情，致使魏芷云离世，他对魏芷云的愧疚，即便用自己的生命也无法偿还。但他现在明白了，他确实爱过她，确确实实，那么多年，他的心只属于她。是他不会爱人吗？还是她爱错了人？或者，爱像茶叶，火候要适当，烘焙和泡茶的时间也要适当。而他们一时错失了？是他错失了？还是命运？命运？这么简单的两个字？使他和她走在一起，也使她和他分离，使他在此刻如此难堪。他在忏情的当下发誓，无论如何，他一定得带走她及保全那个孩子。

那时，宝顺洋行不堪流弹射击，木楼一角下陷，半栋楼房随之坍塌。

253

托德带着孩子来到魏芷云的墓园，他为她打造了一个精致的墓园，就像一个英式小花园。他要人为魏芷云雕刻的大理石雕像就立于墓碑之上，墓碑写了魏芷云的中文名字，还写了英文：The Fairy of Tea。

托德在心中和魏芷云说话，看起来像喃喃自语，不知多久了。孩子哭闹了，不知是因为饥渴，或者是他已了然自己早已注定没有母爱。托德从背包中拿出准备好的牛奶喂他，孩子用力吮饮，然后便自己站起来摇摇晃晃地在母亲的墓前走动。

托德向前，抚摸着大理石雕像，“看到了吗？他会走路了！”他似乎听到了魏芷云的回答。

他抱着孩子站在墓园里许久，他的眼泪流了下来。

254

高青华带着仅剩的人马，要人骑马或渡船尽速直奔淡水码头。那天淡水码头不但凄风苦雨，湿气也颇重，仿佛一个心事重重、略带忧愁的人。

淡水海关官差知悉他的来意，非常为难。他们才刚刚放行托德自己租用的帆船，他们只留下鸦片，或者说，洋行在战后给托德作为抵押品的鸦片。托德已拿不到银元，拿来海关充公，或者也是某一种的贿赂？这事只有托德自己心里清楚。总之，托德完全不想带走鸦片。他只把家当，他多年收集的动植物标本，野蛮人使用的东西，包括几千箱新制的东方美人茶和几件中国家具都搬上了船，船才刚刚离岸。

高青华那些年也曾在淡水海关走动，他知道海关一向是个有钱好办事的地方。他要人拿出银元，关内的人多半知道他的故事和来意，立刻给了他一艘最新型的小汽船。他搬上装备，要船夫火速前往，因为是新船，船夫尚不熟悉发动，耽误了时间。高青华眼看托德的帆船愈走愈远，他急得拿出枪只准备要射击，但目标太远了。

终于汽船发动了，他们疾疾往前行，犹如神助，赶上了托德的帆船。

255

汽船终于追上帆船，高青华在人手的协助下，上了帆船。托德要人带着孩子往舱底走，并拔枪与高青华对峙。

“是我的，就该留给我。”高青华对空发了一枪，他提高声量，怕托德听不到。几个人陆续陪着高青华也上了帆船。两方人马的火力即将一触而发，不但风大，雨势也愈来愈急了。

托德同时掏出枪，他并不怕枪击，他似乎早已知悉高青华一定会追杀过来。“我把整船的茶和货品，包括钱财，全悉给你，请让我带孩子走。”他放下枪支，声量也不低，但语气缓和。

高青华的心情一时无法安静，他的话语快过他的头脑。“我的孩子呢？还给我！”

声音仿佛在怒吼，他不知道他是在对托德还是对自己怒吼，或者，就对着老天，然后他平静下来。他知道托德的心意，对方无非只是告诉他，不想和他争战。

“我什么都不想要，只要我的孩子！”高青华向前一步，仍然将枪对着托德。

“我也是。”托德说。他说完，丢下手上的枪支，释放更多的善意。“我知道，这个孩子应该不是我的。”他平静地继续说，“你可以杀了我，但我爱这个孩子。”

高青华呆住了，他不知该说什么，该做什么。

“我爱他，我看着他长大，我把他当自己的孩子。”托德和高青华仍然站在船上说话，二人站的距离有点远，仍然必须大声说话。两造人马安静无声，大家都在等待，这个世界突然寂静了下来。

高青华突然明白，或许这是托德爱魏芷云的方式，他并没有恶意，他也不会伤害孩子。高青华都听人说过了，这名洋鬼子，他以前的老板，现在的敌人，是爱着他的孩子的。很多人都知道了。他现在也知道了。

海浪拍打着船舷，风雨太大了，他们湿淋淋的，不知那样站在那里多久。

高青华将孩子带回安溪，将孩子改名为兴，并冠上自己的姓氏。王俪之虽然

也很快怀孕，后来也生了女儿，七个，但没生出个男孩。兴也成为王家的儿子，叫王高兴。

高青华将魏芷云的遗骨和魏家父子合葬，并为他们造了新坟。他每年到了清明便会带孩子来扫墓，也在墓前献上三杯茶，他自己栽种烘焙的茶。

有几年，他试着回忆，并以魏芷云的方法造茶，也命名为阿云茶，在安溪的斗茶会上再次得到许多茶人的赞扬。阿云茶再度畅销了南洋多年。王家铁观音在高青华的技艺统筹下，逐渐又恢复了古老制法的浓郁和甘香。

高青华为魏母造屋舍，也为她安排了一个佛室，请仆人照顾她。她非常长寿，一直活到九十岁才在睡梦中过世。

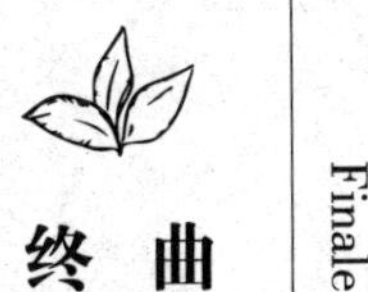

终曲 Finale

在中法战争之后，福建茶叶和茶艺逐日匹敌中国台湾，并已在产量上胜出中国台湾乌龙茶。王高兴和父亲一样，很早也学会制茶。长大后，他和母亲魏芷云一样，早晚向观音敬三杯茶。

李春生在后来虽被称为“台茶之父”，但晚年改做其他生意，并爱上日本文化，一八九五乙未战争，台北城动荡混乱，他引领日军人城。为此，他被授予总督府参事一职，为中国台湾人于总督府体制中最高的官职。

托德则与高青华别后，驾驶帆船穿越巽他海峡，但是否回到苏格兰，此事成谜，后人对他的去处一无所悉。但他所尊崇的同事福钧所种植的大吉岭茶至今仍是世人最常喝的饮料之一。

中国台湾茶叶仍然继续种植，其中东方美人茶只有中国台湾独具，有人叫其为白毫乌龙或者着涎茶，也称之为膨风茶，是中国台湾乌龙茶最特别的一种，至今，仍有许多人喜爱。以早年古法制作的中国台湾乌龙茶也有人继续，一个半世纪过去了。中国台湾茶叶和茶艺特色，世人再度有机会品尝。

魏芷云成为中国台湾乌龙茶一则被遗忘的传奇。

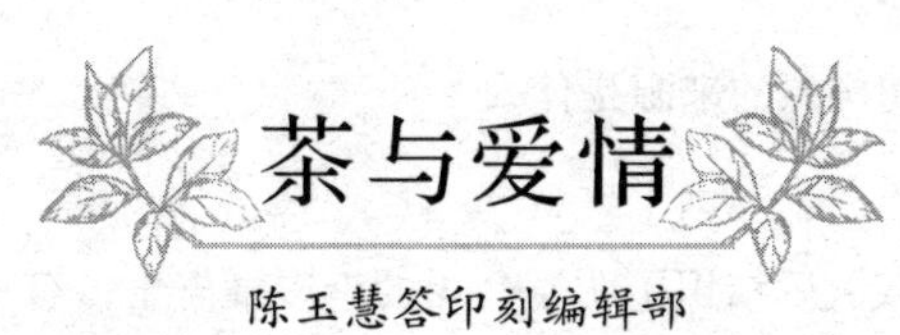

茶与爱情

陈玉慧答印刻编辑部

《幸福之叶》已写成，你的心情如何?

陈:

写小说需要精湛的技艺，诸如绝佳的文笔、缜密的结构及巧妙的思维，但这些我都欠缺。书写，对我而言，其实已成为一种对欠缺的理解，一种对生命不能完美的深切体悟。但生命不能完善，总有缺憾，写作因此成为接受那不完美的一种生活方式，写作成为完成那不完美之美的信仰。

我的心情愉快，因为我认为写小说的人只有三个快乐时刻，一是发想故事之初，二是完成书写之时，自己坐下来阅读自己的书。而中间，而中间都必须坐在桌前或写或删那无止无尽的思索。第三个快乐的时刻是，作者知道有那么些有品位的文学读者喜欢他的书。目前，至少，前面那两种快乐我已有过了。

从《海神家族》开始，再经《CHINA》，以迄这部新小说《幸福之叶》，你已经第三度取材于历史，由“现代”通往“昔日”，可以说都是回溯之旅，你是否有意转往书写历史小说?

陈:

我很喜欢阅读历史小说，连丹·布朗都读，最爱的一本是尤瑟纳尔的《哈德良回忆录》。我在想，我写了几本与历史有关的小说，会不会是因为我长年旅居欧洲，生活背景与现代华人社会有点距离?我的心理活动因此常围绕在中国或中国台湾文化中一些符号和思考。但我并不是很确定，我上一本小说《书迷》便是全发生在今日香港的故事。

《幸福之叶》当初构想的来源是什么？

陈：

我写了《海神家族》后结识了明基公司的李焜耀先生，有一次听他的故事有感而发。他是在飞机上点茶时，空服人员给了他一杯立顿茶包泡的茶，他想喝中国茶，但机上并没有中国绿茶。他觉得很奇怪，茶是中国人的发明，而在中国台湾往香港的航班，居然没有中国茶。

这只是一个小小遭遇，但引发我开始思索。茶可说是第一件全球化的物品，比咖啡还早，茶是中国人的发明，但是中国茶的声名和价格远远不如英国茶。而英国人在印度种茶，向中国输入鸦片，取走大银，然后回收印度茶，这是帝国主义时代的欺凌交易。甚至，还有人说茶是印度人的发明，然而事实是，不管是印度茶还是英国茶，都是由英国人福钧（Robert Fortune）从中国把龙井茶苗带到大吉岭去种植的。

所以我又陷入茶叶的辨证，于是忍不住开始研究起中国台湾茶的历史。可是也因为这些研究，而一发不可收拾，便一头栽了进去。

很快地，我便决定写一个中国台湾乌龙茶的故事。这也是一个中国台湾第一次全球化的故事。当年，台湾乌龙茶由托德引进，他和李春生在北台湾种植，大稻埕因此兴盛起来，那时茶叶占全台生产总额百分之六十，畅销欧美，销量甚至一度胜过大陆，据说，连英国维多利亚女王都爱喝，还赐名“东方美人”（Oriental Beauty），而我写这段故事，背景恰巧发生在中法战争前后，所以不但对茶和爱情有所抒发，也对战争有所着墨。

我们是否应该将《海神家族》和《CHINA》以及《幸福之叶》视为三部曲？这之间有什么创作理念是相通的吗？

陈：

这三部作品似乎揭发了某种创作氛围，或许从我创作《海神家族》那一刻起，因为走上你指称的回溯之旅，因此，相关的历史或社会文化元素对我形成意义。再加上我长期生活在西方，偶尔也会有一种由西往东的回眸眼光，这个视野决定了我对题材的选择。

我确实有一个三部曲的计划，在《CHINA》和《幸福之叶》之后，我会投入一本有关书法的历史小说。我想茶、瓷和书法都是中国文化中很重要的元素，写完那本有关书法的小说，大约就会类似三部曲的形成。

你是一位经常旅行的作家，行迹几乎走遍了世界。如果把这三本小说的写作看成是你个人的长途旅行，可否说说这次“幸福之叶”沿途的探险，最大的收获是什么？

陈：

确实，每一本书都是一趟探险和旅行。之前，为了《海神家族》，我拜访了许多与亲人有关的城市，就为了收集一些情感和记忆。而为了《CHINA》，我走过了欧洲许多著名瓷厂和景德镇，对瓷器有更美妙的理解和赏鉴。而关于茶，我也去了许多地方，认识了许多茶人，是一趟很有意思的知性之旅，收获很大。如果，我的小说里出现类似这样的句子，“茶如女人，你若不了解女人，你也无从了解茶”，这也是来自我对茶的初体验。

我的乐趣还在于，结织了各地茶人。茶人的故事总使我惊叹连连，我要特别感谢王俊钦先生不吝的协助，让我一窥王德传在茶叶技艺的百年传承。我也走了一趟福建安溪，看了茶山，访问茶农，听到了当地茶商的现身说法。中国台湾茶叶技术是在晚清由安溪引进得，到了九十年代，中国台湾制茶技术到了颠峰。但这些年，安溪茶技术急起直追，安溪铁观音已像法国香槟酒一样是注册商标，现在也在巴黎闹区开店，价格已高到一般人买不起。

有关安溪铁观音起源究竟是“王说”还是“魏说”，我便是在那里的茶坊听来的，故事之曲折精彩，简直就像一部商业间谍电影。这一段的背景也被我落笔虚构了。

为了写茶，我喝了许多好喝的茶，度过了许多美妙的时光。

创作过程中有什么困难吗?

陈:

有。最大的困难,是如何把茶的感官世界写出来。因为知识或历史可以搜寻研究,最难的是感官的书写,这是最大挑战,但这也是书写茶最有趣的地方。我如何描写一杯百年普洱入口的温润?茶吸收天地酝酿之气,一片茶叶便是一个宇宙。我怎么下笔?

我曾听说过一个令我震撼的例子,一位台湾茶人说,他最近有机会喝到南投附近的十三年老茶,却品尝到当年九二一大地震的悲恸。此话一出,我又惊讶又钦羡,何等的感官能力,何等的感受,能体会出大地之恸?

上回小说围绕中国瓷器,这次写茶,小说的背景都在清中叶之后,你似乎对华洋交流的历史特别有感觉,并且下了很多功夫。小说主人翁各有一位重要的西方男性,借由他的目光和经历,描绘中国特别是中国台湾近现代的区域历史;更透过他来东方的寻觅,刻画一门精深的技艺(制瓷、制茶)。可以谈谈你如何设定外国人这个角色吗?异国情调对你的小说创作有什么重要性?

陈:

我并非历史学者,作品也不算历史小说,勉强说,我写的是有历史背景和考据的故事,也许刚好巧合,二者的背景都在清朝。那是因为中国从清朝起面对向西方门户开放的命题,许多中西文化在那个时期交流和冲突特别大,也发生了许多有趣的现象,对我而言,许多都是创作小说的好题材。

我再度使用外国男子作为小说人物之一,那是因为故事时代所需。再者,我喜欢以不同的观点来看故事,我不排斥异国情调。因为时值今天,很多边界正在消融,文化也正在融合,连艺术也多所跨界,像烹饪也流行采取各地不同食材和煮法于一炉的混合煮法,所以异国情调将不再是偶然,而会成为常态,我认为异国情调是文化融合后的必然，而非一种创作主张或风格诉求。

读《幸福之叶》时，人物纷沓而来，几个层次的主题也次序展列。你是否在落笔之前，先把一切情节都想清楚，角色也成形后，才启动？各色人物个性如此丰富，而且写的又是长篇，你是如何驾驭这多层次的结构而不乱了调？

陈：

写散文时，我不必打草稿，而写新闻时只罗列关键词就可以动笔，但写小说时，我必须定下很明白的章节和结构。开始构思《幸福之叶》时，我很清楚，茶和爱情与时并进，中间夹有一个战争，所以小说会有三大主题（茶、爱情、战争），有三大部分（战前、战中、战后），这便是主结构。这其实也是台湾乌龙茶作为农产品外销的转折，也是茶外销高潮后的衰退，其来有自。我在小说里也呈现了这些现象。

在角色的设计上，我得将人物性格想清楚，才好动笔。这一次，我定出二百多个章节，之后便按照章节一段一段写下去。

这是一个女性与个位男性之间的爱情，是一个有关背叛或归属的故事。而爱情如茶叶，茶叶也正像女人，主人翁因此是女性，她反映了晚清渡海来台的杰出女性的性格，坚毅有能力，站在男人身边，是薪传最大的动力。

《幸福之叶》的主要人物有四位，也可以说，是这四位幸福之叶共同组成你的小说，可以再谈谈你如何形塑他们的性格吗？

陈：

一开始，我的设定通常比较浮泛，譬如我设定的男性人物，高青华是不流泪的，而托德则会流泪。但写着写着，人物仿佛自己活了，愈到后面，我愈发现他们拥有自己的意志，譬如高青华，早已不由我左右了，他们便那样活下去，活在我的小说里。

而对照魏芷云的独立自主，高小娴受到旧社会价值观的影响，得花费心机去面对情爱，但并没有对错，在那个年代，大部分的人也只能那样地活着，像魏芷云这样的人太少。但我喜欢我书写的人物，一个像魏芷云这样的人。

李春生则是历史人物，他在那个时代是极少数有基督教信仰的人，他的信仰和信念是我所书写的重点，爱情的部分是虚构的。

开始写时，我是以苏格兰人托德为主角，以他的角度和观点动笔，很快地，我发现这会和写《CHINA》一样困难。在那次的书写中，我将主角设定为一个男人和古人，而且又是外国人。所以，这次我改变了主意，将主要人物设定为女性。

因为你是女性主义者？

陈：

我是女性主义者，但不是一般人所认定的女性主义者，我只在我个人生活和行为里展现对女权的支持，我不会诉诸什么街头活动。我认为，写作的女性，一般皆因有话要说，所以多多少少都是女性主义者。

《幸福之叶》中，福建安溪西坪小镇出身的魏芷云和高青华，在托德与李春生出现之后，深受其影响，故事背景由一朴实单纯的山野茶园被置放到大时代的现场。此时中国台湾这岛就像是各自原乡之外的平行舞台，四个主角在此演绎着各自的、相互的梦想蓝图的再造与破灭。可否请你谈谈这几个角色的设定与其后所联结的含义？

陈：

托德是外国人，与李春生同是那时代的历史人物，魏和高是虚构人物。托德晚年离开中国台湾，不知其终，最后只剩李春生一人留在中国台湾，而茶人的后代由高青华携回中国。当年中国台湾乌龙茶没落之后，茶的外销又回到福州和厦门。

在《幸福之叶》中，高青华和魏芷云分别象征安溪铁观音和中国台湾乌龙茶，而托德则代表了英国茶叶文化。在这一波茶叶改革运动中，高和魏在茶艺切磋，李在贸易经营上受到托德的影响，西学中用，李后来成为中国台湾首富。四个人的联结除了茶叶，也因为爱情。

而《幸福之叶》的书名来自当年英国茶人托德在大稻埕请大批茶女拣茶梗，莺莺燕燕，热闹有加，大稻埕的经济地位因此逐日取代艋舺，并养活了无数的人。托德才感慨，这真是幸福之叶（The Merry Leaf）！

《幸福之叶》一书不但诉说茶事，也在描述爱情，小说的爱情观为何?

陈:

爱情必需天时地利人和，人需要爱情，正像茶需要水。爱情不宜过早或过晚摘取，就像茶叶，爱情也不能过度烘焙，或冲泡过久。

茶、技艺之美、爱情，魏芷云在故事里头似乎是三位一体的化身，你怎么看待她这个角色?

陈:

魏芷云是个茶天才，也是艺术家。她承载了茶的历史和演变，她是悲剧人物，在她的时代，一个不愿绑小脚及未婚生子且和外国人来往还可以独自旅行的女子，可说就是大逆不道之女。她出生在错误的时代，所以才是悲剧。

我曾想象，倘若我处于那样的时代或更早，因不愿只留在深闺，我一定会换男装出门，去看看外面的世界。将心比心，我认为在那样的时代，一定有许多女子做了许多轰轰烈烈的事，只是我们不知悉。

创造出魏芷云这个小说人物，最终也不过是借她来礼赞茶文化和个人的独立自由的生活思想。

《幸福之叶》似乎在叙述一个航海史和贸易史，也是与世界现代性隐隐联结的另一幅中国台湾地图。其中有非常强的“物质文明史”的象征性，你的寓意是否如此？

陈：

故事发生在那样的时代，必然也有那样的氛围。我一直很喜欢日本作家冈仓天心所写的《茶之书》，将日本茶道精神阐释得非常动人，该书以英文撰写，是许多西方人了解茶的入门书。德国哲学家海德格尔也读过，他的《存在与时间》便是受到此书的影响才写出。确实，茶和瓷都是世界物质文明史上不可磨灭的象征，也是中国文化中最重要的元素，而中国台湾在那一次历史交会中，并未缺席。如今中国台湾茶艺从二十世纪八十年代起又有了自己新的人文风貌，目前新兴茶店讲究人文生活品味，俨然一个茶的文艺复兴时代已经降临。

你经由小说家、剧场导演、报社特派员等诸多不同视角的创作者身份，穿越在许多不同的界面，包括中国台湾与欧洲，东方与西方，这样长时间穿梭于这些不同地域和语境，你的思维方式和所提出的反省视野确实与中国台湾其他作家相当不同。能否请你谈谈你有意识自觉于这样的身份变换吗？你是如何掌握这些变换下丰沛的创造力的？还有，这些面向的开展，对你写作的影响层面是什么？

陈：

我的人生似乎分成几个阶段。从前，在从事戏剧工作时，我几乎完全不写小说，而后来担任报社驻欧洲特派员多年，我也只专职写新闻。起先，我对这些身份的转换并不是很熟稔，所以一度在家里区隔两张书桌写作。后来，我发现，其实万物道理相通，不必刻意区隔，或者，如果要区隔，在心理层次上即可。所以，后来还是坐同一张书桌，又甚至使用同一手提电脑，打开不同档案，便可以游走不同城市和咖啡馆，进行不同的写作。

在语境上，我因学习了几门外语，思维模式上受到外语的语意和语法影响，文字的属性变得更直接扼要，外语对我在文化和思想上有些影响。

写作既然是思想的指涉，我现在的感觉是，不管是我的海外经验还是新闻和戏剧经验与此刻的创作都有关联。也许正因我有过那些完全不同领域的人生经验，因此对写作有另一种思考，它让我在题材上和写作形式上有更多选项。

你是个创作者，你是个敏锐的观察者，你是个爱情主义者，你是个浪漫主义者，你是个旅行者，你是个在俗世与内在灵魂互相拉扯下的思索者，你是个演员和导演，你是个记者及小说家，你是如何看待自己在人生舞台的呈现的？当你全心全意投入上述的那些场景，甚至互相接连结合（如《征婚启事》那样的作品），戏剧和你的小说创作乃至真实人生的关联有多大？

陈：

我虽然学过戏剧，担任过编导和演员，但我最向往的职业是歌手，只可惜我的歌喉不好。一般而言，我很容易看出事情的端倪或者其戏剧性，那可能也是因为我自以为是。但写小说时，我们不都自以为是地写下去？可以说，作者本来就应该是很会自圆其说的人。我一向对戏剧很着迷，且对戏剧作为艺术形式，我在不同领域中概括性运用，因为人生如戏，戏又如人生，这是永恒的真理。在真实生活里，我敏感多情，有时被自己的情绪主导，写作是我超越自我的一种方式，因为我书写他人，所以我得以冷静看待自己。

曾经有人说我人如其文，仿佛我的人生也充满戏剧性，或许吧。不过，我愈来愈有修行的意愿，倒希望生活中的戏剧性愈少愈好。

你理想中的小说应该有什么特质？

陈：

我理想中的小说是教化性和娱乐性并重，当我说娱乐性时，有些只主张文以载道的人可能不以为然，但在这讯息快速流通的现代社会，我坚信娱乐具有极高的价值，尤其是高品位的娱乐。能以娱乐的手法来说教化的故事，或达到教化的功能，那就是我最钦佩的一门技艺！我所阅读和欣赏的小说作品也都涵盖及融合上述特质。

“我没去想风格的事，对我而言，内在的声音比较重要，我在找的是这个声音，它就在我自己里面，我认为这声音形成了我的文字，而文字决定风格。”这句话是你在印刻制作《海神家族》专题时说的（二○○三年十一月号），很巧，也很快，十年过去了。从那时处理类似家族史的题材，到如今跨国、跨界，结合着历史而成一篇篇人的心灵拓展的舆图，譬如瓷器，譬如茶，这些本来就是你的兴趣吗？或者是因为这些物的历史，可以呈现出你想塑造的小说情境和人物，而这样一头栽入，研究它们？

陈：

我的好奇心强，对很多事物都有兴趣。应该说，在写完《海神家族》后，我对物质文明与精神的联系有兴趣，本来我想写一个玉石的故事，后来我写了瓷。因为中国人为了仿玉而发明了瓷，瓷和爱情都是易碎品，隐喻更强。而茶，事关感受，它既是物质，又具有无比的精神性。应该说，我本来便有兴趣，但决定将其作为小说主题后，我便以不同的眼光去观看和演绎。你前面引述我过去的说法，我至今仍这么认为。写作时，会希望自己的作品风格独具，这并不容易，因为我一直知道，风格来自内在，并不是外表。所以，我在做的便是倾听自己，当我听到自己，找到自我后，风格便呼之欲出。

基本上，我是我的小说人物的总和。我是魏芷云，我是高青华，我是托德，我是李春生，我也可以是高小娴或魏鹏。甚至是珍妮。我爱我自己创造出来的这些人物，我化身为他们，他们也活在我心中数年之久。

你快人快语，不隐喜恶，可是你对你小说里的人物总是很体贴，或者这么说，你的小说人物和你截然不同，活在小说里是否比现实中幸福？

陈：

是也不是。我在小说中写理想的我，也写不理想的我。我以不同的面貌描绘小说人物，最终他们既是我也不是我。我听说，有些画家在画别人时，最后所画的人物却跟自己最像。

写小说需要一种严格的生活纪律，通常必须每天用一定的时间来写，《幸福之叶》也不例外。去年，我常在东柏林普伦茨劳堡区的几家咖啡馆和图书馆里写，每天下午四点写至六点。通常，只要那样写两小时，我便有一种感觉，今天没有白活。我度过这样约一年的时光，现在想起来有点怀念。我怀念我沉浸在那些人的世界，把很多事都忘了的感觉。相较于琐碎的世俗生活，我宁愿写小说。

你刚才说，《幸福之叶》不是历史小说，而是具有历史背景的虚构小说，但托德和李春生真有其人，你如何在真人逸事和虚构中取得协调？

陈：

托德和李春生的行事作为历史已有定义。我在描写他们时，也未偏离过多。有关托德，我参考了他在中法战争期间的日记，至于后来战争结束，他不知所终，我在他出生的城镇（韦斯特摩兰）的图书馆没找到任何资料。但我认为一个在台湾住了将近二十年的人，应该是心向中国台湾的。我不相信他在中法战争期间会出卖中国台湾。李春生则基督教义至上，西学中用，乃至后来迎接日军入中国台湾台等等，其言论和行为已有许多讨论，也值得讨论，但是他在改革中国台湾农业及推展中国台湾茶叶外销上的确有贡献。

而关于他们的情爱，则是我自己的想象，必须说，虚构的成分极大。

写完《幸福之叶》，接下来的计划是什么？

陈：还是写啊！电影剧本吧。

原刊于《印刻文学生活志》二〇一三年十二月号第一二四期

图书在版编目（CIP）数据

幸福之叶 / 陈玉慧著 .—北京：北京联合出版公司，2018.4

ISBN 978-7-5502-9376-2

Ⅰ．①幸… Ⅱ．①陈… Ⅲ．①长篇小说—中国—当代 Ⅳ．① I247.5

中国版本图书馆 CIP 数据核字（2016）第 314378 号

著作权合同登记图字：01-2018-0498 号

幸福之叶

作　　者：陈玉慧
出版统筹：柯利明　吴铭　段雪坤
监　　制：高瑞贤
策　　划：高瑞贤
责任编辑：张　萌
特约编辑：王卢佳
设　　计：仙境设计

北京联合出版公司出版
（北京市西城区德外大街 83 号楼 9 层　100088）
三河市文通印刷包装有限公司印刷　新华书店经销
字数 255 千字　710mm × 1000mm　1/16　18 印张
2018 年 4 月第 1 版　2018 年 4 月第 1 次印刷
ISBN 978-7-5502-9376-2
定价：39.80 元